MAGNIFIQUES ARTIFICES

UN ROMAN D'AVENTURE STEAMPUNK

SHELLEY ADINA

Traduction par
FRÉDÉRIQUE MALBOS

Moonshell
Books

Note de l'éditeur: Ceci est une œuvre de fiction. Les noms, les personnages, les lieux et les situations sont le produit de l'imagination de l'auteur. Les noms de lieux publics et de localités sont parfois utilisés aux fins du récit. Toute ressemblance avec des personnes vivantes ou décédées, ou avec des entreprises, sociétés, évènements, institutions ou lieux est purement fortuite.

Création artistique : Jenny Zemanek chez Seedlings Design Studio.

Images : Shutterstock.com, utilisées sous licence.

Traduit par Frédérique Malbos – Language+ Literary Translations, LLC.

Magnifiques artifices / Shelley Adina – 1° édition

ISBN 978-1-939087-91-1

❀ Réalisé avec Vellum

INTRODUCTION

MAGNIFIQUES ARTIFICES

Tome 3 de la série Magnifiques artifices!

Un voyage aérien mémorable se transforme en un désastre dans lequel il n'y aura peut-être pas de survivants.

Avec ses petits protégés orphelins, Lady Claire Trevelyan accompagne la famille du comte de Dunsmuir dans un voyage en ballon aux Amériques. Si elle peut rester hors de portée de Lord James Selwyn jusqu'à son dix-huitième anniversaire, elle deviendra majeure et ne sera plus obligée de l'épouser. Ce qu'elle ne sait pas, c'est que Lord James est lui aussi dans les Amériques, avec Andrew Malvern à sa poursuite et à celle du merveilleux artifice qu'il a volé. Mais quand une tempête paralyse le dirigeable et que les pirates de l'air s'abattent sur eux comme des charognards, Claire et les enfants ne peuvent compter que sur eux-mêmes pour se frayer un chemin dans une nature hostile.

Andrew la reverra-t-il et pourra-t-il réparer le tort qu'il croit avoir fait? Est-ce que Lord James réussira dans sa gigantesque escroquerie? Et comment Rosie la poule évitera-t-elle de passer à la casserole?

Pour toute jeune femme ou jeune homme qui a, un jour, contemplé l'horizon et s'est demandé ce qu'il y avait de l'autre côté

MAGNIFIQUES ARTIFICES

CHAPITRE 1

Quelque part au-dessus de l'Atlantique

L'homme, sa dernière heure venue, avait les yeux exorbités et la fixait brutalement d'un regard accusateur. « Tu... » il s'étouffa. « C'est toi qui l'a fait... tu le regretteras... ».

Elle recula en chancelant, mais elle s'empêtra dans ses jupons vert pomme et ne put pas courir. Il continuait à tituber dans sa direction.

« Tu... » Elle ne voyait que ses yeux, des yeux noisette sous des cheveux auburn. Les yeux de James dans le visage d'un autre homme. Ils devinrent globuleux se mirent à bouillir, puis à grésiller comme du petit salé sur un gril, et ils sortirent des orbites et elle hurla et se réveilla. L'air quitta ses poumons et Lady Claire Trevelyan retomba sur la couchette à bout de souffle. La transpiration ruisselait le long de sa tempe.

Respirer. Tu dois respirer.

Lightning Luke avait rencontré son Créateur il y a quelques semaines par son truchement et il avait peut-être trouvé la paix, mais pas elle. La plupart du temps elle arrivait à apaiser son sentiment de culpabilité d'avoir raccourci la vie d'un autre être humain. Ça avait été un accident ; mais au plus profond de la nuit, son visage lui apparaissait de nouveau, tordu et affreux, et l'accusant jusqu'à son dernier souffle.

C'était toujours très réel, même si elle n'avait jamais vu ses yeux en réalité. Son cerveau avait placé ceux d'un autre dans ce visage, d'un homme qu'elle avait trompé, comme si il...

Quelque chose bougea dans le noir.

Claire retint son souffle. Ce n'était pas Lightning Luke. Il se trouvait dans un tombeau plein d'eau, à sa connaissance. Ce n'était même pas Lord James Selwyn, qui se trouvait à Londres. Elle était en sécurité à bord de la *Lady Lucy*, le dirigeable luxueux appartenant au comte John Dunsmuir et à sa femme Davina, auxquels elle avait rapporté Willie, leur fils, moins d'une semaine auparavant.

Sa cabine, bien que confortablement fournie de couvre-lit en velours sur un lit encastré dans une sorte de placard arrondi, et merveilleusement marquetée, ce qui compensait les chaises de fortune, n'était pas grande. Elle pouvait aller de bout en bout en six pas seulement, et maintenant, la troisième nuit de leur voyage, elle en connaissait chaque recoin.

« Maggie ? » chuchota-t-elle. Peut-être que l'une des Mopsies s'était réveillée pendant la nuit et avait besoin d'elle. « Lizzie ? »

Un bruit sourd fut suivi de crissements qui trahissaient une certaine agitation. Cette fois-ci, elle put localiser le bruit de façon précise : au-dessus, dans les tuyauteries en cuivre qui couraient le long des sols et des plafonds pour diffuser la chaleur, le gaz et autres services dans un ballon dirigeable de cette taille.

Elle chercha un globe lunaire. C'était comme ça que la comtesse les appelait, car elle était dotée d'un esprit gentil et plein d'imagination. Claire avait demandé au steward en chef ce que c'était, et il s'était lancé dans une explication tellement enthousiaste de ses propriétés (« On en peut pas avoir de lampes ni de flammes dans un dirigeable, milady pensez seulement au fuselage rempli de gaz au-dessus de nos têtes ! ») qu'elle-même avait été étonnée qu'une alchimie aussi brillante puisse tenir dans sa main. Elle secoua le globe et il s'alluma de l'intérieur tandis que les produits chimiques se combinaient entre eux et éclairaient toute la pièce.

Il n'y avait personne.

Mais il y avait quelque chose. Quelque chose qui grattait, claquait... et était-ce un battement d'ailes? Bon sang, est-ce que des chauves-souris avaient élu domicile dans les plafonds hauts du pont des passagers ?

Elle souleva le globe et regarda par en-dessous, et une énorme ombre ailée tomba d'un bond sur sa tête.

Elle étouffa un deuxième cri, qui à faire trembler la tuyauterie, et essaya de saisir l'ombre. Celle-ci réagit en se battant, une boule belliqueuse sans membres, griffue et pleine de plumes qui...

Des plumes ?

Claire s'empara du globe lunaire qu'elle avait lâché et le tint en hauteur.

Les griffes et les plumes belliqueuses atterrirent sur la table de nuit et se transformèrent en une petite poule rousse, qui s'ébroua pour remettre de l'ordre dans son plumage et la regarda d'un air de dignité offensée.

« Rosie ? » Les genoux de Claire cédèrent et elle s'assit brusquement dans l'alcôve de sa couchette. Cela ne pouvait pas être Rosie, la poule alpha du troupeau des poulets rescapés au cottage de Vauxhall. Les Dunsmuir devaient avoir un petit troupeau à bord pour les œufs, bien qu'avec les miracles de la réfrigération moderne, cela pût sembler plutôt bucolique et inutile.

La poule sauta délicatement de la table de chevet sur ses genoux, s'installant douillettement comme si elle avait l'intention d'y passer la nuit.

Elle faisait toujours comme ça. Et ça ne marchait jamais.

« Rosie, pour l'amour de Dieu ! Comment diable as-tu pu monter dans le *Lady Lucy*, alors que je pensais que tu étais en sécurité à la maison ? » Elle caressa à plusieurs reprises la poule tout en lui parlant doucement. « Lewis doit être hors de lui... sans parler du reste du troupeau. Tu vas être remplacée par ce coq, ma fille, et il n'y aura pas moyen de revenir en arrière. »

La porte s'ouvrit en grinçant et dans la lumière opalescente verte du globe lunaire, Claire vit un éclat de cinq centimètres de nuisette en batiste blanche. « Entre, Maggie. »

« J'ai entendu un bruit, milady. Tout va bien ? »

« Oui, très bien. Viens voir qui s'est embarqué avec nous. »

Si elle s'était attendue à ce que Maggie se jette au cou de Rosie, folle de joie, elle resta sur sa faim. Elle avait l'air presque... coupable. « Salut Rosie. » Elle frotta gentiment les plumes luisantes de ses petits doigts, et Claire en tira les conclusions qui s'imposaient.

« Maggie, savais-tu que Rosie s'était planquée ? »

Maggie mordilla sa lèvre inférieure. « Elle embête pas, milady. Elle a déjà couché avec nous. »

« Les deux choses sont vraies. Mais cela ne répond pas à ma question. »

Les yeux de la fillette de dix ans prirent un air suppliant. « Elle voulait venir, milady. Alors j'l'ai cachée dans mes bagages et elle a été sage comme une image… jusqu'à ce qu'elle découvre qu'elle pouvait se percher là-haut. » Quand elle leva les yeux vers les tuyaux, une larme coula le long de sa joue. « Elle est restée un jour et d'mi dans les tuyaux et j'suis pas arrivée à la faire descendre. »

« Alors elle doit avoir faim. »

« Sûr ! et soif ! »

« Bien, nous allons nous rendre à la salle à manger. Tu sais que Monsieur Skully garde un repas froid sur le buffet au cas où la famille aurait envie de grignoter pendant la nuit. »

« Je sais. Lizzie et moi, on y a trouvé Willie et Tigg deux nuits d'affilée. Willie ne résiste pas au trifle. Lizzie non plus, sauf quand elle est sous nos pieds dans le poste de garde et dans la nacelle. »

Les petits futés. « Est-ce qu'il y a un endroit sur cet aérostat où vous n'êtes pas allées ? Le commandant Holly m'a fait faire le tour de la nacelle, mais je n'aurais pas su dire où était le poste de garde. »

« En-dessous et vers l'arrière, » dit Maggie. « Juste devant la soute où se trouvent les landaus. »

« Bravo! » Claire glissa une main sous les pattes de Rosie et l'emmena dans le couloir, en refermant la porte derrière elles. « Tu parles comme une vraie aviatrice. »

« C'est juste que Willie s'est moqué de moi quand j'ai appelé la proue le devant. » Elle suivait Claire sans effort. Des repas réguliers, de l'exercice et de l'espoir l'avaient fait grandir. Bientôt, elle dépasserait l'épaule de Claire et demanderait à ce qu'on lui descende l'ourlet des jupes. « Il a pas de quoi se vanter… il y a un mois, il aurait pu dire ni devant ni proue. »

« Il ne voulait pas en fait, Maggie. Et tu sais pourquoi. »

« Je sais. Mais quand même. Il aurait pas dû se moquer et m'appeler 'pauvre débile'. »

Elles se rendirent à la salle à manger et fermèrent la porte derrière elles. C'était une règle à bord : les portes laissées ouvertes avaient tendance à osciller d'avant en arrière et à claquer contre les parois et les gens, quand les rafales de vent affectaient leur huisserie. Près du buffet se trouvaient deux petites formes en robes de nuit, et une plus grande avec la chemise de nuit fourrée dans son pantalon. Willie se retourna en entendant la porte s'ouvrir et il fit un sourire plus éclatant que le globe lunaire posé sur l'étagère au-dessus des plats de nourriture.

« Milady ! Je vous ai gardé un peu de *trifle*. »

« Mon œil. » Lizzie ne tolérait les mensonges que quand c'était elle qui les disait. « Tu aurais tout mangé vite fait, si elle était pas arrivée. »

« C'est très aimable à vous, Lord Wilberforce, » En tant que fils d'un comte, Willie avait un rang supérieur au sien, même s'il n'avait que cinq ans, « mais il faut d'abord que je pense à Rosie. »

« Vous l'avez trouvée. » Lizzie sourit à sa jumelle. « J'avais peur qu'on y arrive pas. »

« Elle s'est frayé un chemin jusqu'à ma cabine, en vraie reine de la débrouillardise, » dit Claire affectueusement, en émiettant un scone aux myrtilles dans une soucoupe en porcelaine Spode, et en mettant une poignée de petits raisins rouges dessus. Rosie fondit sur la nourriture, et Claire remplit une deuxième soucoupe d'eau qu'elle versa d'une carafe en cristal taillé. « Maintenant que je sais qu'elle voyage avec nous, j'en parlerai avec M. Skully. Il veillera à dire à l'équipage qu'elle fait partie de notre groupe et ne doit pas passer à la casserole. »

Willie eut un haut-le-corps. « Personne ne va manzer Rosie, n'est-ce pas ? Papa les zettera par-dessus bord s'ils le font. »

Il zozotait rarement ; cela ne refaisait surface que dans les moments de tension. « Ils ne feront pas ça, milord. »

« Milord, » répéta Lizzie en minaudant avec son meilleur accent d'école privée, et elle donna un coup de coude à Willie, si fort dans les côtes que la crème fouettée qui couvrait son trifle trembla et que la mûre qu'il avait si soigneusement posée sur le sommet roula par terre.

Rosie s'en empara à la vitesse d'un cobra constrictor.

Les traits du petit garçon se contractèrent et Claire remplaça la mûre, puis en donna une autre à Rosie, avant que la tempête n'éclate. « Rosie vous remercie pour la mûre, votre seigneurie, » dit-elle, « et pour votre comportement de parfait gentleman qui laisse toujours servir les dames en premier. »

Les cieux s'éclaircirent et Claire ne souligna pas qu'il avait déjà mangé la moitié du trifle qu'il lui avait offert. Elle coupa une tranche de tarte aux pommes, en revanche, et versa de la crème par-dessus.

Même maintenant, elle n'arrivait pas à croire que la nourriture n'allait pas disparaître comme par enchantement, comme elle était venue. En tant que fille d'un vicomte, elle avait grandi en mangeant des montagnes de nourriture, lors de repas à plats multiples au point qu'elle revenait souvent à la cuisine sans avoir été mangée, pour être transformée en quelque chose d'autre ou distribuée aux pauvres. Mais, pendant les sombres journées qui s'étaient déroulées entre sa sortie forcée de son foyer de Wilton Crescent et son installation dans le cottage de Vauxhall près du fleuve, elle avait fait l'expérience de la faim pendant plusieurs jours d'affilée. Elle avait été obligée de fouiller dans les restes de nourriture que l'on avait jetés, et elle ne l'avait jamais oublié.

Elle ne considèrerait jamais plus la nourriture, un toit sur la tête et la camaraderie comme allant de soi.

Le claquement de la porte signala l'arrivée d'un autre maraudeur nocturne. Jake les rejoignit et commença à empiler viande froide et fromage sur une épaisse tranche de pain.

« Tu n'arrivais pas à dormir, Jake ? » Claire coupa une tranche de bœuf en morceaux suffisamment petits pour être picorés, puis les mit dans la soucoupe de Rosie.

Jake la suivit du regard. « Vous l'avez trouvée, hein ? »

Il était clair qu'elle était la seule qui n'avait pas été mise au parfum au sujet de la passagère clandestine. « Elle est venue jusqu'à ma cabine par les tuyauteries. »

Il hocha la tête, la bouche pleine. « J'leur avais dit qu'elle descendrait quand elle aurait faim. Les oiseaux sont pas bêtes. »

« Elle ne se sentait pas en sécurité, » l'informa Maggie. « Je pense qu'elle est vraiment intelligente puisqu'elle a trouvé la Dame toute seule. »

« Moi non plus j'me sens pas vraiment en sécurité, » marmonna Jake près du rôti de bœuf. « Combien de temps encore on va flotter dans les airs sous ce gros sac de gaz ? »

« Bizarre, Jake, » dit Claire un peu surprise. « Je pensais que tu aimais bien t'affairer dans la nacelle avec le capitaine Hollys. »

« J'aimerais mieux si j'pouvais pas voir dehors. » Il commença à se fabriquer un autre sandwich. « La nacelle c'est en fait du verre, tenu ensemble par des bandes de laiton et des bouts de bois ondulé. Ça vous donne la nausée. »

« Difficile de naviguer si on peut pas voir dehors, » remarqua Tigg.

Jake lui donna une tape sur l'épaule, mais comme il le fit de la main qui tenait le sandwich, ce ne fut pas vraiment une claque. « J'aimerais te voir là-haut avec les plans de navigation et rien d'autre que les étoiles et les vagues pour t'orienter. »

« Pas moi, » dit Tigg, sans réaction apparente. « J'suis heureux à l'arrière dans la nacelle, avec les p'tites fenêtres et les gros moteurs. Monsieur Yau, c'est le mécanicien en chef, il dit que j'sais y faire avec ça. »

« Dur de savoir y faire avec quoi que ce soit, au bout de trois jours seulement. » Jake essuya les miettes de son visage avec sa manche et fixa la tarte.

« Jake, ce n'est pas gentil, » dit Maggie. « Qui m'a dit déjà que le capitaine l'a laissé prendre la roue du gouvernail pendant dix minutes ? Tu n'as aucune raison de parler à Tigg de cette façon, alors que d'après ce qu'on dit, il est aussi fort que toi. »

« Trois jours ça suffit pour vous montrer tout c'que vous savez pas. » Jake coupa la tarte avec le couteau qu'il gardait à la ceinture, et l'engloutit sans même se servir d'une assiette.

« Moi, j'sais rien, voilà c'que je sais, » dit Tigg avec courage. « Mais j'y travaille ; j'me plains pas de c'que j'fais. »

Quand Jake poignarda le gâteau pour la deuxième fois, Claire ouvrit la bouche pour lui reprocher à la fois sa gourmandise et son manque de gentillesse. Mais quand il offrit la deuxième tranche à Tigg, et que celui-ci la prit, elle reporta son attention sur Rosie, dont la faim était enfin assouvie. Des excuses avaient été offertes et acceptées, et il aurait été insensé qu'une femme se mêle de questions d'honneur entre gentlemen.

Elle espérait qu'ils deviendraient des gentlemen, quelles que soient les circonstances. Un jour.

Même Jake.

CHAPITRE 2

Si posséder un aéronef comme le *Lady Lucy* était un signe de richesse, les Dunsmuir étaient vraiment riches. Pendant presque tout le voyage, la famille passa son temps sur le pont A, où les pièces d'apparat, le salon de réception, le fumoir et la salle à manger étaient décorés avec un mélange de luxe et de bon goût. Claire avait pris dans ses bagages une seule tenue de soirée, mais quand la comtesse arriva pour le dîner avec ses diamants de famille et sa robe décolletée avec tournure du dernier cri de Paris, elle comprit qu'elle ne pourrait porter autre chose que de la soie à la table.

Même si c'était la même robe en soie pendant sept jours d'affilée.

Sur le pont B, par contre, elle pouvait porter son costume d'aventurière et ses bas à rayures, pour ce que l'équipage y faisait attention. Là tout le monde avait son travail, du Capitaine Hollys au gouvernail à Tigg dans l'une des voitures à moteur des deux côtés du fuselage en toile traitée, à regarder au-dessus des grands moteurs Daimler à vapeur, comme si son attention personnelle était tout ce qui lui fallait pour marcher.

« *Lady Lucy* est l'un des aéronefs Zeppelin originels, » lui dit le Capitaine Hollys fièrement, une main reposant doucement sur la roue qui contrôlait l'énorme gouvernail loin à l'arrière. « Même *Persephone* n'est pas aussi finement dessiné, bien qu'il soit plus grand naturellement. »

Ian Hollys était un ancien pilote de la flotte de sa Majesté, devenu invalide à la suite d'une blessure de guerre, à sa vive indignation. Le comte et lui avaient servi brièvement ensemble, et quand le *Lady Lucy* avait eu besoin d'un homme aux commandes, John Dunsmuir s'était tourné vers son fringant compagnon d'armes pour lui offrir le poste. Claire soupçonnait que l'histoire que Lady Dunsmuir lui avait racontée présentait des lacunes, mais il ne faisait pas l'ombre d'un doute que les deux hommes avaient un air d'autorité très attirant.

Franchement très attirant.

« Avez-vous rencontré le comte von Zeppelin ? » s'enquit-elle, en fixant son regard sur la vaste étendue ridée de l'Atlantique, six cents mètres plus bas. « J'ai acheté récemment des actions de sa société. J'espère vraiment que c'était sage. »

« Très sage. Je vous félicite de votre perspicacité, Lady Claire. »

Oh la la… ça ne se fait pas de rougir quand on reçoit des compliments. On devrait le réserver à ceux qu'on a embrassés.

« Je l'ai rencontré à un rassemblement de pilotes à Paris un hiver. C'est une force avec qui il faut compter, et quiconque doute qu'il puisse s'approprier les voies maritimes transatlantiques risque de s'en mordre les doigts. »

« Même les hommes d'affaires des Amériques ? »

« Surtout eux. Oh, ils ont leurs bateaux, pour ce que cela vaut. Mais c'est le modèle français qui est inférieur, et les moteurs ne sont pas à la hauteur des rigueurs de la traversée. Trop d'accidents, trop de tâtonnements, sans parler du fait que la mécanique allemande est supérieure. »

« Et cette opinion britannique bien arrêtée n'a rien à voir avec les relations familiales de Sa Majesté, bien sûr, » dit Claire d'un air narquois.

« Je suis un loyaliste, c'est vrai ; mais je suis aussi réaliste. Comme vous, je suppose. » Il détourna son regard du cap devant lui et il croisa le sien, ce qui fit rosir ses joues. Au moins elle n'était pas devenue toute rouge. La chaleur dans ses joues n'était pas dûe à l'humiliation ; c'était seulement la prise de conscience de la présence d'une compagnie agréable.

« Monsieur, un pigeon vole droit sur nous. »

Le capitaine Hollys se tourna vers le jeune homme dont les insignes sur le col auraient déjà dû informer Claire qu'il était chargé des communications, si ses fonctions ne l'avaient pas déjà prouvé, depuis qu'ils avaient quitté le terrain d'aviation de Southampton. « Faites savoir à la salle de contrôle à la poupe qu'il faut ouvrir l'écoutille arrière. »

« Un pigeon, capitaine? » Ils étaient à quatre jours des côtes des deux côtés. Comment un oiseau avait-il pu voler aussi loin sans mourir d'épuisement?

« Pas un vrai, » la rassura-t-il en souriant, « c'est simplement notre façon de les appeler pour notre commodité. Voulez-vous aller aller à l'arrière pour vous rendre compte ? »

« J'aimerais beaucoup. Et je voudrais rendre visite à Tigg dans la salle des machines. Je l'ai à peine entrevu pendant tout le voyage. »

« D'après ce qu'on m'a dit, nous ferions mieux de vous en

éloigner, sinon vous passeriez votre temps plongée dans les moteurs. » Il passa la barre au copilote, et l'accompagna à l'escalier en forme d'échelle qui menait de la nacelle sous le fuselage, jusqu'au pont B. « Après vous, milady. »

Claire retroussa sa jupe en laine bleue de tous les jours et escalada l'échelle presque d'une seule main. Le capitaine, en vrai gentleman, avait peut-être eu une vue plus plongeante sur ses chevilles et ses mollets qu'elle n'aurait voulu, mais il ne proféra pas un seul mot. Au contraire, il la guida vers l'étage au-dessus et sur une passerelle aussi délicate qu'une toile d'araignée, bien qu'elle fût apparemment en métal. « Ceci est le couloir coaxial principal qui traverse toute la longueur du navire, » dit-il.

« Couloir ? » Claire hésita une fraction de seconde, puis courageusement posa le pied sur la passerelle. Sous elle s'étendait le réseau de tuyauteries et les plafonds partiels minces du pont A, où Rosie avait été enfermée. Au-dessus, se trouvaient les gros sacs de gaz, séparés les uns des autres mais toujours plus gros que n'importe quel immeuble dans lequel Claire eut jamais été, à part le Parlement.

« Un système astucieux, » dit-elle, pour faire abstraction de l'espace autour d'elle.

« C'est vrai. Si l'un des sacs avait des problèmes, il y aurait toujours les cinq autres pour faire le travail. »

« Et si les cinq avaient des problèmes ? »

« Nous préférons ne pas y penser, mais chaque membre de l'équipage est entraîné et sait ce qu'il a à faire. »

« Et que devraient faire les passagers ? » Pauvre de moi... il n'y avait pas moyen de faire abstraction des six cents mètres d'espace sous ses pieds. Peut-être devait-elle changer de sujet.

« Chaque membre de l'équipage est responsable d'un

passager, milady. Moi, naturellement, je suis responsable de Monsieur, et l'intendant en chef de Madame et de Lord Will. »

« Et moi ? »

« Vous êtes sous la protection de l'ingénieur en chef, ce qui me paraît particulièrement indiqué. »

« Les enfants ? »

« Il est peu probable que les filles seront séparées de vous, donc j'ai affecté Monsieur Yau à leur protection également. Monsieur Terwilliger ne voudra sûrement pas être séparé de lui, et donc vous êtes un groupe de quatre. Le garçon, Jake, ira avec mon agent de communications. »

« Et Rosie ? »

Derrière elle, le capitaine eut une hésitation. « Rosie ? Y-a-t'il quelqu'un d'autre dans votre groupe dont vous ne m'avez pas parlé? »

« Rosie a été introduite dans le navire en cachette par les jumelles. C'est une poule rousse qui a des capacités hors normes. Bien qu'elle puisse voler, j'ai bien peur que six cents mètres soit une hauteur trop importante, même pour elle. »

« Vous m'en direz tant ! » Il fallut au capitaine quelques secondes pour digérer l'information. « Une poule. »

« Elle n'est pas à manger. »

« Bien sûr que non. J'informerai monsieur Yau qu'il est responsable d'un groupe de cinq alors. »

« Et en quoi consistent ces responsabilités, si je peux me permettre ? » Si on tombait dans les airs à la vitesse grand V, elle ne voyait pas comment une quelconque action de la part de l'équipage pourrait y remédier.

Elle avait compté cinq ballons de gaz. Le sixième se dressait devant elle, et donc ils étaient presque à la poupe. Elle se tourna pour entendre la réponse.

Le capitaine Hollys faillit la heurter. « Je vous demande pardon, milady. » C'était lui qui était troublé à présent, tandis qu'il l'éloignait de lui sur la passerelle étroite et se tenait à une distance respectable. Il avait les joues rouges mais elle ne savait pas si c'était parce qu'elle l'avait embarrassé ou bien parce qu'il était tanné par le vent et le soleil. « Qu'est-ce que vous me demandiez ? »

Elle l'avait presque oublié. Oh la la! « Les responsabilités de chaque membre d'équipage, » dit-elle en se souvenant enfin. « Quelles sont-elles si nous tombons à l'eau? »

« Ah, alors premièrement nous ne tomberons pas. Même si les six ballons de gaz crevaient, il resterait assez de gaz pour descendre en planant, avec un atterrissage en douceur. »

Elle le regarda en fronçant les sourcils. « J'ai du mal à me l'imaginer. » Quiconque lisait les journaux savait que les aéronautes faisaient parfois l'expérience d'accidents mortels. On y lisait rarement qu'il y avait des descentes en planant.

« Vous pensez aux ballons dirigeables, je vois. » Il avait repris ses esprits et lui avait fait signe de passer devant pour descendre l'échelle. Le bruit du moteur était beaucoup plus fort là et il dut hausser la voix. « Les lois de la physique sont complètement différentes avec un zeppelin. Il s'agit simplement de rassembler ses propres objets de valeurs, de mettre son réacteur dorsal et de faire un bond en toute sécurité quand on est à trente mètres du sol. »

« Dieu du ciel! On nous permet de nous servir de ces artifices? »

« Le *Lady Lucy* n'est jamais tombé en dix ans de vol, » dit-il en franchissant d'un bond la dernière marche et en lui montrant la nacelle à moteur. « Je ne pense pas que ce record sera battu cette semaine. Les réacteurs dorsaux sont simplement une précaution. Ils sont testés périodiquement par les aspirants, mais personne n'a jamais dû vraiment s'en servir. » Claire espérait ardemment que cela n'allait pas faire comme quand on parle du loup.

Monsieur Yau, qui portait son uniforme bleu marine avec une écharpe intéressante pleine de nœuds compliqués faits de corde en soie rouge, leva les yeux et se raidit dans un salut tandis qu'ils entraient dans la nacelle. Elle était plus petite que la nacelle de contrôle à l'avant, mais contenait quand même une panoplie vertigineuse d'équipements, y compris les commandes pour les deux moteurs et les six ballons de gaz dans le fuselage.

Le capitaine Hollys lui rendit son salut. « J'ai amené Lady Claire pour voir le pigeon et Monsieur Terwilliger, Jack. »

Monsieur Yau hocha la tête. « J'ai envoyé un des aspirants le chercher. Tigg ? »

Une tête à boucles brunes jaillit de l'espace derrière une console. « Monsieur ? »

« Avez-vous réparé la poulie composée ? »

« Oui, Monsieur. Elle est comme neuve. »

« Vous avez de la visite. »

Claire lui sourit, consciente du plaisir qu'il avait à ce qu'on prête attention à ses responsabilités. « Je ne veux pas te distraire de ton travail, Tigg ; mais j'ai eu de bons rapports du capitaine Hollys à ton sujet. »

Sa peau couleur café prit soudain une teinte rougeâtre et il rentra sa tête dans les épaules sans dire un mot. Il marmonna quelque chose, puis disparut par une porte. Le bruit des moteurs s'enfla et retomba quand il referma la porte derrière lui.

« Un brave petit gars, » dit monsieur Yau tandis qu'un

garçon avec col marin dévalait l'échelle avec un artifice sous le bras. « Je serais tenté de lui offrir du travail s'il en voulait. »

« Il a travaillé jusqu'à tout récemment comme assistant de laboratoire, » dit Claire. « Je serais triste de me séparer de lui, mais bien sûr un homme doit construire sa propre carrière. » À vrai dire, l'occasion d'apprendre son art à l'ombre de l'une des plus puissantes familles de ce pays et du monde même, en comptant leurs possessions aux Canadas méritait qu'on y réfléchisse. « Si vous êtes sérieux, je pourrais lui en toucher deux mots. »

« Je suis on ne peut plus sérieux, » dit monsieur Yau. «Tous les aspirants de moins de seize ans reçoivent une instruction en lecture, écriture, navigation et mathématiques, donnée par monsieur Skully. Son éducation ne serait pas négligée à cause de ses fonctions ici. J'ai raison n'est-ce pas, monsieur Colley ? »

« Oui, monsieur, » dit le garçon dans une inspiration. « Voilà le pigeon, monsieur. »

Claire examina l'artifice avec grand intérêt. Une combinaison d'hélices et d'ailes articulées pour le vol plané représentait l'essentiel de l'engin, avec une pile sur le dessus qui, d'une certaine façon, ressemblait à la pile à combustible de son propre fusil à éclairs. « Il ne marche pas à la vapeur ? »

« Non, madame, » dit le garçon, convaincu du fait qu'elle s'adressait à lui. « C'est une pile solaire. » La voyant hausser les sourcils, il expliqua, « Elle est alimentée par le soleil, et quand il y a des nuages, il y a suffisamment d'énergie emmagasinée pour que les hélices et les ailes fonctionnent. Elle contient le courrier. »

Il la retourna et ouvrit un compartiment frappé de l'emblème de la Royal Mail, rempli de rouleaux de papier.

« Comment diable a-t-il fait pour nous trouver ? »

« Par un signal magnétique, le même que pour le courrier terrestre, » dit le garçon. « Milady, il y a quelque chose pour vous. »

« Pour moi ? » Elle le déroula rapidement. « Le pauvre Lewis a certainement écrit pour me dire que Rosie a disparu. »

Mais ce n'était pas Lewis. C'était Andrew, et elle blémit à la lecture des nouvelles que le message contenait.

« Lady Claire ! »

Le capitaine, dans sa grande galanterie, la rattrapa juste à temps.

CHAPITRE 3

« *S*ur le territoire texicain. » Lady Dunsmuir avait du mal à saisir les nouvelles époustouflantes ; elle pressa un flacon de sels dans la main de Claire. « Lord James Selwyn vous poursuit jusqu'aux Amériques pour demander votre main ? Je n'arrive pas à comprendre si c'est de la dévotion absolue ou de la folie pure et simple. »

Claire posa fermement les sels odorants sur la table. Elle avait repris ses esprits totalement. Elle était gênée, ça oui, et bien déterminée à ne plus lacer son corset aussi serré à l'avenir également. Mais physiquement, elle avait repris du poil de la bête, Dieu merci.

Dans son esprit, elle réfléchissait au degré de franchise dont elle pouvait user avec Lady Dunsmuir. Car le message d'Andrew lui avait appris que James avait renié son accord avec Ross Stephenson et son chemin de fer, s'enfuyant en revanche avec le *Carbonateur Cinétike Selwyn* qu'ils avaient inventé, dans le but de le vendre à un consortium texicain.

C'était l'acte d'une canaille pas d'un gentleman. Mais bien qu'elle eût confiance dans la parole d'Andrew, elle ne pouvait pas condamner un baronnet aux yeux de ses pairs, sans preuve matérielle. Et comment elle allait faire pour se la procurer dans ce vaste pays, restait une énigme.

« Ce n'est pas que de la dévotion qui l'a poussé jusqu'à présent. Andrew Malvern, mon ancien employeur au laboratoire, était le partenaire de Lord James dans cette affaire de chemins de fer. James était en pleine négociation avec la Société de chemins de fer Midlands, mais il semblerait qu'il les ait interrompues pour venir ici avec un groupe de gros bonnets du rail texicain. Andrew a... a décidé de le ramener, mais bonté divine, les Amériques sont énormes. Comment les trouvera-t-il ? »

Pauvre de moi. Elle frôlait dangereusement la honteuse vérité. Dans une minute, elle allait s'emmêler les pinceaux dans sa propre histoire, parce que James ne méritait pas du tout sa protection. Il avait agi en criminel, donc il devait faire face aux conséquences. C'était vraiment dommage que son éducation ne lui permettât pas d'en être l'instrument.

Car que se passerait-il si Andrew avait tort, ou avait mal compris ? Elle aurait jeté l'opprobre sur un baronnet en public par erreur, et les conséquences péseraient sur sa propre tête.

« S'il ne vous trouve pas à New York, je suppose que ses affaires le conduiront à Santa Fe. » Le comte sortit une carte d'un tube en laiton et la déroula sur la table basse en face du canapé. « New York et Philadelphie... » Il indiqua les deux plus grandes villes des Quinze Colonies sur la côte orientale. « ... sont là où les gros bonnets du rail ont commencé à construire des villas, mais s'il s'agit d'un groupe de texicains intéressés à un accord commercial avec un homme visionnaire comme James, ils doivent être à Santa Fe. » Il indiqua un point au milieu d'une vaste zone dénommée TEXICAN

TERRITORY et colorée en rouge pâle. « C'est là que se trouve la capitale d'un territoire qui va de la frontière des Canadas jusqu'en bas, à Texico. » Son doigt glissa d'un bord de la carte à l'autre.

« Mais nous nous rencontrerons sûrement à New York, » dit Lady Dunsmuir. « C'est le point d'entrée pour les Amériques sans parler du fait que c'est le seul terrain d'aviation de toute la côte qui puisse gérer le trafic. Ils doivent recevoir des documents de voyage pour ces ciels. Et bien sûr, ils doivent embarquer suffisamment de kérosène pour leurs moteurs, les fournitures et le reste. »

Claire palpa la lettre dans la poche de sa chemise. « Le message d'Andrew est daté du jour où nous avons quitté Londres. Pensez-vous que nous arriverons en même temps ? » Quelle joie ce serait de revoir son visage familier et de constater qu'elle pourrait peut-être l'assister dans sa mission. Après tout, il avait dit que cette pile à combustible était à elle et aux enfants, malgré le nom qui était écrit sur le brevet. Si quelqu'un devait profiter de la vente de ce dernier, ce devait être eux, pas James.

D'autre part, elle s'était donné beaucoup de mal pour se soustraire à l'influence de James, pour qu'il ne puisse pas la toucher ni la forcer à devenir sa femme. Elle devait continuer sur cette lancée avec les Dunsmuir jusqu'aux Canadas, comme prévu, loin de Santa Fe. Andrew Malvern était parfaitement capable de s'en sortir tout seul.

« Impossible de savoir si nous arriverons avant ou après le *Persephone*, » dit sa seigneurie. « Nous n'avons pas fait accélérer le dirigeable ni tenté de battre des records de vitesse. Le capitaine Hollys a diminué l'allure à cause de l'ouragan. »

Les quatre enfants levèrent les yeux sur lui. « Un oura-gan ? » dit Lizzie. « C'est quoi ça ? »

« Tu sais comment se comporte l'eau quand tu enlèves le bouchon d'une baignoire ? » demanda Lady Dunsmuir. Quand Lizzie acquiesca elle enchaîna, « Imagine que l'eau est de l'air, et nous, un tout petit canard en caoutchouc, et qu'il y a un ouragan, plus ou moins. C'est un énorme orage qui peut causer une catastrophe sur un zeppelin. Nous devons forcément nous tenir à distance. »

« Ce canard en caoutchouc va se tenir bien au nord de leurs perturbations dans les Bermudes et tout au sud des Quinze, vous pouvez en être sûrs, » dit le capitaine Hollys, en entrant dans la pièce juste à temps. « Puis-je vous parler un instant, milord ? »

« Qu'y a-t-il Ian ? »

Le capitaine fixa son employeur. « En privé. »

« Bonté divine ! Si Jack et vous avez encore joué, je ne vous avance pas vos gages. »

« Ce n'est pas cela, monsieur. » Son ton sérieux et l'absence d'un sourire provoquèrent un sentiment de malaise dans l'estomac de Claire. Les deux hommes sortirent dans le couloir et Lady Dunsmuir se mit à distraire les enfants en sortant les Dames chinoises et un gros sac de billes.

La plupart des enfants, pas tous.

Claire saisit le regard de Lizzie et jeta un coup d'œil vers la porte. Lizzie se leva et alla vers le garde-manger, dérivant sans but comme un nuage et aussi innocente qu'une colombe.

Ils avaient déjà découvert que le garde-manger possédait trois portes, dont l'une conduisait dans le couloir. Il y avait même un mécanisme de monte-plats pour transporter la nourriture de la cuisine sur le pont B, en-dessous jusqu'à la salle à manger. Le fait que cela transmette le son aussi efficacement que pour un filet de sole et des légumes bouillis était un avantage, au cas où vous voudriez recueillir le plus d'informations possibles sur ce qui se passait au sein de l'équipage.

Et Claire savait que c'était le cas de Lizzie.

D'ailleurs, elle devait lui demander de faire sa petite enquête sur ces réacteurs dorsaux.

Quand Lady Dunsmuir et Willie se retirèrent plus tard dans leur cabine pour faire la sieste, Lizzie et Maggie apparurent dans l'encadrement de la porte de Claire avec des yeux qui montraient bien qu'elles avaient des nouvelles à raconter. Claire les fit entrer et enleva Rosie de l'épaule de Maggie, pour l'installer sur la table de chevet avec une soucoupe d'eau.

« Alors ? »

« Il y a beaucoup de choses que j'ai pas comprises, milady. » Elle échangea un regard lourd de sous-entendus avec sa sœur. « C'est quoi une *tactique de diversion* et *contourner* ? »

« Cela veut dire esquiver et faire le tour. »

« Ah ! Eh bien c'est c'que le capitaine Hollys veut faire. »

« Pourquoi? Est-ce qu'il esquive la tempête? »

« Pas seulement. Il semble qu'y a un vaisseau derrière nous qui se comporte pas bien du tout ; le capitaine aime pas ça. »

« Ils font probablement la même chose que nous : éviter la tempête. »

« C'est ce qu'a dit sa seigneurie ; mais le capitaine, il est pas d'accord, il pense que c'est des pirates, milady. »

« Des pirates ! » Elle en avait entendu parler, bien sûr. Chaque fois qu'il y avait de la richesse en circulation, il y avait des gens qui voulaient en accaparer un peu pour eux-même. Prendre plutôt que le mériter. Mais le *Lady Lucy* avait sillonné les cieux pendant de nombreuses années, et le capitaine Hollys savait sûrement quoi faire.

« C'est ça qu'il a dit, milady. On n'est pas assez hauts pour être vraiment sorti des Açores et nous ferons un atterrissage ce soir, qu'il a dit. Seulement, pas à New York. »

« Comment se fait-il que nous n'ayons pas été mis au courant ? »

« Ils pensent qu'on est juste des filles, » dit Maggie l'air méprisant. « Les pirates, ils sont même pas aussi méchants que le Cudgel, j'parie que vous lui avez coupé le sifflet et pourtant vous êtes une fille. »

« Mais Maggie, c'était avec l'aide du fusil à éclairs. Je ne peux pas m'en servir à bord du vaisseau ; deux centimètres trop près du fuselage et nous sauterons dans une explosion qui se verra jusqu'à New York. »

Lizzie s'assit sur la couchette de Claire et recroquevilla ses pieds sous sa robe. « Je savais que j'aurais dû rester avec Lewis et les autres. »

« Nous devons consulter Jake ce soir, quand la famille est endormie, » dit Claire après un moment de réflexion. « Il était dans la nacelle, donc il doit savoir ce qui se trame. Entre-temps, préparez votre sac et mettez Tigg au courant aussi. »

« Notre sac ? répéta Maggie. « Pour quoi faire ? »

« Juste au cas où. »

« Vous pensez pas que le vaisseau va tomber quand même, milady ? » Les yeux de Lizzie s'agrandirent.

« Bien sûr que non ! Le capitaine Hollys est un aviateur expérimenté et nos serveurs en gants blancs ont un air de compétence qui suggère qu'ils en savent plus que simplement de quel côté ils doivent servir. Mais on ne perd rien à se préparer. »

Lizzie avait l'air de vouloir demander à quoi elle devait se préparer, mais elle s'abstint.

Quand elles le trouvèrent dans la salle à manger quelques heures plus tard, Jake n'avait guère plus d'informations à leur donner. « Nous sommes au nord de New York maintenant, » leur dit-il, en engloutissant un biscuit à la crème.

« On essaie d'esquiver ce vaisseau et on attend que la tempête passe sur New York. On ne peut pas amarrer tant qu'elle souffle. »

« J'ai vu le banc de nuages au fur et à mesure que le soleil baissait, » dit Claire. « Je n'ai jamais vu auparavant une tempête en étant dans le ciel. C'est beaucoup plus effrayant en l'air que si on était bien au chaud dans une bibliothèque. »

« Le capitaine prévoit de la contourner et de mettre le cap sur New York en l'attaquant par l'ouest. » Jake marmonna quelque chose d'autre et enfonça une prune entière dans sa bouche.

« Tu disais, Jake ? »

« ...ien. »

« Je t'ai entendu de mes oreilles dire quelque chose sur le carburant. »

« On en aurait assez si on arrêtait une bonne fois de virer et tourner, et qu'on tirait sur ces canailles. »

L'estomac de Claire fit un bond et une pirouette qui n'avaient rien à voir avec l'assiette du dirigeable. « Alors voyons si je t'ai bien compris : non seulement nous volons illégalement dans l'espace aérien américain, et nous sommes la cible de pirates de l'air, mais en plus nous risquons de tomber en panne d'essence. Est-ce que ma description est précise ? »

« Lady Claire. »

Elle faillit s'étouffer avec un scone recouvert de crème mais se retourna pour voir le comte, qui était à moins de deux mètres d'elle. « Votre Seigneurie, » dit-elle quand elle put parler. « Que faites-vous ici ? »

« J'espère que vous ne vous attendez pas à ce que je dorme alors que ma famille et mes invités sont en... » Il s'arrêta.

« Danger ? »

« Nous ne courons aucun danger en ce moment. »

« Mais ce serait le cas, si ce vaisseau allait droit au but et que nos moteurs tombaient en panne. »

Il lui lança une œillade. « Vous êtes bizarrement bien informée ; mais je préfèrerais que vous ne disiez pas ce genre de choses devant les enfants. »

« Les enfants sont ma source d'informations. »

Il choisit un scone et étala de la crème dessus tout en reprenant ses esprits. « Ils sont dans l'erreur. »

« Que non ! » Lizzie leva le menton, offusquée. « J'ai entendu l'capitaine vous dire ça moi-même ! »

« Alors, vous devriez savoir qu'écouter aux portes est très mal élevé. »

« Ben, c'est comme apporter une pierre pour un combat au couteau. » Son ton suintait le mépris. « J'aime pas porter des pierres si j'peux l'éviter. Mais j'aime être prête. »

Il la regarda avec étonnement. « Je vois que je vous ai sous-estimée, mademoiselle. »

« Si je devais parier sur le vainqueur d'un affrontement avec des pirates de l'air, milord, je mettrais mon argent sur Lizzie, » lui dit Claire. « Nous ne voulons pas vous froisser, mais chacun de ces enfants vous dira que le secret pour battre une brute est d'être prêt à l'affronter. C'est tout ce que nous essayons de faire. »

« J'espère qu'on n'en viendra pas à ça. Les deux vaisseaux se battent contre la tempête, qui nous a poussés hors de notre trajectoire. Nous avons échappé à des bandits auparavant, avec succès, et nous le referons, j'en suis certain. »

C'était un mince réconfort, mais c'était tout ce qu'elle avait pour se tenir chaud pendant cette nuit agitée.

Cela, et son costume d'aventurière. S'il fallait qu'elle affronte le danger, ce ne serait sûrement pas en chemise de nuit.

CHAPITRE 4

*C*laire fut réveillée par un craquement du genre coup de fouet et un bruit de pas rapides dans le couloir. Son horloge interne lui dit que l'aube était passée, mais l'obscurité à travers le hublot laissait sa cabine plongée dans les ténèbres.

Il manquait quelque chose.

Peu après, quand elle entendit le gloussement interrogatif de Rosie derrière la chaise, elle comprit ce que c'était.

Les moteurs s'étaient arrêtés.

Elle bondit vers le hublot et essaya de percer des yeux le rideau de pluie argenté. Un éclair jaillit dans le ventre d'un nuage (ils étaient entourés de nuages) secoué à droite et à gauche, au gré de la fantaisie du temps. Elle ne voyait plus la terre.

Que se passait-il? Ils auraient dû éviter l'orage à cette heure, et ne pas naviguer en plein milieu! Et où étaient les pirates? Étaient-ils à la merci des vents eux aussi, ou s'en servaient-ils à leur avantage pendant que *Lady Lucy* s'abandonnait impuissante sans ses moteurs, aux éléments?

« Rendors-toi, Rosie, » dit-elle, en empochant un globe lunaire. « Je vais aller voir ce qui s'est passé. »

Un autre coup de tonnerre secoua le vaisseau du moins, ce qu'elle espèrait être le tonnerre. Claire dévala le couloir et fut obligée de se servir du globe lunaire. Toutes les lampes étaient éteintes.

À la porte du grand salon, elle trouva Tigg.

« Que s'est-il passé ? »

Il se retourna, les yeux écarquillés de détresse. « Je ne sais pas, milady. Ils nous ont enfermés. »

Elle essaya la poignée. Quelle idiote ! il avait raison, bien sûr. Elle jeta un coup d'œil à travers la fenêtre circulaire, en essayant de percer l'obscurité. « Il y a de quoi devenir fous. Où sont les Dunsmuir ? »

La famille avait sa propre enfilade de cabines un peu plus loin vers la poupe. Une course jusqu'au bout du couloir se termina par une porte close, également. Claire serra les dents.

« Si nous ne pouvons pas sortir, nous devons monter. Tigg, si je te pousse un bon coup vers le haut du mur, peux-tu enlever le panneau et te glisser jusqu'à la passerelle ? »

« Plus vite que vous l'imaginez, milady. »

Il fallut un moment et des tentatives avec pertes d'équilibre pour trouver un panneau suffisamment déserré, mais une fois passé à travers, les pieds de Tigg disparurent et il ne resta à Claire qu'attendre. Elle se rendit dans la chambre de Jake.

« Jake, je suis désolée mais je dois... » La pièce était vide, le lit défait comme s'il venait juste d'en sortir. « Jake ? » Elle ne l'avait pas vu dans le couloir ; peut-être était-il allé réveiller les filles.

« Mopsies ? » Les jumelles sortirent la tête de la couchette du haut, où il était clair qu'elles s'étaient endormies ensemble, habillées de pied en cap, avec seulement un plaid à carreaux sur elles. Bien serrée dans la main de Lizzie se trouvait la fourchette à découper en argent qui accompagnait habituellement le rôti au dîner. « Mon Dieu, Lizzie ! Tu aurais pu t'éborgner dans ton sommeil. »

« Mon œil ! » Lizzie se laissa tomber à terre et enfila la fourchette dans sa ceinture. « On a atterri ? »

« Ma foi... je ne pense pas. Cependant, nous sommes enfermés. Tigg est grimpé jusqu'à la passerelle en reconnaissance. Avez-vous vu Jake ? » Elles secouèrent la tête. « C'est un mystère. Peut-être a-t-il eu la même idée. »

« P'têtre qu'on devrait tous monter et sortir? » suggéra Maggie. « Pourquoi ils nous ont enfermés ? »

« Ça me plaît pas trop, » dit Lizzie. « D'accord pour monter et sortir. »

Les mots venaient juste de sortir de sa bouche quand le sol se mit à trembler sous eux, comme si un géant leur retirait un tapis de sous les pieds. Elles atterrirent toutes les trois en tas près du mur.

« Qu'est-ce que c'était ? » dit Claire en haletant.

« On descend. » On pouvait lire sur le visage de Lizzie toute la conviction de celle qui sait depuis longtemps que les hommes ne sont pas faits pour voler.

« Si nous descendons, nous devrions nous en apercevoir à l'angle du plancher et une sensation de vide à l'estomac. » Claire se leva péniblement, en frottant le bleu qui était sûrement en train de se former sur sa hanche.

« Venez, nous devons... »

Un autre soubresaut du fuselage les envoya par terre pour la deuxième fois.

« Soit le vent s'est levé, soit on a été heurtés par quelque chose. » Avec précaution, Claire se remit debout, en s'accrochant à l'ouverture en bois du lit superposé, et jeta un coup d'œil par le hublot.

« Oh, mon Dieu ! »

Ils avaient vraiment été heurtés par quelque chose. Un vaisseau aérien louvoyait dans les courants d'air près d'eux ; un vaisseau avec double fuselage, dont l'un avait apparemment frappé le leur, vu qu'il était pratiquement accolé. Entre les fuselages, comme la hampe de la lettre *Y*, pendait une nacelle, avec une toile d'araignée de passerelles et de cordes qui à présent grouillait d'hommes.

Des hommes armés. Des hommes avec des cordes à l'épaule, d'où pendaient des versions grands formats des grappins, comme ceux qu'elle avait utilisés elle-même.

« Nous avons été abordés en vol. Par des pirates de l'air. »

La chose que sa seigneurie lui avait garanti qu'elle ne se passerait pas. Mais bon sang, où était la famille ? Est-ce que les enfants et elle avaient été enfermés derrière des portes en teck robustes pour leur propre sécurité ? Ou est-ce que tout le monde s'était enfui dans une sorte de dinghy et les avait laissés se défendre eux-mêmes ?

Le sol fut agité de soubresauts encore une fois, tandis que les dirigeables entraient en collision, mais le mouvement était moins fort cette fois, comme si le *Lady Lucy* était en train de s'ajuster contre un ponton. Claire sortit d'une sorte de transe horrifiée en sursaut.

« Je ne sais pas ce qui se passe, mais nous devons nous

préparer à nous défendre nous-mêmes. Maggie, procure-toi une arme. Je retourne à ma cabine pour prendre le fusil à éclairs. »

« Mais vous avez dit... »

« Je préfèrerais une explosion et une longue descente vers la terre à cause de la rupture d'un ballon de gaz, plutôt qu'être enlevée en échange d'une rançon par un pirate. Je reviens tout de suite. Gardez l'œil ouvert pour Tigg. »

Dans sa cabine, elle remplit ses poches et ses sacs de toutes sortes de choses qu'elle avait apportées avec elle. Son carnet de notes disparut dans son corselet en cuir, la bague d'émeraude de sa grand-mère sur une tige en ivoire glissée dans un chignon composé à la hâte. Elle fourra le fusil dans son étui dorsal. Elle mit Rosie sur son épaule et lança un regard affectueux à la robe du soir suspendue dans le placard. Elle n'allait pas la revoir de si tôt, tout comme son chapeau bleu préféré.

Les jumelles la rencontrèrent dans le couloir. « Et maintenant, milady ? »

« On va sur le pont. Nous devons trouver l'équipage et nous battre avec eux. »

Des bruits de pas résonnèrent au-dessus de leurs têtes et le panneau dans le plafond bougea dans ses gonds.

« Tigg ? Maggie, pose ton pied sur mes mains et aide-le à déplacer le panneau. »

Des bruits de pas... de frottement. Une petite tête blonde apparut dans l'ouverture et Maggie faillit tomber par terre en reculant. « Willie, sacré bonhomme, tu m'as fait une peur bleue ! »

Au-dessus d'elle, le regard de Willie plein de larmes trouva celui de Claire.

« Qu'y a-t-il, mon chéri ? Est-ce que c'est Tigg qui t'a envoyé ? »

Sans un mot, il secoua la tête et Claire sentit son estomac chavirer. « L'as-tu vu ? »

Un autre non de la tête.

« Willie, tu n'as aucune crainte à avoir. Tu dois nous dire ce qui s'est passé. »

Mais apparemment il ne voulait pas ou ne pouvait pas. Quelque chose l'avait effrayé au point que sa capacité de parler récemment retrouvée l'avait lâché et il était revenu à la condition dans laquelle elle l'avait trouvé.

Une condition directement reliée au fait d'avoir été arraché de force à sa mère et à son père.

« Mon chéri, je crois qu'on a été abordés par des pirates de l'air, malheureusement. Est-ce qu'ils ont pris maman et papa ? »

Son visage se crispa et il fit oui de la tête.

Une sensation de nausée et de peur envahit l'estomac de Claire et elle fit tout pour se contrôler. « Est-ce qu'ils nous ont enfermés ? »

Un haussement d'épaules.

« Est-ce que les pirates savent que nous sommes ici ? »

Willie hésita, puis il fit lentement non de la tête.

« Eh bien, c'est déjà quelque chose. Comment t'es-tu échappé ? »

Il se retira dans l'ouverture et fit signe d'une main que quelqu'un le rejoigne en haut. « Ah... Ton papa a eu la même idée que nous. Il t'a fourré derrière le plafond, n'est-ce pas, pour... »

La petite main de Willie apparut de nouveau, et de celle-ci pendait la parure en diamant de la comtesse, de soixante centimètres de long et d'une valeur équivalente au moins à celle du *Lady Lucy*. Même l'obscurité de la pièce n'arrivait pas à cacher son éclat.

« Bonté divine ! » Claire eut du mal à reconstruire le scénario qu'ils avaient raté en dormant copieusement. « Il t'a fourré, avec les bijoux de famille, derrière le plafond. Pour un homme assiégé, il a vraiment eu un coup de génie ! Eh bien, nous allons immédiatement suivre son excellent exemple. Maggie, Lizzie, levez-vous. »

« Il faut qu'on aille chercher l'équipage ? » Maggie se faufila par le trou et se tourna pour faire monter sa sœur après elle.

« Si le comte n'a pas pu se défendre, il est peu probable que l'équipage ait pu le faire. » À l'autre bout du couloir, elle entendit un cri. « Cela signifie qu'on doit reste cachés si on peut. Tiens, prends Rosie. »

Mais Rosie ne voulait pas être prise.

« Rosie, ce n'est pas le moment de nous créer des ennuis. Quelqu'un arrive ! »

L'oiseau battit des ailes et voleta puis décolla en suivant le couloir. Avec un grognement de frustration, Claire courut à sa cabine, attrapa la boîte à chapeau, jeta son chapeau bleu adoré qui s'y trouvait, s'empara de la poule et la mit dedans. « Tu me remercieras quand on sortira de ce pétrin. » Le couvercle refermé et la corde bien serrée, elle leva par-dessus sa tête le carton à chapeau et le passa à une Maggie anxieuse.

Quelqu'un donna un coup de pied dans la porte, et elle entendit un éclat de rire rauque.

Il n'y avait personne avec elle pour lui faire la courte échelle. Elle devait se débrouiller toute seule, sans l'aide d'une corde, ni d'un crochet.

Prenant appui sur un candélabre accroché au mur, elle monta sur la rampe.

Bang ! On donnait des coups de pied dans la porte verrouillée. Le teak était un bois solide, mais il ne résisterait pas à la force et à la cupidité cumulées.

Elle avait réussi à mettre ses deux coudes dans l'ouverture.

« On va vous tirer, milady. » Une jumelle s'agenouilla de chaque côté.

Claire se souleva de toutes ses forces en prenant appui sur la rampe. Elle atterrit sur la poitrine. Avec les filles qui tiraient, et en s'arc-boutant avec un genou sur le panneau suivant, elle réussit à passer complètement par l'ouverture.

Un autre cri, cette fois de triomphe, au moment où la plaque de verrouillage en laiton céda.

Des pas martelèrent le couloir tandis que Claire faisait fouetter ses jupes noires après elle ; puis ensemble, les filles et elle, remirent le panneau en place juste au-dessus des têtes d'une demi-douzaine de pirates.

« Ne bougez pas, » murmura Claire.

Les enfants se figèrent. Le seul son était le crissement des griffes de Rosie dans la boîte à chapeau, mais leurs poursuivants ne pouvaient pas l'entendre. Ils étaient trop occupés à faire ripaille dans les cabines, et à s'exclamer avidement devant les pièces de butin.

Couvertures. Oreillers. Son chapeau.

Claire ferma les yeux et lui souhaita affectueusement au revoir.

Les pirates revinrent en trombe dans le couloir et un instant après ils les entendirent clairement dans la salle à manger. Du plafond, le son semblait se distribuer de façon égale, comme s'il n'y avait pas beauxoup d'obstacles pour l'arrêter.

« Combien y en a ? » chuchota Lizzie.

« À part ceux-là ? Peux pas dire, » dit Maggie.

« Il y en avait des centaines dans le gréement de l'autre vaisseau, j'ai l'impression, » ajouta Claire. « Chut... écoutons. Je crois qu'ils se disputent à propos de mon chapeau. »

« C'est tout ce que vous avez trouvé ? » rugit une voix profonde qui lui rappela la mer tonnante dans les grottes des contrebandiers, très en-dessous de Gwynn Place. « Un chapeau ? Où est la fille ? »

« Il n'y avait personne là-bas, capitaine, » dit une autre voix. « Des portes fermées des deux côtés, et pas âme qui vive. »

« Va falloir les trouver, sinon vous risquez de faire un petit tour dehors, tous tant que vous êtes. Où est le garçon ? Je veux des réponses. »

Les bruits de bagarre se terminèrent par un bruit sourd, comme si quelqu'un avait été jeté au sol.

« Toi, p'tit gars. Tu as dit que l'autre dame était dans les cabines des invités. Alors où est-elle ? »

« Elle est là. Où peut-elle être sinon ? »

Maggie hoqueta. Lizzie plaqua sa main contre la bouche de sa sœur.

Elles connaissaient bien cette voix : c'était celle de Jake.

« J'ai fermé les portes à clé, » continua le garçon sur un ton à la fois méfiant et boudeur. « Elle se cache, c'est tout. »

« Vous deux. Remettez notre ami là-dedans et ne ramenez pas vos tronches avant de l'avoir trouvée. Pourquoi en kidnapper deux, quand on peut en avoir trois ? »

Claire et les enfants restaient assis, figés dans l'effroi, en entendant les pas revenir au-dessous d'eux, et les bruits caractéristiques d'une fouille.

Jake avait fait ce que Claire avait toujours craint secrètement qu'il fasse.

Il les avait tous trahis.

CHAPITRE 5

*C*laire se blottit dans l'espace restreint avec les enfants, reconnaissante du fait que, par chance, les bruits de la recherche au loin masquassent les reniflements de détresse tout près d'elle.

« J'arrive pas à croire ça de lui, » murmura Maggie, des larmes dans la voix. « Notre Jake. »

« Il est plus notre Jake, j'te dis. » La voix de Lizzie aurait pu être à peine audible, mais sa rage faisait qu'on l'entendait haut et fort. « C'est chacun pour soi avec ce type, tu peux être sûre. »

« Chut ! » Claire se remit assise. « Ils reviennent. »

« Combien de chambres il faut à une lady ? » grommela une voix directement sous eux juste en-dehors de leur chambre, en fait. « On dirait qu'elle passait chaque nuit du voyage dans une cabine différente. »

« Qui sait c'qu'y pensent dans la haute, » dit Jake. « C'est quoi qu'on va y dire au capitaine ? »

« J'vais lui dire qu'elle est pas là. Puis vous encaisserez tout qu'il vous sortira... en espérant qu'il vous envoie pas vous faire voir ailleurs ! »

« Mais, c'est pas ma faute si elle s'est cassée ! »

En l'entendant parler, Claire ne pouvait s'empêcher de penser qu'il était jeune et apeuré, et elle ressentit presque de la compassion pour lui.

Presque.

« C'est ta faute si t'as pas trouvé où elle créchait d'abord, ça nous aurait fait gagner du temps. Moi, j'aurais envoyé ce pigeon illico et j'aurais fait cracher la rançon aux parents des Dunsmuir. Mais le capitaine, c'est un homme d'affaires. Il a d'autres projets, et si tu tiens à ta santé, tu feras mieux de trouver cette fille avant de revenir là-bas. »

D'autres projets ? La concernant ? L'estomac de Claire fit un plongeon, puis une pirouette qui n'avait rien à voir avec les courants d'air.

Mais les pirates ne dirent plus un mot, à son grand désespoir ; ils se contentèrent de quitter à toute allure les chambres des invités, probablement pour élargir leurs recherches.

« Je ne comprends pas, » dit Maggie à voix basse. « Pourquoi il a dit que vous dormiez dans toutes ces chambres ? »

« Fastoche, tête de linotte, » dit Lizzie. « Jake a vendu milady parce qu'elle vaut quelque chose ; mais pas nous. Il nous protège, pour tout l'bien que ça rapportera à nous et à lui. Mais, on peut pas rester toute la vie ici ; ils nous trouv'-rons quand on tombera morts de faim du plafond. »

« Alors il faut faire en sorte qu'ils interrompent les recherches, » dit Claire qui commençait à se rendre compte de la situation. « S'ils ne savent pas que vous êtes ici, et qu'ils ne vous cherchent pas, peut-être pouvez-vous nous aider. »

« Moi, je suis d'accord. » Claire n'arrivait pas à distinguer ses traits dans l'obscurité, mais au ton lugubre de la fillette, elle comprit qu'elle pensait déjà à prêter main forte concernant Jake. « Comment vous f'rez pour qu'ils arrêtent les recherches ? »

« C'est moi qui me rendrai. »

Maggie prit une grande inspiration tandis que, derrière elle, un gémissement s'échappait de la gorge de Willie. « Milady, vous n'devez pas ! Nous sommes un troupeau. Nous devons rester ensemble. »

« C'est la seule façon ; plus tôt ils arrêtent de chercher, plus vite Willie, Tigg et vous deux serez en sécurité, et vous ne mourrez pas de faim ici. Je trouverai une façon de vous procurer de quoi manger, et si cela échoue, je pourrais toujours voler. »

Pauvre de moi... si maman m'entendait en ce moment.

« Je vous laisserai le fusil, » continua-t-elle. « Si vous êtes coincés, vous devez avoir un moyen de vous défendre. »

« J'peux pas, milady, sauf vot'respect. »

« Pourquoi pas, Lizzie ? Je ne peux pas vous laisser sans rien. »

« On sait se défendre. »

Claire se rendit à l'évidence encore une fois : elle ignorait complètement la vie des jumelles pendant les premières années de leur vie dans les rues. Peut-être d'ailleurs qu'elle voulait rester dans l'ignorance.

« Mais Jake sait qu'vous avez ce fusil, et il sait que vous le donnez toujours à vot'second. S'il le voit pas avec vous, il leur fera continuer les recherches. »

« Son second ce serait lui, si c'était pas un fieffé coquin. »

Lizzie fit une pause pour souligner l'amertume désabusée de sa jumelle. « Après lui, c'est Tigg. Vous devez le prendre le

SHELLEY ADINA

fusil, sinon ils le prendront en chasse, c'est sûr. Un choix difficile, milady, mais vous devez le faire. »

Claire avala pour faire passer le chat dans sa gorge. « Vous ferez tout votre possible pour ne pas vous faire prendre, » dit-elle d'une voix ferme.

« Oui, milady. »

« Vous protègerez Willie et Rosie à tous prix ; ce sont ceux qui sont le moins capables de se défendre. »

« Compris, milady. »

« Et si l'occasion se présente de les sauver aux frais des Dunsmuir ou aux miens, vous prendrez ça pour un ordre. »

Un ange passa.

« Lizzie ? »

« Oui, milady, » dit enfin Lizzie. « Mais... vaudra mieux pas en venir à ça. »

Claire comprit à demi-mot. « J'espère que non. Comme dit Maggie, nous sommes un troupeau et je ne veux vraiment pas que nous soyons séparés. » Elle prit une inspiration et s'imposa de ne pas pleurer. Puis, elle s'enleva les perles St. Ives et les noua autour du cou de Maggie, sous sa chemisette en voile. L'émeraude du rajah alla sur le pouce de Lizzie, au toucher dans le noir, et elle replaça l'épingle à cheveux affûtée en ivoire dans son chignon. « Bien, et maintenant déplaçons le panneau. À trois. »

Elle se faufila par l'ouverture et retomba en douceur sur le tapis persan. Puis elle secoua sa jupe, leva le menton et...

... s'arrêta un instant, car une idée venait de lui traverser la tête, aussi rapide qu'un éclair.

LEUR CACHETTE se trouvait tout près de la porte de sa cabine. À travers le hublot, elle voyait le vaisseau des pirates, qui naviguait facilement près d'eux. Un amoncellement de nuages formait comme une toile de fond, et quelque part le soleil se levait, les entourant d'une lueur criarde orange et rouge. Des éclairs fusèrent dans leurs profondeurs, et au loin, le tonnerre gronda ; pas aussi près qu'avant, mais suffisamment près pour lui titiller les nerfs.

Les envahisseurs ne connaissaient pas encore sa position. Elle allait se rendre, oui, mais avant, quels dégâts pourrait-elle causer?

Elle ouvrit le hublot et s'agrippa au bord inférieur pour regarder à l'extérieur, observant les parties du vaisseau et calculant les distances.

Des fuselages jumeaux, celui de droite heurta en douceur le leur, ce qui mit la nacelle suspendue à moins de trente mètres d'eux. Les membres de l'équipage devaient être presque tous sur le *Lady Lucy*, car les échelles et les cordages pendaient inoccupés et les hommes faisaient des allées et venues derrière la vitre de la nacelle ; probablement des ingénieurs et des mécaniciens, bien qu'ils formassent un groupe hétéroclite sans personne avec un uniforme complet.

Cependant, au lieu de véhicules à moteur flanquant le fuselage, comme sur le *Lady Lucy*, cet aéronef semblait avoir une sorte de montage propulsif externe fixé au dos de la nacelle.

Inefficace. Moche. Un véritable cauchemar d'ingénieur et probablement aussi un casse-tête infernal pour les réparations en cours de voyage.

Merveilleux.

Claire ôta le fusil de son étui d'épaule avec l'aisance due à une longue familiarité et poussa en avant le levier d'engagement.

Il commença à bourdonner.

Elle n'avait pas beaucoup de temps avant que quelqu'un réalise que sa disparition était vraiment impossible et qu'il revienne en arrière pour une troisième recherche. Quand le niveau du fusil atteignit sa phase opérationnelle, elle le souleva, le posa au bord du hublot et prit son temps pour viser.

Un rayon en zig-zag d'énergie blanc-bleu jaillit en grésillant du canon et décrivit un arc à travers l'espace entre les deux vaisseaux. Il atteignit l'hélice comme une éclaboussure de vin en plein visage, et des vrilles de lumière scintillèrent sur toutes les surfaces, explorant, grésillant et grillant jusqu'au plus petit des composants, en transformant le tout en une masse noirâtre.

Claire laissa échapper un sourire de satisfaction. Cela ressemblait pour tout le monde à un vaisseau de pirates frappé par un éclair.

Elle ramena le fusil vers elle. Ils allaient le lui prendre ; mais ça ne signifiait pas qu'ils pourraient l'utiliser pour la menacer elle ou les siens.

De ses doigts rapides, elle trouva un petit raccord en laiton qui faisait partie du mécanisme de détente. Son absence ne serait pas remarquée, à moins que le fusil ne soit complètement démonté et que la mécanique compte cinq pièces au lieu de six. Mais le fusil ne pourrait pas marcher sans celle-ci.

Elle l'enfila sur son épingle à cheveux en ivoire et mit le tout dans son chignon.

Une bonne chose de faite.

Maintenant, tout ce qu'elle avait à faire était de rester sur le vaisseau fonctionnel. S'ils voulaient prendre le *Lady Lucy* pour le récupérer ou le vendre, ils ne l'endommageraient pas. Dans l'éventualité, absolument improbable, que les Dunsmuir et leur équipage puissent reprendre possession de leur vaisseau, leurs chances de s'échapper étaient légèrement meilleures maintenant.

Espérait-elle.

Son chapeau bleu n'était pas le meilleur accessoire pour son costume d'aventurière, mais il la grandissait et lui donnait de l'assurance. Elle le ramassa, donna un coup sur les bosses avec ses doigts, l'enfila, et se dirigea vers la salle à manger comme si elle avait été invitée à déjeuner.

Toute la nourriture qui avait été sur le buffet avait été réquisitionnée pour la table familiale. Derrière un plat bien garni, se prélassait le plus gros homme qu'elle avait jamais vu, pourvu d'une crinière sauvage de cheveux noirs. Mais ce ne fut pas sa taille qui lui fit rater une marche.

Ce fut l'engin qui se trouvait dans son orbite. Tandis qu'elle avançait vers lui et vers la table pleine de ses acolytes, tous en train de manger et de rire en même temps, il pivota vers elle comme un télescope, s'ajustant lui-même à la distance jusqu'à ce qu'il soit suffisamment au point.

Et puis, pendant qu'il levait un verre du bon madère de la réserve du comte à ses lèvres, elle vit son bras gauche. Il était mécanique lui aussi: une merveille de rouages, d'engrenages et de pistons, chacun bougeant avec un bel ensemble. Bonté divine! Les Texicains possédaient une technologie qu'on n'avait jamais vue même à Londres.

Qu'est-ce qu'ils faisaient, déguisés en bande de rustres, alors qu'ils pourraient monopoliser le marché des automates?

« Et qu'est-ce qu'on a ici? »

Elle s'arrêta net, les pieds plantés dans le sol tandis que deux mécréants bondissaient sur elle et la prenaient par les bras comme si elle menaçait de s'enfuir, pas de s'avancer.

« Laissez-moi tranquille, » dit-elle tout de suite, agacée. « Je ne suis pas en train de m'enfuir. »

« Ça doit être elle, » dit l'une des brutes obligeamment, « la fille que vous cherchiez. »

Pour toute réponse, le bras mécanique étincela et l'homme à sa droite se mit à hurler, tandis qu'une prunelle sortait de son front. « J'ai des yeux pour voir, gros malin. »

Hum. Un peu chatouilleux au sujet de la vue, on dirait. Elle prit note en même temps de la précision de ses mécaniques.

« Ai-je le plaisir de m'adresser à Lady Claire Trevelyan ? » dit-il d'une voix traînante.

Dans sa tête aussi, cela avait l'air de tourner rond. « Parfaitement, » répondit-elle. « Mais vous avez l'avantage sur moi, monsieur. »

« C'est indéniable. » Il sourit et les hommes de sa table s'esclaffèrent.

Elle attendit, drapée dans sa dignité, et le rire se changea en grognements et marmonnements tandis qu'ils retournaient à leur nourriture.

« Oh, laissez-la libre. » Il agita une main irritée en direction des deux hommes de chaque côté, et à contre-cœur ceux-ci la lâchèrent. « Je m'appelle Ned Mose, capitaine du *Stalwart Lass*, et je revendique ce vaisseau ; et ses occupants. »

« De quel droit ? »

« Du droit des armes, madame l'insolente, et si j'étais vous, je ferais attention à ce que je dis. »

« Si vous étiez moi, vous auriez besoin d'un plus grand corset. »

Son œil non mécanique sortit presque de son orbite, puis il éclata de rire bruyamment. Cette fois, les hommes se demandèrent si c'était du lard ou du cochon et se regardèrent l'un l'autre, comme s'ils n'avaient pas compris la plaisanterie et se demandaient s'il fallait rire ou pas.

« En tous cas, vous n'avez pas votre langue dans la poche. Où vous étiez-vous cachée ? »

« Il y a des couvertures de réserve dans le placard de ma chambre. Je me suis cachée derrière. »

Sans crier gare, il donna une gifle sonore à l'homme à côté de lui. « Rappelle-t'en la prochaine fois, imbécile, comme ça tu ne passeras pas une heure à chercher un prisonnier qui est ailleurs. »

« Mais... mais... »

L'homme avait raison de protester, car même Rosie aurait eu du mal à se cacher dans ce placard. Mais personne n'écoutait.

L'un des précédents ravisseurs sortit le fusil de son étui et le lança en direction du capitaine, avant qu'elle eu le temps protester. Sa main déclencha l'allongement de son bras, lui donnant une longueur de plus, et il attrapa l'arme au vol ; puis le mécanisme cliqueta en se rétractant à une longueur normale, de nouveau. « Qu'est-ce que c'est ? Une sorte d'arme à feu ? »

Il l'examina, et les poils de la nuque de Claire se hérissèrent d'appréhension tandis que l'œil télescopique pivotait de droite à gauche. C'était très énervant. Elle n'avait jamais été le genre de petite fille à jouer à la poupée ni à tout ce qui pouvait ressembler à un être humain sans l'être. Elle était réfractaire aux automates que certaines familles utilisaient comme majordomes. Quand elle était enfant, les visages en porcelaine des poupées avec les yeux qui clignaient la faisaient hurler et courir dans la direction opposée... et ici, elle était devant un visage qui lui faisait pratiquement le même effet.

Mais Ned Mose était un être humain, un homme quoi, et il possédait les mêmes qualités que possèdent tous les hommes, y compris le sens de l'humour. Elle devait se souvenir de cela quand le regard vide de l'œil télescopique balayerait sa personne une fois encore.

« Je vous ai posé une question. »

Elle reprit ses esprits. « Oui, c'est une arme. Mais elle ne marche plus, je ne sais pas pourquoi. »

Si elle avait enlevé la pile à combustible, Jake le leur aurait dit immédiatement. Mais même lui serait pris de court s'il essayait de réparer le fusil. Le raccord n'était pas la cause la plus évidente de sa panne en fait, il se chargerait parfaitement bien maintenant que le capitaine avait poussé vers l'avant le levier d'engagement.

Simplement, la détente ne relâcherait pas la charge.

Et jusqu'à ce moment-là, elle n'avait eu aucune raison de se demander ce qui se passerait si la charge n'était pas relâchée.

« Je ne le ferais pas, si j'étais à votre place, » dit-elle d'un ton léger. « Vous pourriez désengager de nouveau le levier. »

« Je pourrais, si j'avais envie d'écouter les bêtises proférées par une fille. » Il se leva lourdement, mit le fusil contre son épaule et la prit en ligne de mire. « On a assez parlé. Vous venez avec moi. »

Si jamais un jour sa vie avait dépendu de son propre travail, c'était maintenant. Figée sur place, elle regarda le pavillon du canon, s'attendant presque à ce qu'un éclair en jaillisse et la grille séance tenante.

Mais ce ne fut pas le cas.

Le capitaine fit basculer la détente, empoigna l'arme, la secoua, pressa de nouveau sur la détente tout en regardant directement dans le canon évasé.

Bon sang ! C'était une bonne chose à savoir : dans les moments de frustration, la logique l'abandonnait. Elle devait s'imposer de créer d'autres moments de ce genre, dans l'espoir d'en tirer un avantage.

Avec un grognement de frustration, il lança le fusil à quelqu'un. « Répare-le. » La main mécanique se referma sur le bras de Claire, ce qui lui tira un gémissement. « Toi, tu viens avec moi ! »

Il la fit descendre jusqu'au pont B et de là jusqu'à la nacelle.

« Claire ! Oh, Dieu soit loué ! » La comtesse courut à travers le pont juste au moment où le capitaine la lâcha d'un mouvement brusque qui ne fit que lui confirmer la puissance que possédait ce bras. Elles tombèrent dans les bras l'une de l'autre au milieu du pont, et Claire serra Davina fort contre elle.

« Davina, John... je suis si heureuse que vous alliez bien. »

« Pour le moment, » grogna le capitaine. « Tant que j'obtiens ce que je veux, je ne vois pas le besoin de tuer. Mais mettez-vous en travers de mon chemin et vous le regretterez. »

« Vous ne pouvez pas tuer un comte, » dit le capitaine Hollys fermement. Le sang avait séché devant son oreille et tout le long de son cou, et une manche de son uniforme était presque arrachée. Un gros bleu était en train de se former sur sa pommette droite. « Vous seriez poursuivi d'un bout à l'autre de l'Empire. »

« Alors on est bien heureux de pas être dans l'Empire, mon gars. » Il ajusta la longueur de son bras et donna une caresse insouciante à Hollys sur la tête. Il recula, mais un nouveau filet de sang coula sur sa joue. « Vous êtes dans l'espace aérien texicain à présent, et cela n'intéresse personne que vous soyez un comte ou une fille, sauf si vous avez de l'argent. Et, si j'ai été bien informé, le comte et la fille ici en ont. »

« Vous voulez demander une rançon en échange de nous ? » demanda John Dunsmuir, en se déplaçant pour être entre le pirate, et Claire et la comtesse.

« Ce serait vraiment bête de ma part de ne pas le faire, vu que vous êtes riches comme Crésus. » L'œil télescopique le dévisagea de cap en pied, ce qui fit grincer le mécanisme. « Tout le monde sait qui vous êtes, Votre Seigneurie. Vous seriez un beau trophée à accrocher à ma boutonnière. »

Claire ne put s'empêcher de remarquer qu'il s'embrouillait de façon navrante dans les métaphores. Mais le sens était clair ; et puisqu'il ne semblait pas savoir que le couple avait un enfant, peut-être qu'il n'en savait pas autant qu'il le pensait. Dieu soit loué, même pour les petites miséricordes.

« Ma famille ne négocie pas avec les pirates. »

« Ils négocieront pour vous. Mais je pourrais être convaincu à baisser mon prix, si votre dame, là, me remettait ses bijoux de famille. Je sais de source sûre qu'elle voyage avec style, diamants et tout et tout. »

« Votre source est mal informée. »

« Ah ouais ? » Il se tourna pour crier dans la passerelle. « Jake ! Ramène ta carcasse par ici ! »

En quelques secondes, Jake dévala l'échelle et atteignit le bas comme si ses orteils étaient suspendus au bord d'un précipice. Le comte, sa femme et l'équipage le regardèrent, figés, sans en croire leurs yeux. Mais son regard paniqué n'alla qu'en direction de Claire.

« Jake, » dit-elle avec cette sorte de politesse que les dames de la bonne société empruntent en public, pour réduire en charpie les personnes indignes, « Je suis navrée de t'avoir raté alors. »

« Je peux vous expliquer, mila... »

« Ça ne m'intéresse pas, merci quand même. Le troupeau a perdu un membre, et tu sais ce qui se passe pour les oiseaux qui restent en-dehors du poulailler la nuit. »

« Arrêtez ce bavardage ! » Le capitaine, semblait-il, n'appréciait pas les métaphores utilisées correctement. « Jake, parle-nous encore des bijoux de la comtesse. »

« Il y a un gros collier de diamants tout autour de sa taille, » dit-il d'une voix qui se brisait. « Deux rangs de perles. Des boucles d'oreilles et d'autres babioles que j'ai vues. »

« Rien d'autre ? »

« Une sorte de couronne. »

« Elle porte une couronne ? » Cela semblait aller au-delà de ce qu'il pouvait croire. « Vous êtes une espèce de princesse, milady ? »

Après un temps d'hésitation, Davina dit, « Certainement pas. » Sa voix était douce, mais elle contenait la même sorte de politesse glacée que celle de Claire auparavant. Et même sa gentillesse la rendait encore plus coupante. « Il veut dire un diadème. »

« Ah. Je connais une femme qui pourrait être intéressée par un de ces objets. Peut-être que je le lui donnerai en échange des services rendus. » Il éclata de rire bruyamment tandis que les lèvres de Lady Dunsmuir s'amenuisaient, et pas, supposa Claire, parce qu'elle était dégoûtée, mais parce que cela l'empêchait de pleurer. « Bon... maintenant que ce point est éclairci, pourquoi vous ne dites pas à Jake où se trouve le coffre-fort, comme ça il ira chercher tout ça pour nous. »

« Le *Lady Lucy* n'a pas de coffre-fort, » dit le comte d'un ton ferme. « Jusqu'à présent, on n'en a pas eu besoin. »

« Quel nigaud ! Hoyt, prends Jake et deux autres avec toi et allez chercher ces bijoux ; et pour vous motiver encore un peu plus, sachez que Jake fera un tour dehors, si vous ne les trouvez pas. »

Le sang se retira du visage du garçon. « Quoi ? »

« Tu m'as bien entendu. »

Lady Dunsmuir pâlit ultérieurement, ce qui fit paraître sa peau fine presque grise. « Vous n'allez quand même pas jeter ce garçon par-dessus bord ? »

Claire se sentait nauséeuse ; le dégoût et le chagrin pour son comportement étaient une chose, mais personne ne méritait cela, pas même un garçon qui avait trahi ses plus proches compagnons pour... pour quoi déjà ? Qu'est-ce qu'ils lui avaient offert qui puisse être plus important que son avenir, sa vie même ?

« Juste un petit encouragement pour mieux chercher, c'est tout, ça n'a rien de personnel. »

Non. Le meurtre ne l'était jamais.

CHAPITRE 6

*J*ake et son escorte venaient juste de disparaître du haut de l'échelle quand une petite voix fluette résonna près de la personne du capitaine. « Capitaine! On vous demande urgemment à bord du *Lass*. Problèmes au moteur. »

Ned Mose donna une chiquenaude sur un petit levier en laiton sur son épaule. « Réparez-le, abruti ! Est-ce que j'ai une gueule de mécanicien ? »

« Oui, monsieur. Vous valez mieux qu'un capitaine... la mécanique de votre bras le montre bien. »

« Je ne vous ai pas sorti de cette prison de Montréal pour que vous m'embêtiez. Vous êtes à bord pour veiller au moteur ; faites votre travail, André. »

« Même moi, je ne peux pas réparer ce que le bon Dieu a fait. Le moteur a été frappé par la foudre, mon capitaine. Sans le *Lady Lucy*, nous irons à la dérive. »

Mose donna une claque au levier dans l'autre sens et rugit comme une bête enchaînée. Puis, il regarda fixement Ian Hollys. « Et vous... dites à quelqu'un d'aller vers la proue et de préparer un câble de remorquage. Si ce qu'il dit est vrai, je commanderai d'ici. »

« Où avez-vous l'intention de nous emmener ? » demanda le comte.

« Vous verrez bien où je vous emmenerai et ce n'est pas à vous que je demanderai la permission ! » aboya Mose ; puis il escalada l'échelle. Quelques instants après, sa lourde silhouette s'achemina vers une tyrolienne qui avait été accrochée entre les deux navires.

« Où est mon équipage ? » Le capitaine Hollys demanda aux deux pirates qui les surveillaient. « Je dois donner les ordres de votre capitaine. »

« Vous restez ici, vous. L'équipage est confiné dans ses quartiers sous bonne garde. Zeb, vas-y. »

« Moi ? » dit l'autre pirate, incrédule. « Pourquoi forcément moi ? »

« Parce que je suis ton supérieur. Tu veux que le capitaine te fasse passer sous la quille parce que tu n'as pas obéi à ses ordres à l'avant ? »

Apparemment Zeb ne le voulait pas, car il monta en grommelant en haut de l'échelle et le bruit de ses bottes s'amenuisait à mesure qu'il s'éloignait.

« Je vais prendre un peu de cette bonne tambouille dont on m'a parlé. » Le deuxième grimpa jusqu'au milieu de l'échelle.

« Pas d'embrouille, hein ? Je vous enferme à clé, vous de la haute. »

Dès que le verrou fut actionné, Davina prit Claire dans ses bras encore une fois. « As-tu vu Will ? » demanda-t-elle à brûle-pourpoint, comme si elle avait retourné la question dans sa tête tout ce temps-là. « Est-ce qu'il va bien ? »

« Oui, il va parfaitement bien, tout comme les diamants Dunsmuir. »

« Ce ne sont pas tant les diamants qui me préoccupent, » dit le comte. « Nous avons perdu la tête. » Il se frappa le front. « Je ne sais pas ce qui m'a pris de le mettre au-dessus du plafond. Quelle idée absurde ! Il va probablement tomber et... »

« Willie n'est absolument pas sur le point de tomber, » dit Claire d'un ton ferme. « Il m'a trouvée ainsi que les filles, et votre idée était tellement bonne que je les ai fait monter elles aussi au-dessus. »

Lady Dunsmuir poussa un long soupir, comme si elle s'était retenue de respirer pendant toute la matinée. « Alors il va bien et n'a pas encore été découvert. Ah maintenant, je me sens capable d'affronter le reste. Oh Claire, vous devez imaginer comment je me sens : s'il m'était enlevé maintenant alors que je viens juste de le retrouver... »

« Il ne nous sera pas enlevé, du moins pas à court terme. J'ai fait en sorte que nous restions tous sur le *Lady Lucy* pour le moment. »

« Dites-moi, vous n'avez rien à voir avec le coup de foudre qu'il y a eu ? » Le visage de Lord John s'éclaira un peu plus encore.

« C'est moi qui l'ai fait. » Elle ne donna pas d'explications mais sourit seulement.

« Le *Stalwart Lass* doit être mis à quai quelque part pour être réparé. Notre groupe ne sera pas réparti sur deux vaisseaux différents. Au moins maintenant nous avons une possibilité de récupérer. »

« Mais que faites-vous de Jake ? » le capitaine Hollys se

toucha le front et sembla surpris quand il vit ses doigts tachés de sang. « Je ne comprends pas. »

« Je ne sais pas, et je n'ai même pas envie de le savoir. » La douleur de la trahison et la perte de confiance lui faisaient mal en profondeur, sous le sternum. « Capitaine Hollys, vous sentez-vous bien ? »

Il acquiesça. « Bien sûr. Ce sont des égratignures sans conséquences. J'ai un navire à reprendre, et ce fou pense qu'il nous a enfermés. »

« Ian, vous ne ferez rien de téméraire, » lui dit Lady Dunsmuir. « Je ne supporterais pas qu'il vous arrive quelque chose. »

« Il est de mon devoir de veiller au bien-être de cette famille, milady. Tout un chacun à bord a le même devoir, et nous connaissons tous les plans d'urgence. Il s'agit seulement de les mettre en pratique, maintenant que nous savons que tout le monde est recensé. »

« Tigg manque encore à l'appel, » dit Claire. « J'espère vraiment qu'il est avec l'équipage, sous la protection de monsieur Yau, et qu'il sera considéré comme nécessaire pour le fonctionnement du navire. Ils ne voudront pas lui faire du mal, j'espère. »

« L'espoir c'est bien, mais je préfèrerais une certitude. » Le capitaine traversa la nacelle et tourna à la manivelle une roue, qui avait une poignée formant une protubérance. « Par ici, avant que ces mécréants ne reviennent. Si vous avez le vertige, je vous aiderai. »

Claire avait découvert qu'il y avait beaucoup de choses à craindre sur terre, mais l'altitude, à son avis, figurait parmi les choses les moins effrayantes. Ceci dit, elle sentit quand même son estomac dans les talons quand elle réalisa que le capitaine voulait qu'ils grimpent jusqu'au toit de la nacelle pour passer ensuite par une écoutille dans le fuselage du vaisseau. La courbure de l'énorme structure rigide ne les cachait pas complètement de la vue de quiconque sur le pont des pirates. Mais on n'avait pas le temps d'y penser.

Le vent ressemblait à de la glace liquide à cette hauteur au-dessus de la terre, et tandis qu'elle essayait de prendre une grande inspiration, il lui cisailla les poumons, comme s'il était doté de lames.

« Vite. » Le capitaine souleva Lady Dunsmuir pour lui faire traverser l'écoutille, et son mari l'attira à lui pour la lui faire franchir totalement. « Il n'y a pas suffisamment d'oxygène dans l'air pour nous soutenir longtemps. »

Claire se démena pour se dégager de la trappe, et le capitaine ferma les deux écoutilles derrière lui, en tournant les roues jusqu'à ce qu'elles soient bien serrées. « Ça va les faire chercher pendant un bon moment au moins, quand ils trouveront une chambre fermée sans personne dedans. Venez. »

Lady Dunsmuir était aussi blanche que son propre chemisier en dentelle de Bruxelles. « Où allons-nous ? »

« La première chose à faire est de nous armer. Ensuite de libérer mon équipage ; puis récupérer le vaisseau et couper les amarres avec le *Stalwart Lass* ».

Le capitaine parlait avec une telle asssurance que Claire pensa presque que c'était possible.

Apparemment, la passerelle coaxiale n'était pas le seul moyen de se déplacer sur la longueur du navire. « Nous sommes entre les ponts B et A maintenant, » dit Lord John à voix basse, parlant à Claire par-dessus son épaule, alors que le capitaine Hollys fermait la marche, les suivant de près pour que personne ne reste en arrière. « Les faux plafonds ont été conçus pour déboucher là où nous sommes, pour que si nous étions abordés, la famille ait un moyen de s'échapper et de se cacher. Je n'étais pas au courant de l'écoutille pour sortir de la nacelle. Que quelque chose ait échappé à mes frères et moi au cours de nos explorations me surprend vraiment. » Il toucha une entretoise métallique au passage. « Je pensais que je connaissais cette vieille fille dedans et dehors. »

« Nous pourrons trouver Will dedans, alors ? » L'espoir avait redonné des couleurs à la comtesse. « Puis-je l'appeler ? »

« Non ! » dirent les deux hommes dans un bel ensemble.

« Les cloisons sont fines, » dit Lord John plus gentiment. « Et il est au-dessus du plafond du pont A, un étage au-dessus. »

« Nous devons faire très doucement et les prendre par surprise, » ajouta le capitaine. « On se tait maintenant. »

Se déplaçant furtivement, en quelques minutes ils atteignirent la poupe, reconnaissable au rétrécissement du fuselage et à l'intensification des bruits de voix des hommes. Profitant d'un renfoncement dans le mur, le capitaine s'arrêta, choisit une clé de son trousseau, et la tourna dans une serrure. « Ils doivent être sous surveillance, car sinon Jack et les autres officiers seraient déjà venus ici et auraient déjà enlevé tout ça. » Il s'empara d'un fusil, et en tendit trois rapidement à ses compagnons.

Mais ce n'était pas un fusil, du moins pas du genre qui envoie des balles ou du courant. Il n'y avait pas moyen de le charger. Claire le retourna : une détente. Bon, c'était au moins quelque chose.

« Cela s'appelle un détonateur sonore. Il tire des ondes sonores, » dit Lady Dunsmuir, en indiquant le pavillon du canon. Soudain, Claire réalisa d'où pouvait provenir le canon de son propre fusil. « Nous ne pouvons pas utiliser autre chose à bord du vaisseau. Tirée sur une personne, l'onde qu'il émet peut frapper un homme qui perdra connaissance, mais n'aura pas d'effet sur le fuselage. »

Apparemment Lady Dunsmuir n'avait pas été élevée dans du coton, comme on aurait pu s'y attendre.

« Génial, » dit Claire.

« Voilà notre plan, » dit le capitaine. « Nous sortons du plafond, nous maîtrisons le surveillant, nous libérons l'équipage et puis nous allons de l'avant. Des questions ? »

Claire avait besoin d'éclaircissements sur un point. « Est-ce que nous, je veux dire Davina et moi, allons rester à l'arrière ? »

Davina la regarda l'air incrédule. « Certainement pas. Savez-vous vous servir d'un fusil ? »

« Oui. »

« Alors à quoi vous servirait-il, si vous restiez ici ? »

La réponse allait de soi.

Le capitaine Hollys et le comte déplacèrent un panneau de côté, puis se laissèrent tomber sur le tapis en-dessous. Davina les suivit, puis Claire. Elle voulait s'emparer le plus tôt possible d'une corde et d'un grappin, au cas où cette montée et descente des plafonds deviendrait une pratique fréquente.

Les quartiers de l'équipage étaient surveillés par deux pirates qui hurlèrent et levèrent leurs armes. Mais le comte et le capitaine Hollys furent plus rapides. Claire eut une sensation bizarre, comme quand les oreilles s'ouvrent d'un coup à la descente trop rapide sur un terrain d'atterrissage, et les pirates tombèrent en tas. Un filet de sang coulait de l'oreille de l'un deux.

Le capitaine les traîna sur le côté et se mit à tambouriner à la porte. « Messieurs ! C'est Hollys et le comte. Nous allons entrer. »

Heureusement qu'il avait averti. Dès qu'il ouvrit la porte, quelqu'un sauta d'une armoire qui avait été poussée près de celle-ci, et rangea une chose ressemblant à un chandelier. C'était le copilote, qui avait l'air extrêmement soulagé. « Monsieur ! Est-ce que la famille va bien ? »

« Très bien, merci, monsieur Andersen, » dit la comtesse, en se montrant. « Nous devons reprendre possession du vaisseau et puis localiser Lord Will et les jeunes filles, qui se trouvent au-dessus du plafond du pont A. »

« Bien sûr ! Aspirants, haut les cœurs, la première occasion est la bonne ; allez grimper sur les poutres du pont A et dénichez-moi le jeune lord et les petites filles. »

Le capitaine fit un signe de tête. « Les autres, armez-vous. Je veux quatre hommes placés sur les passerelles qui vont au pont A. À part notre équipage, personne ne doit passer par là vivant, c'est compris ? Ce n'est pas le moment d'appliquer les règles du Marquis de Queensberry. »

Claire n'avait pas le temps de jeter plus qu'un coup d'œil aux hommes dans la pièce. Tigg ne semblait pas être avec eux mais elle pouvait se tromper. Monsieur Yau n'était pas présent non plus, et donc peut-être qu'ils étaient encore aux moteurs.

Ils délestèrent les pirates d'un nombre considérable d'armes et les enfermèrent dans la penderie. Puis ils se dirigèrent vers la passerelle la plus proche menant au pont A, qui était entre la cambuse et le mess de l'équipage et des officiers.

Deux autres pirates furent terrassés, et un troisième fut saisi à mi-chemin de la descente de l'escalier raide.

Le copilote monta et écarta du pied le corps inanimé.

Cependant, avant qu'il puisse libérer la passerelle, quelques objets résonnèrent dans l'escalier et les descendirent en rebondissant, deux à la fois.

On aurait dit des pommes de pin, mais en métal. L'une d'elles arrêta de rouler et s'ouvrit avec un petit bruit.

Un petit nuage de brouillard vert s'en échappa, qui prit l'aspect d'un fleuve puis d'une véritable nuée.

« Du gaz ! » cria le capitaine. « Dégagez ! »

Le copilote plongea sur le pont avant même de finir de parler. Deux des aspirants s'effondrèrent dans les bras l'un de l'autre, puis atterrirent en un tas.

La deuxième bombe dégagea un souffle énorme et la comtesse s'effondra.

Claire se fraya un chemin à travers la porte de la cambuse, trébucha sur une cafetière en argent gisant sur le sol, et tomba la tête la première dans le monte-plats.

Une cachette !

Elle y entra les pieds devant et claqua la porte, puis poussa un petit cri d'étonnement tandis que le plancher montait sous son postérieur.

Bonté divine ! Elle allait être déposée dans le garde-manger de service, à moins de trois mètres de l'endroit où elle avait commencé la journée, dans la salle à manger, en face d'une pièce bourrée de pirates.

Maintenant seulement, ils avaient beaucoup plus de raisons d'être en colère contre elle.

CHAPITRE 7

*E*st-ce que quelqu'un avait entendu?

Recroquevillée afin de se faire la plus petite possible, Claire écoutait si intensément que sa propre respiration lui semblait assez bruyante pour faire accourir les pirates, si le mécanisme du monte-plats ne l'avait pas fait avant.

Rien ne semblait bouger dehors, même si elle entendait du grabuge plus bas, quelqu'un qui avait un ton triomphant. Deuxième round pour Ned Mose, mais ils n'étaient pas encore battus. Claire maintenant savait deux choses que les pirates ne savaient pas: l'existence des galeries au-dessus du plafond et l'emplacement du placard contenant les armes, à l'arrière.

Lentement, elle fit coulisser la porte et en se tortillant sortit d'abord les pieds. À quatre pattes, tout juste soulevée du sol, elle se figea.

Une paire de bottes était plantée fermement dans le passage du garde-manger de service. Des bottes qu'elle connaissait, tout comme leur propriétaire.

« Salut, milady, » dit Jake.

Elle respira profondément puis se mit debout. Elle devait être calme. Elle devait se servir de son cerveau et peut-être arriverait-elle à le persuader d'abandonner ses idées folles et de les aider tous.

Il s'appuya contre le montant de la porte, avec ce qui ressemblait à un véritable fusil à balles coincé au creux de son coude. « J'pensais bien vous trouver ici. »

Elle ne savait où était passé son détonateur sonore. Il était probablement tombé le long d'un conduit quelque part. « Ah bon ? Et comment cela se fait-il ? »

Il haussa les épaules. « C'est exactement c'que j'aurais fait. Feriez mieux d'venir avec moi sans faire d'embrouilles... le capitaine, y veut vous parler. »

« Un moment, Jake. »

« Y-a pas une minute à perdre si vous tenez à vot'vie. »

« Oh, arrête de parler comme un pirate. »

« J'parle comme je veux, et vous pouvez rien faire pour m'arrêter. C'est moi qu'je tiens le fusil maintenant. » Sa posture était condescendante, son ton plus insolent que jamais. Mais quelque chose dans ses yeux, dans la tension du coin des paupières, lui disait qu'il n'était pas complètement à son aise dans le rôle du bandit.

Il avait perdu cette aptitude en cours de route, et c'était cela qui faisait que le ton de Claire restait doux et lui permettait d'entrevoir une lueur d'espoir là où une personne rationnelle n'en aurait vu aucune.

« Dis-moi seulement pourquoi, Jake. Pourquoi t'es-tu acoquiné avec ces hommes, alors que sa seigneurie a tant fait pour toi ? »

Son expression se durcit et le regard confus disparut de ses yeux. « Je trace ma route tout seul dans l'monde. J'prends les aumônes de Dunsmuir mais j'suis pas son laquais, hein ! »

« Certainement pas. Tu mérites le chemin que tu as fait. Sa seigneurie n'est pas le genre d'homme à faire la charité en tous cas. Il est juste, c'est un gentleman et il mérite ta loyauté. Comme j'espérais la mériter de ta part, aussi. » Elle sentit sa gorge se serrer et sa voix faiblir pour n'être plus qu'un murmure.

Elle se retourna, incapable de le regarder en face. Et là, pratiquement sous son nez, elle vit un couteau posé près d'un tas de fruits en partie épluchés.

Elle saisit le bord du comptoir et espéra que ses jupes suffiraient à cacher ce qui s'y trouvait.

Jake se contenta de hausser les épaules. « Faire prisonnier un gentleman c'est beaucoup plus fastoche qu'avec n'importe qui. Mais vous, vous avez été plus difficile. Z'avaient besoin de moi, et l'capitaine va m'donner une part du butin. Quand on l'trouvera. »

« Et pourtant, tu ne lui as rien dit des Mopsies, ni de Willie. » Elle allongea lentement le bras pour sentir le couteau.

Un autre haussement d'épaules ; puis il s'écarta du montant de la porte.

« Les gosses, ça intéresse pas l'capitaine ; j'ai rien contre les Mopsies. Aucune raison d'les dénoncer. Une fois qu'on aura accosté, y s'débrouilleront tous seuls. »

« C'est dur. Ce ne sont que des enfants. »

Il eut un haussement de sourcils et faillit sourire. « Z'en savez des choses ! Allez, assez tourné autour du pot, l'capitaine nous attend. »

En se détachant du comptoir, ses doigts rencontrèrent le

couteau. Avant de faire un pas, elle l'avait enfoncé dans sa manche, là où, autrefois, en des temps meilleurs, elle gardait un mouchoir en réserve.

Son entrevue avec Ned Mose se passa plutôt moins bien que la première. Le résultat fut qu'ils étaient tous emprisonnés dans les quartiers de l'équipage sur le pont B de nouveau, et que les pirates logeaient dans les appartements de la famille et de leurs hôtes au-dessus.

Claire était allongée sur la couchette d'un aviateur ; elle tournait et se retournait en se demandant comment diable un homme arrivait à dormir sur un lit de planches aussi dur. Mais elle ne devait pas se plaindre. Lady Dunsmuir et elle avait les seules couchettes, qui étaient superposées. Les autres lits de fortune avaient tous été réquisitionnés par les pirates car ils étaient plus nombreux, obligeant les hommes à essayer de se reposer sur les planchers en bois dur.

Le soleil se leva et se coucha, vu de son minuscule hublot, et ils volaient toujours le cap vers l'ouest, leur avancée ralentie seulement par le fait qu'ils traînaient à leur suite le *Stalwart Lass* avec le câble de remorquage. Elle regrettait de ne pas avoir percé les fuselages du vaisseau pirate quand elle en avait eu l'occasion. Mais c'était trop tard à présent. Sous eux, le paysage passa du vert des étendues d'arbres au morcellement des champs cultivés, à plus de terres agricoles puis à la prairie ouverte.

« Nous devons bientôt arriver dans l'Ouest sauvage, » dit-elle à Lady Dunsmuir. « Combien de temps faut-il pour traverser les Amériques ? »

« Plusieurs jours. » Sa seigneurie était allongée sur la couchette du dessus, le poignet sur ses yeux. « Vous reconnaîtrez l'Ouest sauvage à la couleur du paysage et à sa sécheresse.

Pensez-vous que mon pauvre chéri est mort de faim, à cette heure ? »

« Je ne pense pas. Il est en compagnie des Mopsies, et il est probablement beaucoup plus en forme que nous. »

« Comment pouvez-vous l'affirmer ? Il est enfermé au-dessus du plafond. »

« Il n'est pas du tout enfermé : c'est plutôt nous qui le sommes. S'ils n'ont pas organisé un festin à base de trifle et de roast beef, je veux bien avaler mon chapeau. » Elle marqua une pause. « Enfin, si je l'avais. » Son beau chapeau avait disparu, tombé quelque part ou bien emporté par le vent quand ils s'enfuyaient de la nacelle. Une dame des Quinzièmes colonies le trouverait en sortant de sa ferme, perché dans son jardin comme un oiseau exotique.

« Je crois que nous devrions être reconnaissantes des petites chances que nous avons eues, » soupira Lady Dunsmuir. « Ces pirates auraient pu être de la Terre ferme espagnole et dans ce cas nous serions morts. Ils n'ont pas la patience d'enlever des gens contre une rançon et n'aiment pas les témoins. »

« La Terre ferme espagnole ? »

« Oui. Tout ce qui est au sud des Quinze colonies: les Bermudes, la Floride, la Louisiane, et plus bas jusqu'à la côte sud-américaine. Un endroit hors-la-loi où règne l'anarchie et que toute la bonne société évite. »

« Mon Dieu ! Je n'en savais rien. »

« Ce n'est pas quelque chose dont on parle dans les salons de Londres. Mais, chez les barons du chemin de fer et du transport maritime, surtout ceux qui essaient de faire du commerce dans l'hémisphère sud, avec le Royaume d'Espagne, c'est une préoccupation. On ne peut pas du tout voler en toute sécurité à travers cet espace aérien. D'où la vigueur de l'économie Texicaine ; tout le monde est obligé de passer par chez eux pour ensuite revenir à l'est. »

« Mais nos kidnappers sont... locaux ? »

« Il n'y a pas de pénurie d'illégalité sur le territoire texicain, ma chère. Les Rangers font ce qu'ils peuvent mais le pays est tout simplement trop grand. »

« Je me demande où ils vont nous emmener. »

« Je ne sais pas. D'habitude nous voyageons plus au nord que cette fois-ci, de New York aux Canadas, donc mes repères habituels et les choses qui me sont familières sont à des lieues d'ici. »

Claire se mit à regarder par la vitre ; elle aurait bien voulu l'ouvrir au moins. D'abord, la pièce était petite et le fait que deux femmes, dont elle, soient serrées dans cet espace sans même un souffle d'air frais, commençait à l'énerver. Si au moins elle pouvait voir suffisamment de pays pour...

Le sol se déroba soudain sous les semelles de ses bottines.

Lady Dunsmuir se redressa. « Est-ce que vous avez senti ? »

« Sommes-nous en train de descendre ? »

Il y eut un autre soubresaut.

« Je crois que c'est le cas. Je ne sais pas s'il faut s'en réjouir ou bien avoir peur. »

« Il y a une chose dont on peut se réjouir, » dit Claire. « Ils n'ont pas trouvé les enfants. »

« J'espère qu'ils auront le bon sens de rester cachés, » dit Davina. « Quand nous nous échapperons, nous retournerons au vaisseau. Croyez-vous qu'ils vont penser à ça ? »

« Je l'espère. »

Ils étaient descendus de plus de trois cents mètres maintenant. Les deux femmes entendirent du grabuge venir de dehors et quelques instants après la clé tourna dans la serrure.

Un pirate se tenait sur le seuil. « On y est presque. Allez, dehors. »

« Où allons-nous ? » demanda Claire.

« Vous le saurez bien assez tôt. »

Ils furent conduits, avec les officiers et Lord Dunsmuir, jusqu'à l'écoutille d'embarquement, où d'habitude, un jeu de marches étaient déroulées pour faire entrer ou sortir les passagers. Mais là, il n'y avait rien d'autre qu'une zone d'embarquement et l'écoutille ouverte, à travers laquelle Claire voyait le paysage défiler à quelques centaines de mètres plus bas.

Des arbres, des collines onduleuses, et maintenant de l'eau. Un lac ? Ou bien l'océan ? Ah, si seulement elle savait où ils étaient !

Le capitaine s'avança vers sa seigneurie, le cou tendu en avant, comme un coq défiant un congénère d'envergure. « Je commence en avoir assez de cette absurdité. J'ai demandé gentiment. Je me suis contrôlé. Et maintenant j'en ai assez d'être aimable. » Pratiquement nez à nez, il demanda : « Où ils sont ces bijoux ? »

« Aucune idée, monsieur, » dit sa seigneurie, de l'air convaincu de celui qui dit la vérité. Après tout, il ne savait pas où Willie était allé en les emportant avec lui.

« Vous mentez ! » rugit le capitaine. Il tendit un bras, long comme celui d'un singe, et attrapa Jake par l'épaule. « Dis-lui, toi, ce que tu m'as dit l'autre soir. »

« Ils doivent être au-dessus du plafond, » bafouilla Jake tandis que le capitaine le secouait.

Le sang se retira du visage de John Dunsmuir, et le capitaine Hollys s'avança, mais fut tiré en arrière de façon si rude qu'il tomba à genoux sur le pont.

« Il disait la vérité, au moins. Je l'ai envoyé avec un groupe de mes hommes, passer au peigne fin chaque pouce de ces galeries. Ils ont trouvé une belle cache d'armes, mais pas de bijoux. Alors une fois pour toutes, vous allez me dire où ils sont, sinon ce garçon va faire un petit tour dehors. »

« Quoi ? » Jake voulut se dégager, mais en vain. Le capitaine avait une poigne qui ressemblait à un grappin.

« Qu'est-ce que cela signifie exactement ? » La couleur de Lord Dunsmuir ne s'était pas améliorée.

« Cela signifie exactement ceci : soit vous me dites ce que je veux savoir, soit Jake disparaît par cette écoutille. Tout simplement. »

Sa seigneurie chercha le visage de sa femme et toute l'horreur de son dilemme pouvait se lire dans chacune de ses rides. Il était évident que Jake ne leur avait rien raconté des enfants. Si Lord Dunsmuir révélait où ils étaient, les pirates prendraient les bijoux et la vie de Willie courrait un danger mortel, tout comme la leur. Tant que les enfants restaient cachés, il y avait de l'espoir pour des parents désespérés. Mais s'il ne parlait pas, il n'y avait pas d'espoir pour Jake.

Les trois Dunsmuir pouvaient être enlevés contre une rançon, sous une menace de mort. Mais qu'en serait-il des Mopsies ? Leurs vies ne valaient rien pour ces hommes. S'ils étaient découverts, seraient-ils considérés comme inutiles et poussés par l'écoutille eux aussi. Et qu'en serait-il de la pauvre Rosie ? Elle durerait le temps que quelqu'un brandisse un couteau de boucher.

Pour la première fois, Claire ressentit la terreur crue que

les parents éprouvent quand les enfants qu'ils aiment sont menacés.

Milord, vous ne pouvez pas prendre cette décision. Claire tendit une main suppliante. En direction de qui, elle ne savait pas trop. Ned Mose ? John ? Le Seigneur les contemplant du ciel ?

Ned Mose, frustré, fit entendre sa voix tonitruante. « C'est ça ! J'en ai assez de vous ! Si vous valiez pas autant, j'vous jetterais dehors moi-même. Mais lui, il vaut rien. »

Après ça, Mose s'agita dans tous les sens, et avant que Jake ait pu se préparer ou attraper quelque chose, ou juste souffler un peu, le capitaine des pirates le poussa de toutes ses forces.

Avec un cri strident qui allait hanter les cauchemars de Claire pendant longtemps, Jake précipita à travers l'écoutille et s'envola comme Icare dans l'immensité du ciel.

CHAPITRE 8

*C*laire et Davina se mirent toutes les deux à crier, et Claire se pencha dans l'ouverture. *Oh Seigneur, Dieu du ciel, faites qu'il se soit raccroché à quelque chose ... qu'il soit dans le gréement, suspendu à une corde, n'importe quoi, je vous en supplie...*

Mais il ne l'était pas.

L'eau laissait place à la terre et elle ne voyait rien. Elle courut vers une fenêtre, sans se soucier des mains qui l'empoignaient ni des rires des pirates.

Rien! Pas un signe que Jake ait jamais été là, ait jamais appris des formules chimiques, ait jamais touché un sextant ni contemplé le ciel étoilé.

Qu'il ait jamais vécu.

Chacune de ses respirations était un sanglot et elle n'arrivait pas à se détacher de la vitre, au cas où elle aurait capté au loin un mouvement qui aurait indiqué qu'il avait survécu. Derrière elle, la comtesse avait une crise de nerfs, et le tumulte qui s'en suivit créa une sorte d'intimité dans laquelle Claire put se débattre avec regret, horreur et chagrin.

Ce qui fait qu'elle était la seule à regarder dehors quand la plus curieuse des choses passa en flottant devant eux.

Suspendue à ce qui était à l'évidence un ballon dirigeable improvisé, se trouvait sa boîte à chapeau.

Elle en resta bouche bée. Elle allongea le cou pour voir où il allait, et ce faisant, elle vit qu'ils n'étaient qu'à une quinzaine de mètres de terre et sur le point d'atterrir. La boîte à chapeau descendait en flottant et s'évanouit quelque part dans un paysage inhabité, peuplé d'arbres rabougris.

Une énorme aiguille de rocher rouge remplit les fenêtres, obstruant la vue. Un des pirates cria: « Mouillage en vue, monsieur ! Préparez-vous à lancer les cordes ! »

Elle fut poussée à l'écart mais elle s'en aperçut à peine.

Sa boîte à chapeau... qui s'éloignait au gré du vent.

La dernière fois qu'elle l'avait vue, elle contenait Rosie et les diamants des Dunsmuir.

Si c'était toujours le cas, est-ce que les Mopsies avaient assisté à la disparition de Jake et pris des précautions ? Ou bien est-ce que cela signifiait qu'ils avaient perdu espoir et étaient prêts à se rendre ?

Il fallait vraiment qu'elle fausse compagnie à ces misérables et qu'elle trouve les enfants ! Elle n'avait pas été capable de sauver Jake, mais elle avait bien l'intention de sauver les Mopsies ainsi que Willie et Tigg. Où qu'ils soient.

Après quoi, ils pourraient pleurer Jake tous ensemble, comme il faut.

Mais pour l'instant elle devait se concentrer sur le fait de rester vivante et libre de ses mouvements. Elle ne leur servirait à rien si on l'enfermait, ou si on la séparait des Dunsmuir et du vaisseau. Elle devait à tous prix être en mesure de retourner sur le *Lady Lucy*, ne serait-ce que pour s'assurer que les enfants aillent bien.

Surtout Tigg. Pourquoi ne l'avait-elle pas vu ? Il n'avait pas été enfermé avec l'équipage, et il ne s'était pas caché avec Willie dans le faux-plafond. Qu'était-il devenu ?

Elle eut une drôle de sensation sous les pieds, comme quand on empêche à un oiseau de voler. « Ils nous ont amarrés, » dit la comtesse.

« Taisez-vous ! » aboya un des pirates ; et Claire réalisa que le capitaine et ces mécréants qui passaient pour ses officiers, étaient partis pendant qu'elle avait le visage collé à la fenêtre probablement dans la nacelle pour surveiller leur atterrissage.

Mais qu'allaient-ils faire à présent ? Ils étaient toujours à une dizaine de mètres en l'air ; comment allaient-ils descendre, voire sauter ? Est-ce qu'ils avaient l'intention de les pousser, comme le pauvre Jake ?

Puis elle la vit. Un nuage de poussière s'éleva dans l'air devant elle: une grosse machine qui aurait pu être autrefois une locomotive, avec une tour boulonnée dessus. De la vapeur s'échappait de la cheminée à mesure qu'elle se frayait un chemin à travers les plantes écrasées et les buissons parsemés, jusqu'à ce qu'enfin elle se hisse près de l'écoutille de la passerelle et sorte une rampe qui se posa sur l'ouverture. Du moins, cela semblait être l'objectif. Cependant, elle rata l'ouverture et s'écrasa sur le fuselage. Retour en arrière, redémarrage du moteur et deuxième essai.

Cette fois, la rampe avança plus ou moins bien dans l'écoutille et deux pirates l'attrapèrent et verrouillèrent le bas. De la vapeur s'échappa tout autour de la tour, comme si l'engin avait poussé un soupir de soulagement au vu de tout le monde.

« Allez la troupe ! » Les pirates escortèrent le comte et la comtesse et l'un deux donna un coup dans le dos de John Dunsmuir avec un fusil, pour faire bonne mesure. « Sortez ! »

« Est-ce que le mât d'amarrage n'est pas fixé au sol ? Pourquoi sommes-nous aussi hauts ? »

« Posez pas de questions, sinon vous descendrez par le raccourci... c'est plus rapide mais l'atterrissage est plus dur. »

Avec un canon de fusil dans le dos, le comte ne répondit pas. Par contre, avec toute la grâce dont il était capable, il tendit la main à sa femme et à Claire le long de la rampe, puis les précéda pour descendre par une échelle en fer dans la tour, éclairée seulement par la lumière du jour en haut et en bas. Comment la comtesse réussit à rassembler ses jupes, Claire eut du mal à l'imaginer ; même avec les siennes bien relevées, c'était difficile.

Cette machine n'avait rien à voir avec les merveilles ronronnantes et efficaces des chemins de fer Midland. Celle-ci aurait pu avoir été jetée du haut d'une falaise autrefois, tellement elle était amochée ; en plus, au lieu d'avoir quatre et six roues comme c'était courant, elle avait une sorte de rail qui tournait en rond.

« Arrêtez de regarder la bouche ouverte et magnez-vous. »

Le fusil la poussait en avant et elle résista à l'envie de prendre une longueur d'avance. Au contraire, elle continua à marcher sans se presser, de façon élégante, exactement comme si elle traversait une galerie d'art pour voir une exposition de maîtres célèbres.

Aucun maître ne viendrait jamais ici en visite pour peindre le paysage. Pendant la promenade en ville, apparemment la machine et la tour n'allaient que d'une baraque contre la paroi d'une falaise au terrain d'atterrissage, elle eut tout le temps de le voir.

Broussailles sèches. Un sol si léger et poussiéreux qu'il était évident que tout ce qu'il y avait de bon avait été lessivé par le temps ou par une catastrophe chimique. Des canyons qui s'ouvraient à l'improviste sous vos pieds quelques-uns à trente centimètres, d'autres à trente mètres et des tas de rochers rouges comme un étalage de miches de pain. Et par-dessus tout cela, s'étendait un ciel pâle et distant qui ne savait pas, et d'ailleurs s'en fichait, qu'il avait avalé la vie d'un jeune garçon.

Elle ne put s'empêcher de regarder par-dessus son épaule le *Lady Lucy*, flottant tranquillement avec sa proue amarrée à... ah, maintenant elle voyait pourquoi ils avaient dû débarquer à l'aide de cette tour. Le *Lady Lucy* avait été remorqué et était maintenant attaché dans un poste d'ancrage formé de simples falaises rouges derrière le hangar, aussi bien qu'auprès de n'importe quel quai de Southampton.

Bien. Cela rendrait la fuite problématique, mais pas impossible.

Sa plus grande préoccupation pour l'instant était la distance croissante entre elle et les enfants, sans parler de la boîte à chapeau à trois ou quatre kilomètres derrière eux, qui, elle en était certaine maintenant, devait contenir Rosie et les bijoux des Dunsmuir. Sinon, pourquoi prendre un tel risque en la lançant ? Les filles avaient dû travailler en pleine détresse pour construire un tel appareil aussi rapidement. Claire ne pouvait qu'espérer qu'elles n'avaient pas été découvertes entre-temps.

~

« C'EST CELA IL EST PARTI. »

Grimpant comme des singes dans les cordes d'ancrage qui formaient des croisillons sur l'extérieur du fuselage du *Lady Lucy*, les Mopsies et Tigg se reposaient à la base de la dérive ventrale et regardaient leur parachute de fortune emporter Rosie et les bijoux loin de tout danger. Ils ne pouvaient pas rester longtemps sinon il viendrait à l'idée de Willie le pleurnicheur d'être à la hauteur de son ancien surnom, mais quand même, une minute pour savourer leur succès ne ferait pas de mal.

« On f'rait mieux de pas traîner pour le retrouver, » dit Maggie. « Rosie aimera pas être coincée dans une boîte à chapeau pendant plus de temps qu'il lui faut pour atterrir. »

« Vaut mieux être coincé que mangé. » Lizzie était dotée d'un esprit pratique. « Et on a bien attaché le couvercle pour qu'il entre rien dedans après elle. »

« Une chance que les chapeaux des dames soient dans des boîtes en cuir. »

« Une chance que Tigg sache comment gréer un ballon dirigeable avec une capote de landau. »

Tigg bomba le torse, à juste titre. « Après tous les ballons piégés qu'on a construits, c'était facile. Même si, entre Rosie et ces diamants, ça pesait plus que j'm'attendais. Allons-y, Willy va s'inquiéter. »

L'écoutille sur la dérive dorsale s'ouvrit vers l'intérieur, et le vent les poussa tous les trois dedans et au bas de l'échelle. Willie surveillait le compartiment de l'homme de poupe, en profondeur à l'arrière du vaisseau, juste au-dessus de la zone de chargement plus en profondeur même que les quartiers où le capitaine et l'équipage avaient été emprisonnés.

Il n'y avait pas d'homme de poupe à présent. Tous les membres de l'équipage jusqu'au dernier avaient été cernés par les pirates. Mais ses quartiers avaient une couchette, et Maggie dut admettre qu'il était beaucoup plus réconfortant de dormir tous ensemble les uns sur les autres, comme autrefois dans le squat de l'entrepôt sur les rives de la Tamise. Celui-ci avait son propre lavabo et pas de puces, ce qui à son avis le faisait monter d'un cran au niveau du standing.

Willie était sous la couchette. « Tout va bien, mon vieux, » lui dit Tigg, se penchant pour le regarder. « Avec le vent et notre vitesse, Rosie devrait pas être à plus de deux ou trois kilomètres de nous. Quand on verra clairement la côte, on ira la chercher. »

« Mais en attendant, même s'ils nous attrapent, Ned Mose et sa clique auront pas ce qu'ils veulent, » dit Lizzie. « Ton papa voulait qu'on les garde en sécurité. »

Willie sortit de la couchette en rampant, juste au moment où l'aéronef fut agité d'une secousse. Tigg lui prit la main. « Allez, on dirait qu'on a accosté. Allons jeter un coup d'œil et chercher de la tambouille. »

La nacelle de commandement n'avait pas de passage au-dessus du faux-plafond, et donc ils ne pouvaient pas écouter en cachette d'en haut. Mais, ils n'étaient pas allés très loin en direction de la nacelle-moteur, quand ils entendirent le vacarme de l'équipage qui se faisait brutaliser dans les couloirs. « Ils font partir tout le monde, » murmura Tigg. « Silence, maintenant. »

La nacelle-moteur du côté babord était vide, les imposants Daimlers silencieux sentaient plutôt le brûlé après leur long voyage au-dessus de l'Atlantique et la moitié des Amériques. Ils s'étaient posés pour faire le plein de kérosène bien sûr, mais jamais très longtemps et pas du tout lors du vol forcé au beau milieu du Territoire texicain.

Maggie se colla encore une fois contre les vitres bombées de la nacelle. « Willie, il y a ta maman et ton papa, tu vois ? Ils traversent la passerelle. Ils vont bien. »

« Et il y a la Dame. » Les épaules de Tigg se détendirent un instant. « Je pense qu'on doit lui rendre le fusil à éclairs et commencer à mettre les choses en ordre. »

« D'abord Rosie, » dit Maggie.

« On vient juste de la lâcher dans les airs, » lui dit Lizzie. « Pourquoi on veut la récupérer si vite ? »

« J'veux pas qu'on l'oublie, c'est tout ; on est un troupeau. »

« Personne n'oublie personne, » dit Tigg. « Regardez, j'aurais jamais pensé de ma vie voir ça. »

Deux pirates essayaient de fourrer la comtesse dans la tour d'une machine qui avait un air horrible. Elle gifla l'un des deux, prit ses jupes dans une main et grimpa dans la bouche de l'engin par ses propres moyens.

« Bien joué, m'dame, » souffla Maggie. « y z'auront compris, comme ça ! » Elle regarda Willie dont les yeux brillaient. « Ta maman a du cran, tu peux l'dire. »

Avoir du cran, d'après leur Dame Lady Claire, pas la maman de Willie, était la plus grande qualité qu'une personne pouvait avoir. Par conséquent, les enfants pensaient que c'était un grand compliment.

De la nacelle-moteur ils observaient leurs amis s'éloigner en marchant, surveillés par des gardes armés. Ils étaient suffisamment en hauteur pour voir la ville, mais malheureusement pas exactement là où le petit groupe était emmené.

« Il vaut mieux revenir vers l'avant, avant que quelqu'un arrive, » murmura enfin Tigg, quand ils ne purent plus distinguer un être humain parmi les pins chétifs et les plantes épineuses qui tiraient de maigres ressources du sol. « Ils ont dû laisser un garde et nous ne voulons pas être pris par surprise. »

Ils n'étaient pas si tôt rentrés au-dessus du plafond que le vaisseau se mit en branle. Maggie attrapa le bras de Lizzie et le serra fort.

« On peut pas remonter dans les airs ! Pas alors que tout le monde est parti ! »

Maggie perdit la tête et s'engagea dans la coursive pour se rendre dans la cabine de l'homme de poupe, qui avait un hublot. Lentement mais sûrement, l'aéronef se mit en branle, les parois d'un profond canyon se refermant sur lui, suffisamment près pour qu'elle puisse toucher le rocher en tendant le bras.

« Ils nous font accoster à leur façon, » rapporta-t-elle avec un certain soulagement quand Lizzie la rejoignit. « Cette grosse tour nous fait bouger. Tu l'entends ? »

Effectivement, le bruit qu'elle faisait, grognant et rugissant, était décuplé par la proximité des parois en pierre. « C'est un peu comme si on était acculés dans une impasse. Et j'parie que si quelqu'un vole au-dessus de nous, y va pas r'garder en bas où on est. Ils doivent chercher un 'vrai' terrain d'atterrissage, avec un mât d'amarrage et tout et tout. »

« Ya rien de vrai dans cet endroit diabolique, » dit Lizzie, en la poussant pour voir, elle aussi. Mais il n'y avait rien d'autre que de la pierre là-dehors maintenant.

« Tu dirais pas ce mot si la Dame était là, » remarqua Maggie.

« Ben, elle est pas là, non ? Pis c'est vraiment diabolique. Le diable lui-même viendrait pas ici, même s'il avait perdu un pari, si tu veux mon avis. »

« Non... il a envoyé Ned Mose à sa place. »

Lizzie fit un sourire en coin. « Ça a été sa grande erreur, tu crois pas ? »

« On va s'en assurer, » dit Maggie énergiquement. Le sourire de Lizzie ne laissait pas transparaître le fond de sa pensée.

« Nous avons le fusil à éclairs grâce à tes doigts d'or, donc comme l'a dit Tigg, il ne nous reste qu'à aller dans cette ville fantôme et libérer la Dame. »

« C'est simple comme bonjour, hein! »

« Eh oui, ça l'est, Mags. Suffit d'avoir du cran. »

Et un fusil à éclairs qui marche.

Et un équipage plus nombreux que celui des pirates.

Et peut-être un plan de la ville avec un gros *X* marqué là où ils gardaient tout le monde.

Ça allait passer comme une lettre à la poste.

LEUR PRISON se révéla être une maison délabrée au milieu de la ville. Le verrou de la chambre en haut des escaliers, dans laquelle elle avait été jetée, par contre, étaient tout sauf délabrées et il était à l'extérieur de la pièce. Le comte en était venu aux mains avec deux des pirates de l'air, sur la question de faire partager ou pas sa prison à la comtesse. Apparemment lui aussi avait ses limites, et ce n'est que quand Ned Mose intervint qu'il recula, le nez ensanglanté et tachant sa chemise, qui n'était d'ailleurs plus aussi immaculée qu'auparavant.

« Bon, » dit Mose agacé. « Laissez-la avec lui. De toutes les façons, ils n'iront nulle part. Ils pourront se réciter des poèmes pour passer le temps. » Il les poussa dans une chambre, mais les parois étaient fines, et de l'autre côté Claire entendait tout ce qu'ils disaient.

« Eh bien, maintenant venons-en aux choses sérieuses, » dit Mose.

« Nous allons demander pour vous une rançon de cent mille livres sterling. »

« La famille ne paiera jamais, » dit le comte d'emblée.

« Peut-être pas, mais le pigeon n'est pas allé dans votre famille. Il est allé vers la vieille chauve-souris mal fagotée que vous appelez votre 'reine'. »

Silence. Les idées tourbillonnaient dans la tête de Claire, tandis qu'elle essayait d'imaginer l'accueil qu'allait recevoir une telle demande à Windsor. Elle espérait qu'il ne s'était pas adressé à sa majesté en ces termes.

« J'ai du mal à comprendre ce que sa majesté a à voir avec cela, » dit le comte d'un air assez pincé.

« C'est simple : votre famille rapporte pas mal de blé au gouvernement, avec vos propriétés aux Canadas et ailleurs. Je pense qu'une petite pression d'un peu plus haut pourrait suffire, au cas où un pigeon venant du bon vieux Ned Mose serait un peu faiblard. »

« Sa majesté pourrait aussi bien envoyer un Zeppelin plein de soldats plutôt qu'un coffre rempli d'argent. »

« Et elle en a beaucoup comme ça qui traînent ? J'ai entendu parler d'une émeute au Proche-Orient qui aspire les soldats comme l'une de nos tempêtes de sable. »

« Si c'est vrai, elle aura encore moins d'espèces à donner. »

« C'est ce qu'on verra, hein ? Bon, maintenant prenez bien vos aises ; vous avez une longue attente devant vous. »

Il était on ne peut plus sérieux. La journée s'écoula avec une lenteur exaspérante. Claire passa le plus clair de son temps à faire les cent pas dans sa prison et à regarder par la fenêtre.

Elle fit un certain nombre de découvertes intéressantes. Premièrement, la maison dans laquelles ils étaient enfermés, toutes les maisons et les immeubles en fait, étaient posés sur une semelle en pierre très solide, qui faisait au moins trois mètres de haut ; d'où la grimpette pour l'amener à sa chambre. Encore une fois, s'échapper serait difficile mais pas impossible.

Deuxièmement, la ville était bâtie sur une étendue de broussailles qui avait été obtenue par la force comme si elle avait été sur le chemin d'une chose ayant le pouvoir de tracer de profonds sentiers dans le sol. Cela ressemblait presque aux chemins que les ruisseaux creusaient dans le sable à Gwynn Place en se jetant à la mer, sinueux et enchevêtrés, mais inlassables dans leur effort de rejoindre la plus vaste étendue d'eau.

Mais il n'y avait pas d'eau ici... sur des kilomètres et des kilomètres. Elle se sentait assez chanceuse qu'il y ait un pichet en porcelaine à sujet floral, rempli d'eau sur sa table de chevet et il était évident qu'il devait servir à la fois pour la toilette et pour boire.

Troisièmement, et encore plus intéressant, quelqu'un avait oublié de fermer la fenêtre à un vantail. Ils avaient dû se forger l'idée qu'une chute de presque six mètres découragerait quiconque d'essayer.

Au coucher du soleil, une femme lui apporta un bol de soupe et un peu de pain, mais les tentatives de communication de Claire n'aboutirent qu'à un regard terrifié et une retraite en crabe vers la porte. Le bruit des verrous se refermant coupa court à cela.

Elle finit la soupe jusqu'à lécher le bol, soupe qui ne contenait guère plus que des haricots et une sorte de viande hachée, dont elle ne pouvait évidemment pas demander la provenance.

Puis, elle tapa sur le mur. « John ? Davina ? »

« Claire ! vous allez bien ? » Le comte parlait à voix basse, mais elle l'entendait clairement.

« Très bien. Est-ce que votre nez est cassé ? »

« Je ne crois pas. Mais Davina ne va pas bien. Elle a tellement peur pour Willy que ça lui fait perdre ses moyens pour affronter la situation. »

« Y a-t-il une fenêtre dans votre chambre ? »

« Non, malheureusement. Je suppose que c'est la seule raison pour laquelle ils nous ont permis de rester ensemble. Il n'y a pas d'issue, même si on se met à plusieurs pour préparer la fuite. »

« Moi, j'en ai une. J'ai juste besoin de réfléchir à une façon de l'utiliser. »

« Avez-vous des draps pour fabriquer une corde ? »

« Hélas, non. C'est la première chose à laquelle j'avais pensé. Je regrette maintenant de ne pas avoir apporté ma robe de soirée... elle a une traîne qui aurait parfaitement fait l'affaire. »

« Quel dommage... Avec le recul, si je n'avais pas perdu la tête et caché les bijoux, nous aurions pu... »

« Être morts, John. »

« Il y a toujours la rançon. »

« Ils n'ont demandé de rançon que comme solution de

repli ; s'ils avaient eu les bijoux, des centaines de milliers de livres auraient été à leur disposition et ils n'auraient eu aucune raison de nous garder en vie. »

Il s'arrêta un instant. « Et qu'en est-il de votre famille ? Seront-ils disposés à négocier ? »

Claire réfréna un éclat de rire. « Ma famille, ma mère et mon frère, possède la terre sur laquelle ils vivent et pas grand-chose de plus. Elle a loué nos terres à un petit noble voisin, mais ce revenu suffit tout juste à les nourrir. Il ne reste plus rien pour payer une rançon pour moi. »

« Alors il ne vous reste plus qu'à vous échapper. »

« Pas sans vous, et pas sans les enfants ; ni sans le capitaine Hollys et l'équipage, d'ailleurs. »

« Mais c'est insensé, Claire ! Comment est-ce qu'une jeune fille peut échapper à un aéronef plein de pirates et libérer presque trente personnes ? »

Dit de cette façon, c'était un peu intimidant.

Mais Ned Mose et son équipage hétéroclite n'avaient jamais eu affaire à la Dame aux artifices.

CHAPITRE 9

RESOLUTION, LE TERRITOIRE TEXICAIN

*L*es verrous sautèrent et Ned Mose ouvrit la porte d'un grand coup de pied. Le temps que la porte heurte violemment le mur et retombe sur elle, Claire était assise bien sagement sur la banquette, les chevilles croisées, les mains posées sur ses cuisses, exactement comme lui avait appris Mademoiselle Follet à l'Académie St. Cecilia pour jeunes filles, un siècle auparavant.

Il fixa son regard sur elle. « Qu'est-ce tu manigances, petite chipie ? »

Un sourcil levé en signe d'interrogation fut sa seule réponse.

« Lève-toi, tourne-toi et montre-moi ton étui. »

Elle s'exécuta, avec moultes secousses et tiraillements. « Vous voulez en faire un dessin ? » Pendant ce temps, il explorait le contenu de sa bourse.

« Tais-toi ! Qu'est-ce que c'est qu'ça ? » Il faisait rouler les engrenages et les morceaux de rouage à travers ses doigts.

C'était les pièces qui allaient dans un ballon d'air chaud. « Monsieur Yau me les a donnés. Je pensais que j'allais faire un petit sac au crochet et les tisser dans le motif. Cet engrenage en spirale est très joli si vous ne pensez pas à quoi il servait au départ. »

« Ce n'est pas demain la veille que tu feras des sacs au crochet. » Il les empocha, ce qui fit chavirer son cœur. « Où est mon fusil ? »

Elle essaya de paraître calme en le regardant. « Dans votre main ? »

« Pas celui-ci, espèce d'arrogante ! Celui que je t'ai enlevé ; celui qui ne marche pas. »

Il avait perdu de vue le fusil à éclairs ? « Je n'ai aucune idée, capitaine. » Elle arrangea les épingles dans son chignon. « Mais je n'ai rien contre le fait que vous le cherchiez. »

« Ne joue pas à ce petit jeu avec moi. Ce fusil était dans ma cabine sur le *Lady Lucy*, et maintenant il n'y est plus. La seule personne qui s'y intéresse à part moi, c'est toi. »

« Je n'ai pas bougé de la journée ; et je ne battais pas la campagne en train de voler des armes. Vous feriez mieux de surveiller votre équipage, monsieur. »

Un coup d'œil agacé dans la cabine lui fit comprendre que, même si elle était arrivée à mettre la main sur le fusil, il n'y avait pas d'endroit pour le cacher. La pièce ne contenait que Claire, le lit et la paillasse, un pot de chambre en laiton et la cruche à eau en porcelaine fleurie.

« Mon équipage est réglo ; si je constate que tu as quelque chose à voir avec ça et que tu m'as menti, tu ne vas pas aimer ce qui va se passer. » Il la fixa durement. « J'ai fait ma petite enquête sur ta rançon. Tu n'as pas l'air d'être un très bon investissement. »

« Désolée, » dit Claire en toute franchise.

« Ta reine savait bien qui étaient les Dunsmuir, mais toi, elle ne te connaissait pas du tout. »

« Vous communiquez avec la reine ? » Comment diable s'y était-il pris ? Prendre un simple thé en sa compagnie demandait deux semaines de préavis et un passage à travers plusieurs niveaux de personnel militaire et de maison.

« Tu ferais mieux de changer de ton avec moi. Bien sûr que non. Mais j'ai publié dans les journaux de Londres des annonces de cinq centimètres de haut, » dit-il d'un ton fanfaron, absolument pas proportionné à l'acte. « À New York aussi. J'les ai vus. Le pigeon les a apportés c'matin. Mes requêtes étaient bien expliquées ; je m'attends à apprendre quelque chose sur les Dunsmuir, demain. »

Elle gardait le silence. Il ne s'attendait pas à des nouvelles la concernant. « Est-ce que... vous m'avez mentionnée ? »

« Ça a piqué ton orgueil, hein, que personne ne tienne suffisamment à toi pour vouloir payer une rançon pour toi ? »

« Ce n'est pas une question d'affection, mais de moyens. Ma famille n'en a pas. »

« T'as un titre ronflant et pas d'argent ? »

« Hé oui. »

Il renifla bruyamment. « Va falloir que tu't débrouilles toute seule dans la vie, hein la demoiselle ? Pauv'petite. »

« C'est ce que j'ai fait, et ça m'a bien réussi d'ailleurs. J'ai dirigé un foyer pour enfants indigents jusqu'à tout récemment. »

« Indi... quoi ? »

« Orphelins. »

Il arrêta tout d'un coup de jouer avec les pièces de ballon de feu dans sa poche, les sortit et les lança distraitement par la fenêtre. Claire refoula un cri de détresse.

« T'es une sorte de bas-bleu bienfaisante, alors ? »

« Non, simplement une femme appauvrie qui essaie de se débrouiller dans une situation difficile. »

« Alors qu'est-ce que tu fais avec les Dunsmuir, avec des robes en satin dans ta cabine et ces belles bottines ? »

« Je n'en ai qu'une, de robe en satin qui m'appartienne ; et ces bottines, je les ai achetées au marché de Leadenhall à un chiffonnier qui avait eu une bonne journée. »

Maintenant, il la regardait comme si elle l'avait importuné, pire, comme si elle lui avait en quelque sorte menti et qu'il avait fait une mauvaise affaire à cause de ça.

« Je suis désolée de vous avoir induit en erreur. Si j'avais su que nous allions être détournés, j'aurais présenté la situation de façon plus claire. »

Il se mit à réfléchir, en se mordant la lèvre inférieure. « Bon, faut se remuer. Peut-être que quelqu'un va bientôt se manifester. »

« On peut toujours espérer, » dit-elle d'un ton enjoué. « Mais, si c'est le cas, qu'est-ce que vous allez faire de moi ? »

« Sais pas. J'ai jamais enlevé une femme qui travaille ; faut qu'j'y pense. »

Ceci dit, il lui tourna le dos et s'en alla en claquant la porte. Le verrou grinça encore une fois, et dès que le bruit de ses bottes dans l'escalier s'estompa, Claire se précipita vers la fenêtre et se pencha à l'extérieur.

Trois mètres plus bas, gisaient les pièces éparses de son artifice. La première chose à faire était de descendre jusque là et les ramasser. La deuxième était de découvrir ce qu'il était advenu du fusil à éclairs.

Il aurait été très facile pour Ned Mose de le dénicher auprès de son équipage, si l'un de ses acolytes avait été assez fou pour le dérober. Qui courrait le risque d'être exécuté pour vol, ou de subir l'un des châtiments en vigueur ici pour de tels forfaits ? S'il avait disparu sur le *Lady Lucy* il n'y avait qu'une explication.

Les Mopsies.

Elles avaient dû descendre du plafond et s'en emparer, et elles avaient dû s'apercevoir qu'il ne tirait pas. Il fallait simplement qu'elle les retrouve ; puis elle pourrait prendre le mécanisme de détente caché dans ses cheveux et le remplacer, et là leur chance de réussite augmenterait énormément.

Au loin, le tonnerre grondait dans le ciel crépusculaire. La perspective de pluie dans ce paysage sec semblait impossible, l'état vital des plantes le prouvait. Mais malgré la pluie et l'obscurité, un sentiment d'urgence grandissait dans sa poitrine. Si Rosie était vraiment dans cette boîte à chapeau quelque part dans l'espace, elle serait bientôt la proie de n'importe quelle créature, si quelqu'un ne faisait pas vite quelque chose.

Il fallait qu'elle sorte de cette pièce !

Assise sur le rebord de la fenêtre, elle se pencha en avant et jeta un coup d'œil circulaire, non pas sur le mur d'en-dessous mais sur le mur au-dessus.

Zut. Rien d'autre que de simples planches en bois. À un peu moins de six mètres se trouvait une gouttière rouillée, mais elle avait l'air si branlant qu'elle aurait du mal à soutenir une araignée, sans parler d'une jeune femme. Claire s'imagina en train de sauter sur la gouttière qui du coup se détachait brutalement du mur. Frustrée outre mesure, elle descendit du rebord et rentra dans la pièce.

Juste à temps pour entendre quelqu'un ouvrir le verrou.

Ned Mose entra, portant une lampe, et Claire cligna des yeux, car elle devait s'accoutumer à la lumière.

« Qu'est-ce que tu fabriques demanda-t-il ? »

« Je regarde les étoiles... j'ai le mal du pays. »

Il émit un grognement. « T'auras plus beaucoup de temps pour faire ça ; allez, magne-toi. Quelqu'un va payer ta rançon, à c'qui paraît. »

Claire le regarda bouche bée. Impossible ! Lady St. Ives ne sacrifierait pas l'héritage de son petit frère Nicholas, même pour sa propre fille. Ou peut-être que oui ? « Vous avez eu des nouvelles d'Angleterre déjà ? Comment font les pigeons pour voyager aussi vite ? »

« S'ils ne doivent pas aller très loin, c'est fastoche. »

« Je ne vous suis pas. »

« Ils lisent les journaux de New York à Santa Fe ; et le télégraphe fonctionne aussi bien là qu'à New York. » Il avait l'air outré, comme si elle avait attaqué les capacités littéraires des avant-postes de cette terre reculée. « Il semblerait que t'aies un ami là-bas qui a du blé. »

Andrew !

L'espoir jaillit dans son cœur et elle s'appuya au mur pour garder l'équilibre. Sa lettre avait dit qu'il était à la poursuite de Lord James Selwyn. L'avait-t-il localisé déjà ? Avait-il vendu leur Carbonateur cinétike à des acheteurs légaux au lieu des voleurs qui l'avaient exporté d'Angleterre ?

Ned Mose ne la quittait pas du regard. « J'ai envoyé un message de réponse disant que j'étais prêt à négocier, parce que si j'essayais de rentrer dans mes frais, je ne tirerais pas grand-chose de toi. »

« C'est... réconfortant. »

« Donc ce type là, Selwyn, devrait être ici d'ici demain soir au plus tôt, s'il prend le bateau. En train ce sera plus long. »

Quelque chose ne tournait pas rond dans sa tête. Claire eut l'impression que ses oreilles s'étaient bouchées. Il ne pouvait pas avoir dit ce qu'elle pensait qu'il avait dit. « Pardon ? Quel nom avez-vous dit ? »

Il sortit de sa poche un morceau de papier jaune et y jeta un regard en biais. « James Selwyn. Qu'est-ce qu'il y a ? C'est un ami à toi ou pas ? J'm'en fiche de toutes les façons tant qu'il crache le blé, tout baigne. »

Ceci dit, il sortit de la pièce et referma la porte.

Claire entendit le glissement du verrou comme si c'était la première fois. Elle était enfermée à double tour dans une chambre une maison une vie, dont elle ne pouvait pas s'échapper, malgré tous ses efforts.

LIZZIE EN VINT presque aux mains avec Tigg pour décider qui resterait dans le vaisseau et qui irait chercher la Dame.

« Notre Willie n'arrivera pas à faire l'aller retour, » dit Tigg aussi fermement que possible, malgré le petit garçon de six ans accroché à lui comme une arapède. « Après tout, y quittera pas le vaisseau. » Willie secoua vigoureusement la tête. « Son papa lui a dit de rester au même endroit, et donc il faudrait une bombe pour qu'il se déplace. »

« Bien, » répondit Lizzie d'un ton ferme. « Il reste ici. Mais on ne peut pas le laisser seul. Qu'est-ce qu'il fera si le garde le trouve ? Il peut pas se défendre tout seul. »

« C'est pour ça que tu vas rester avec lui, » dit Tigg

patiemment. « C'est comme ça : les filles restent avec les petits et s'en occupent. »

« De quoi ? » faillit s'étrangler Maggie. « Tom Terwilliger, j't'ai jamais entendu causer autant de bêtises de toute ma vie. »

« C'est ce que dit monsieur Yau. »

« Monsieur Yau nous connaît pas très bien, » dit Lizzie d'un air sinistre. « Qui a dépisté Snouts, quand on était que des gosses, hein ? C'était pas monsieur Yau, si ? »

« Après tout, il est si fort qu'il s'est fait enfermer » lança Maggie. Elle n'avait rien contre monsieur Yau elle l'avait même admiré, lui et son écharpe rouge, en fait. Mais être laissé seule pour garder les enfants, juste parce qu'elle était une fille, était tout simplement ridicule.

« Maggie et moi, on va prendre le fusil de la Dame. On sait c'qu'on fait. Puis j'crois qu'assommer l'garde est plus dans tes cordes, maintenant que Jake est passé de l'autre côté. »

Les sourcils de Tigg baissèrent d'une façon que Maggie n'avait jamais vue auparavant. « Parle plus de lui devant moi. Je l'attraperai, je lui en ferai baver, tu verras si je l'fais pas. »

« Allez, t'en fais pas, » lui dit Lizzie. « Pt-être qu'ils lui ont demandé de monter la garde. T'as du pain sur la planche, alors. »

« Les moteurs ont besoin d'être contrôlés, » dit Tigg, clairement tiraillé. « Quand monsieur Yau reviendra, je pense qu'il voudra qu'on monte vite. »

Lizzie sentait que sa victoire était proche. « Ils sentaient un peu le brûlé, non ? »

Tigg acquiesca, comme s'il avait pris sa décision finale. « D'accord. Willie et moi allons faire en sorte que le *Lady Lucy* soit prêt à appareiller quand vous reviendrez avec tout le monde. On fera attention à pas faire de bruit pour le garde. Et n'oubliez pas Rosie. »

« Comme si c'était son idée à lui, » murmura Maggie indignée à Lizzie, tout en se dépêchant de descendre des combles, dans la cabine qu'elles avaient partagée.

« Tant pis, on va le laisser penser ce qu'y veut, de toutes les façons y fait c'qu'on voulait. Tigg est très bien au milieu des moteurs et nous on gère la situation, ça roule. »

Elles se changèrent rapidement et mirent leur costume d'aventurières : jupes et bas noirs, les tresses bien serrées pour ne pas les gêner. « On emporte une corde ? » demanda Lizzie, en bourrant le double fond de son sac de voyage. « Et un ballon de feu? »

« Vaut mieux prendre les deux, on sait jamais. Tiens, sers-toi de mon écharpe pour attacher l'fusil sur mon dos. T'as encore la bague de la Dame ? »

« Autour d'mon cou. Les perles ? »

« Sous mon tricot d'corps. » Maggie sourit par-dessus son épaule tandis que Lizzie faisait le dernier nœud. « On est aussi riches que Rosie, en fait. »

L'ironie de la situation leur donna un peu de légèreté quand elles se mirent à descendre en rampant le long de la passerelle. Le silence et l'obscurité les accueillirent. « Où est-ce qu'il peut bien être le garde ? » murmura Maggie.

« Tant qu'il est pas ici, je m'en balance. Allez, j'espère que tu t'rappelles comment on s'laisse glisser d'une corde ? »

« Pas besoin. Regarde, ya l'échelle des aviateurs. »

De leurs petits doigts habiles, elles ouvrirent l'écoutille et lancèrent l'échelle de corde enroulée, qui se déploya et resta suspendue à la bonne distance du sol pour pouvoir sauter. Maggie était allée dans plein d'endroits en hauteur, mais elle s'abstenait toujours de regarder en bas, se concentrant au contraire sur la vue immédiate des barreaux en face de ses yeux et sous ses bottines.

Pas de trace de garde au sol, non plus. Elle n'était allée que deux fois dans un dirigeable, une fois pour aller en Cornouailles et cette fois-ci, mais elle savait bien qu'il y avait un homme de quart près des amarres, sur chaque terrain d'atterrissage.

« Très sûr de lui, ce Mose, » marmonna Lizzie. « Quatre cordes d'ancrage seulement et pas d'garde en vue. »

« Tant mieux pour nous. Allez. »

Snouts leur avait toujours dit d'éviter les routes et les champs à découvert s'ils pouvaient, donc elles traversèrent la drôle de tranchée peu profonde afin de se rapprocher de la ville du côté opposé. Elles étaient plus à l'abri, les buissons épineux y étaient un tantinet plus hauts et Maggie sentait l'odeur de résine des petits pins rabougris, en inspirant l'air de la nuit.

On aurait pu penser qu'un terrain vague allait être silencieux, et pourtant, par-dessus le vent incessant, elle entendait quelque chose d'autre.

« Liz ? écoute... qu'est-ce que c'est ? »

Lizzie tendit l'oreille. « Le vent. »

« Non, en d'sous, en profondeur. »

« On dirait un train qui arrive. »

Il y avait eu des rails elle les avait vus d'en haut à leur arrivée. « Ya pas de train qui roule au milieu d'la nuit. Et puis les rails sont de l'autre côté. »

« J'aime pas ça. » Lizzie accéléra le pas. « Ça pourrait être un ballon dirigeable ou quelque chose du même genre. Dépêchons-nous. »

Lorsque la ville fut en vue, Maggie entendit plus qu'un simple grondement ; cela ressemblait à une bande de trolls déchaînée. « Lizzie ! Monte sur ce rocher ! ya pas de ballon ! » Elles sautèrent sur un tas de rochers qui avaient chacun la taille d'une maison, tous bancals et penchés comme si un enfant géant les avait lancés là un jour, puis les avait oubliés. À coups de pieds et de mains, Maggie arriva à se mettre debout sur le dernier et elle regarda du sommet juste à temps pour voir une énorme trombe d'eau submerger la ville.

Le bruit que cela faisait ! Le pire orage qu'elle ait jamais vécu ressemblait à la crise de colère d'un enfant comparé à celui-ci. L'eau vrombissait alors que de gros rochers et des troncs d'arbres s'abattaient sur les bases des maisons, emportant sur leur passage tout ce qu'ils pouvaient arracher.

« On aurait pu être au milieu de tout ça ! » cria Lizzie, et elles se serrèrent l'une contre l'autre tandis que les flots déchaînés ratissaient les bâtiments et très loin au-delà, en effaçant leurs empreintes sous un mètre d'eau.

Les bords de la vague arrivèrent à quelques mètres de leur perchoir, mais cela ressemblait à une marée montante dans le lit de la Tamise. Elle laissa une trace, puis commença à se retirer. Les étoiles n'avaient pratiquement pas bronché, dans l'arc qu'elles décrivaient en plein ciel, quand le rugissement devint une ruée, puis un gloussement, et enfin un chuchotement, comme si toute la ville exhalait un soupir.

Rien ne bougea sauf le cours d'eau, coulant, ruisselant et soupirant après que sa masse se soit déversée et que le reste ait été absorbé par la terre.

« Tu crois qu'ils ont survécu ? » dit Lizzie, la voix brisée.

« Sais pas. Faut vraiment être débiles pour construire une ville au milieu du lit d'une rivière ! »

« Des débiles qui veulent pas de compagnie, p'têtre. »

Un ange passa, et cela dura plusieurs minutes.

« Mags ? »

« Oui ? »

« J'ai peur de descendre pour aller voir... et si ça revient ? »

« On dirait qu'ça revient souvent, à en juger par ce cours d'eau. »

« Ce soir, j'veux dire. »

« C'est un risque qu'on doit courir. La Dame est là-bas, plus la maman de Willie et le capitaine, et les autres. On doit les libérer avant l'aube et on dirait que le meilleur moment c'est maintenant, pendant qu'tout le monde est... »

En train de se remettre ? En état de choc ? Mort ? Il était difficile de trouver un mot qui traduirait bien l'impression de silence glacial émanant de cet endroit.

« J'peux pas bouger, je crois. »

« Magne-toi, Liz. » Maggie s'efforça de se remettre debout. À dire vrai, elle aurait vraiment préféré entourer sa tête de ses bras et pleurer une bonne fois, mais ça n'aurait pas aidé la Dame, ni aucun des autres d'ailleurs. « Faut y aller maintenant. »

« J'peux pas. Le bruit, Mags ! Je survivrai pas à ça, ça te prend les tripes. »

« C'est guère plus qu'un ruisseau maintenant, tu vois ? Allez, la Dame compte sur nous. »

En la cajolant, l'encourageant et enfin en la tirant par le bras, elle réussit à faire descendre Lizzie du rocher. Leurs deux silhouettes projetaient des ombres longues et vagues devant elles tandis qu'elles couraient vers le premier des bâtiments.

La lumière des étoiles produisait de l'ombre... qui l'eut dit ?

TOUT ESPOIR DE DORMIR DISPARUT. Claire était allongée sur sa paillasse comme si elle avait été paralysée et peut-être était-ce le cas.

Elle n'avait pas de plan, aucune action à envisager. Tout ce qu'elle avait, c'était le vague espoir qu'une fois la rançon payée et placée sous la protection de James, elle pourrait lui fausser compagnie et retrouver Rosie et les enfants.

Je ne peux pas lui laisser payer la rançon.

Bien sûr que tu peux. C'est ton argent à toi. Il l'a volé. En fait, c'est toi qui paierais ta propre rançon.

Il appartient à Andrew et à moi, ainsi qu'au Docteur Craig et aux enfants.

Indépendamment de tout ça... laisse-le payer pour obtenir ta liberté.

Oui, mais à quel prix? Est-ce que James accepterait de l'aider à libérer les Dunsmuir et les enfants? Est-ce qu'il s'opposerait à Ned Mose et aux pirates pour eux? Serait-il disposé à ratisser la campagne à la recherche de Rosie? Ou bien est-ce qu'il s'emparerait des diamants des Dunsmuir, comme il avait pris le Carbonateur cinétike et rentrerait à Santa Fe en ayant triplé son investissement?

Elle sentit les larmes lui serrer la gorge.

Non, elle ne devait pas se laisser aller au désespoir ; il devait y avoir une solution.

Peut-être que le sol n'était pas aussi loin qu'elle le pensait. Si elle se suspendait au rebord de la fenêtre et se laissait tomber par terre, cela ferait deux mètres de moins à sauter sur les six.

Elle remonta le châssis et se pencha en avant.

Quatre mètres étaient quand même une belle hauteur pour sauter... suffisamment haute pour se casser une cheville. Et ensuite comment ferait-elle, incapable de courir, de sauver ni de faire quoi que ce soit pour quiconque. Qui sait s'il y avait même un médecin dans cet endroit pour remettre les os en place?

Les étoiles qu'elle avait contemplées avant, scintillaient au-dessus d'elle.

En tous cas quelques-unes le faisaient ; les autres avaient été obscurcies par un nuage épais et elle entendait au loin un bruit croissant, comme un grondement, qui ressemblait à celui du vent. Non pas du vent, de l'eau.

L'eau... oh mon Dieu!

Le torrent fonça sur la ville comme un train, se précipitant dans la voie qu'il avait certainement tracée plusieurs fois dans le passé. Elle ne pouvait rien faire, à part regarder sans bouger, horrifiée, tandis qu'il courait vers eux à toute vitesse, engloutissant un kilomètre, puis deux cent cinquante mètres, et enfin les trente derniers mètres.

Avec un chuintement à glacer les os, il bondissait en avant, se précipitant entre les édifices, claquant contre les fondations en pierre oui, voilà pourquoi les rez-de-chaussée de la plus humble maison étaient en pierre soulevant d'énormes moutons en l'air, quand l'eau en furie rencontrait de la résistance.

Le bruit était assourdissant, le tremblement de la maison à mesure que l'eau l'engloutissait était terrifiant. Car il suffisait d'une planche ou d'une pierre mal arrimée pour que l'eau s'engouffre et que toute la maison soit emportée dans le tourbillon.

Emportée par le tourbillon.

Claire remonta la vitre de la fenêtre. L'eau passa en trombe à trois mètres d'elle. La maison trembla encore une fois quand quelque chose un tronc d'arbre qui avait été déraciné à des kilomètres de là la frappa de plein fouet sur le côté, comme un bélier, entraîné ensuite dans un tourbillon du courant.

Flotter.

L'effroi de Claire se transforma soudain en une pensée intelligente. En moins d'une seconde, elle enjamba le rebord de la fenêtre. Elle prit une grande inspiration, assura son chignon avec son précieux raccord à l'intérieur et plongea en chandelle, hors de la fenêtre, dans la nuit rugissante.

CHAPITRE 10

*F**roid.*

Claire avait nagé dans la mer près de Gwynn Place, mais même cela ne l'avait pas préparée au froid saisissant de l'eau qui devait venir des montagnes au loin. D'une main elle empoigna sa nuque, tout en luttant pour revenir à la surface de l'autre, en espérant que ses bottines resteraient attachées à ses jambes et en se félicitant d'avoir rassemblé et fixé ses jupes.

Sa tête fendit la surface juste à temps pour voir émerger un mur solide. Jouant frénétiquement des pieds, elle s'aida du courant pour louvoyer au lieu de se faire écraser, comme un papillon épinglé battant des ailes, jusqu'à ce qu'il recule.

Le courant la poussa dans la rue et s'élargit pour devenir une rivière impétueuse, l'emportant comme une épave flottante à travers toute la ville en quelques secondes. Elle ne put faire autrement que laisser aller ses cheveux et se servir de ses deux bras pour nager tout en s'orientant, la plupart du temps les pieds en avant, pour se frayer un chemin parmi les poteaux et les édifices.

Une fois libérée du canyon artificiel formé par les maisons et les devantures de magasins, l'eau se répandit, décapant plus en profondeur le canal qu'elle avait vu en y pénétrant. En peu de temps, son poids et ses jupes trempées la firent couler vers le fond, jusqu'à ce qu'enfin elle put reprendre pied.

Elle s'échoua sur un banc de sable et s'effondra en pleurs, tout en essayant de reprendre son souffle. *Merci, Seigneur Jésus, de m'avoir sauvé la vie.* Quelle folle elle avait été... mais à part les bleus et la saleté, elle était libre !

Le raccord !

Elle empoigna son chignon. Grâce aux épingles en fil de fer et à l'épaisseur de sa chevelure, sans parler de son épingle à cheveux en ivoire, elle se retrouvait avec une natte dégoulinante ornée de feuilles et de débris flottés. Il était là. Jamais elle n'avait été aussi heureuse de sentir ce morceau de laiton en forme de U. Elle aurait pu aussi bien le laisser là, car rien n'aurait pu le déloger de cette inextricable cachette.

Et maintenant elle devait se reposer. Juste un petit moment. Ses membres lui semblaient si lourds...

Le froid la réveilla.

Tremblante, elle roula sur le côté pour s'assoir, ses vêtements mouillés collant à son corps comme un suaire. Comment un endroit aussi chaud et sec pouvait-il devenir aussi froid la nuit ?

Elle vida l'eau de ses bottines, essora ce qu'elle put de ses jupes, et se mit laborieusement debout pour reprendre ses esprits. Au-dessous d'elle, la rivière giclait et bouillonnait, mais même pendant qu'elle l'observait, celle-ci semblait reculer, absorbée par la terre assoiffée et se perdant dans l'étalement de la plaine. Comme c'était étrange, merveilleux et mortel à la fois, ces allées et venues en un temps éclair.

Pendant ce temps, elle se sentait comme si elle était plus vieille d'un an. Et pendant combien de temps était-elle restée inconsciente?

Quelque part au loin, s'étendait la ville. Et au-delà, régnait une obscurité qui assombrissait même les étoiles. La falaise?

Si elle se souvenait bien, il n'y avait que celle qui ressemblait à un monolithe de calcaire rouge, façonné par des siècles de vents et de tempêtes, avec des cavernes creusées dans sa façade et des pinacles formés par la chute des rochers. Il y avait eu une cabane adossée à la falaise, directement à l'ouest du canyon où ils avaient amarré le *Lady Lucy*. Elle devait seulement tourner autour pour éviter d'être détectée par quiconque vivait dans la cabane. Et concernant l'embarquement, il devait y avoir une autre façon de le faire que par la tour locomotive. S'il fallait qu'elle monte le long d'une corde d'amarrage, elle le ferait.

Mais à présent elle devait décider à propos de deux questions urgentes et vite, avant qu'elle ne perde le contrôle de ses frissons et claquements de dents. Devait-elle se diriger vers l'est et essayer de localiser Rosie et la boîte à chapeau avant que l'un deux soit découvert et l'autre mangée? Ou bien devait-elle mettre en sécurité les filles, Willie et le fusil à éclairs?

Après un moment de réflexion, le dirigeable l'emporta. La sécurité des enfants était la chose la plus importante. Et avec le fusil à éclairs, tout au moins, elle pourrait faire feu sur tout ce qui pouvait menacer Rosie.

Avec un sentiment de soulagement pour avoir de nouveau un vrai travail à faire et une marche à suivre claire, elle se tourna vers la falaise.

Une ombre obscure sortit du cours d'eau derrière elle. « Eh ! » cria-t-il. « Cette portion est à moi ! »

Claire, surprise, pivota sur elle-même tout en ôtant son épingle en ivoire de sa chevelure.

« Qui est là ? »

« Ça veut dire quoi 'qui est là' ? » La voix semblait scandalisée. « Cette portion est à moi. Allez chercher la vôtre. »

Maintenant il y avait deux silhouettes, qui s'approchaient d'elle prudemment, comme si elle présentait un quelconque danger.

C'était réconfortant, d'une certaine façon.

« Je ne sais absolument pas de quoi vous parlez. J'ai été amenée ici par ce... ce... » Comment pouvait-on appeler ça ? « Cet acte de Dieu. » D'un geste vif, elle se frotta les bras.

« Quoi, la crue éclair ? » La voix était si haut perchée que Claire réalisa tout à coup que l'ombre qui lui parlait était une femme. « Comme avez-vous survécu à ça ? Qui êtes-vous ? »

Elle approcha la lampe suffisamment pour que Claire puisse voir les contours d'un corps. En faisant rouler l'épingle entre ses doigts, elle déplaça son regard de la femme, à la figure sombre qui se rapprochait d'elle.

« Je m'appelle Claire. Qui est la personne avec vous ? »

« Oh, c'est Neuf. Je lui fais faire un essai. C'est un automate, vous voyez ? »

Elle remonta la lampe suffisamment pour que Claire voie une machine en métal à la forme vaguement humaine, avec des yeux d'insecte et d'énormes pieds. Elle eut un mouvement de recul. Une épingle à cheveux en ivoire ne pourrait rien contre une armoire à glace en laiton. Et qui sait quelle animosité pouvait se cacher derrière ce regard aveugle ?

« Oh, ne vous en faites pas, il est inoffensif. C'est un

ramasseur de métaux. Comme je disais, nous étions juste en train de faire un essai quand je vous ai vue escalader la berge. À propos, ça va ? Rien de cassé ? Ou pire même ? »

La femme leva la lampe pour examiner le visage de Claire, et à la lumière, Claire put voir ce qui semblait être un bleu de travail de mécanicien et une casquette en cuir sur laquelle était perchée une paire de lunettes d'aviateur. Elles ne ressemblaient pas aux lunettes pour conduire qu'elle possédait elle-même ; en effet, elles avaient l'air faites d'un matériau plus solide. Et de sa casquette s'échappaient quelques mèches de cheveux blonds frisés.

« Êtes-vous sou... soudeur ? » demanda-t-elle.

La femme ou plutôt la fille en fait (elle ne pouvait pas avoir plus d'un an ou deux de plus que Claire) agita la tête d'avant en arrière. « Soudeur, ferrailleur, ramasseur. Dites-m'en un, et je l'ai probablement fait. Alice Chalmers, à votre service. » Elle tendit une main gantée.

Claire déplaça la pique dans sa main gauche et lui serra la main.

Alice la fixait comme si elle n'arrivait pas à croire qu'elle était bien réelle. « Vous ressemblez à un rat noyé, donc votre histoire doit être vraie. » En secouant la tête elle dit, « Allez, vous devriez avaler un bon grog chaud avant d'être en hypothermie, et vous pourrez tout me raconter dans les détails ; j'adore les bonnes histoires. »

Le grog chaud la faisait rêver, mais elle préférait garder son histoire pour elle : trop de vies en dépendaient. « Désolée, je ne peux pas. J'ai des choses à faire, urg... urgentes. Où est-ce que vous vivez ? »

« Par là. » Elle tourna la tête en direction de la falaise. « J'ai un endroit à moi. Je vis en ramassant les objets des épaves, et

parfois je m'occupe d'amarrage. Enfin tous les services néces-
saires, hein ! »

« Vous voulez dire la ca... cabane près de la falaise ? »

« Bien sûr, quoi d'autre ? »

« Êtes-vous l'opérateur de cette tour locomotive ? »

« Bien sûr ! Je l'ai construite, je la répare chaque fois qu'elle
est en panne, c'est-à-dire tous les jours. Parbleu, comment
êtes-vous au courant de ça ? »

Claire sentit une envie irrépressible de pleurer.

De Charybde en Scylla, comme disait madame Morven.

Il ne fut pas difficile de trouver où étaient les Dunsmuir et
l'équipage… il n'y avait eu qu'à suivre les bruits de bagarre.

L'équipage avait saisi sa chance en quelque sorte, profitant
du calme après la tempête, et les pirates rendaient la monnaie
de leur pièce à ceux qui les avaient attaqués. La rue était
pleine de débris de branches d'arbres, rochers aussi gros que
la tête d'un homme, morceaux d'édifices, donc quand Lizzie
lui lança une belle et grande branche à utiliser comme
matraque et ramassa des pierres pour en mettre une dans
chaque main, Maggie se tint prête.

Elle n'aimait pas tellement se battre. Elle aimait explorer et
encore mieux monter la garde, mais elle devait reconnaître
qu'avoir dix ans et ne pas être très grande avait ses inconvé-
nients dans une mêlée.

Mais il y avait toujours moyen de transformer ses
faiblesses en forces.

Se faufilant à toute vitesse d'une bagarre à l'autre comme un
oiseau, Maggie asséna un coup de bâton sur la tête d'un pirate

qui retenait le copilote par terre dans la boue. Quand il s'effondra avec un grognement, monsieur Andersen le finit avec son propre fusil à air comprimé. Lizzie avait le compas dans l'oeil et visait bien, de sorte qu'elle choisit ses cibles et lança de grosses pierres, l'une après l'autre. Peut-être avaient-elles atterri assez durement pour provoquer des dégâts, ou peut-être pas, mais en tous cas ils distrayèrent leurs adversaires suffisamment longtemps pour qu'un membre de l'équipage prenne le dessus.

Même sa seigneurie se battit comme un beau diable. Il avait mis sa femme derrière un chariot, plein de ce qui ressemblait à des pièces de moteur, avait pris dans chaque main des morceaux de tuyaux et s'en servait comme un livreur de bière de la zone des docks.

Quelqu'un attrapa Maggie par derrière et la serra à lui couper le souffle. Elle laissa tomber sa branche et s'agrippa aux doigts de fer autour de son cou et de sa taille ; un cri resta bloqué dans sa gorge et ses pieds donnaient des coups en essayant d'atteindre une cible dotée de chair.

« Aïeehhh! » Le cri le plus incroyable qu'elle ait jamais entendu fusa de quelque part derrière son agresseur, et la seconde qui suivit, la tête de ce dernier tomba en avant, la heurta derrière la caboche, et quelque chose produisit un craquement sinistre. Elle tomba, en faisant un rouler bouler éclair dont Snouts aurait été fier.

Le pirate gisait mort dans la boue et monsieur Yau hocha la tête devant elle aussi calmement que si elle était entrée dans la salle des machines pour un cours de mécanique.

« Merci, monsieur, » arriva-t-elle à articuler, se souvenant enfin qu'elle devait respirer.

« Baissez la tête, mam'zelle. »

Elle se laissa tomber par terre et la jambe de monsieur Yau fouetta l'air, frappant un pirate sous le menton et faisant craquer sa tête en arrière avec une force mortelle. Il y eut ce bruit encore une fois le bruit des os du cou qui craquaient de façon sinistre. L'arme du pirate retomba sur elle et elle s'en saisit.

« Prenez-la, monsieur. »

« Pas besoin. » Il déboula dans la bagarre avec une détermination qui faisait plaisir à voir, tandis que ses membres bougeaient si vite qu'on avait du mal à suivre. Chaque homme qu'il touchait tombait.

Que n'aurait-elle pas donné pour savoir faire ça !

Cependant, comme aurait dit la Dame, il fallait tirer le meilleur parti possible de la situation. Maggie souleva le fusil. Très bien : si un pirate pouvait tirer avec ça, elle aussi.

Il avait un gros canon épais et pesait une tonne. Il devait y avoir une balle de dimensions royales là-dedans.

Quelqu'un rugit avec fureur et elle retint son souffle. Le comte ! Deux pirates s'avancèrent vers lui, en lui criant de lâcher son arme et de se rendre. Les deux hommes avaient des fusils à air comprimé, avec lesquels ils tenaient en joue le comte, et monsieur Yau et deux membres de l'équipage se battaient pour le rejoindre ; il était si fou et si déterminé à protéger sa femme qu'il se serait laissé tuer.

Mais Maggie n'arrivait pas à soulever le fusil. Cette maudite arme était si lourde qu'elle oscillait dans tous les sens. Ne viser qu'un entrepôt était hors de question.

Le chariot de la comtesse !

Maggie bondit derrière le comte et se mit en position. Si quelqu'un d'autre que la comtesse l'avait vue elle aurait été surprise, mais en un clin d'œil sa seigneurie comprit ce qu'elle allait faire.

« John ! » cria-t-elle, « Baisse la tête ! »

Rares sont les hommes qui obéissent à leur femme criant sur ce ton, mais le comte semblait être l'un de ces oiseaux rares. Il se laissa tomber comme une pierre, laissant les pirates le regarder, surpris, l'espace d'une seconde.

Et une seconde suffisait à Maggie. Elle tira sur la détente, se demandant dans quel pétrin elle les avait tous mis...

Deux boulets de canon, chacun aussi gros que son poing et attachés ensemble à l'aide d'une chaîne, explosèrent en sortant du gros canon du fusil. Tournant sur eux-mêmes comme des derviches destructeurs, ils frappèrent les pirates puis les fauchèrent, fracassant leurs crânes puis les ligotant avec art dans le même mouvement centrifuge.

La comtesse lui décocha le même regard triomphant qu'elle n'avait vu que sur le visage de la Dame quand elle réussissait ses tables de multiplication ou qu'elle réparait le Balai brosse qui nettoyait le cottage. Sauf que la Dame n'avait pas l'air aussi assoiffée de sang quand elle le faisait. « Bravo, Maggie ! Vraiment bravo. »

Le comte se remit debout et les rejoignit. « Si j'avais su que vous étiez une aussi bonne tireuse, je serais allé vous chercher plus tôt. »

« Où est Willie, » demanda la comtesse. « Est-il ici avec vous ? »

« Je ne crois pas... il est sur le ballon, pour aider Tigg à préparer le décollage. »

« Il va bien ! » Les yeux de la comtesse auraient pu trouer un mouchoir. « Vous êtes sûre qu'il est sain et sauf, n'est-ce pas ? »

« Aussi sûre que j'vous vois, m'dame. »

L'intensité de son regard s'atténua avec le soulagement. « Bonté divine, Maggie. Vous venez juste de sauver la vie de mon mari. Je pense que vous pouvez arrêter de m'appeler milady ou madame, mon prénom est Davina et je serais honorée que vous m'appeliez ainsi. »

Bon sang... Si Lizzie entendait ça !

« Je... eh bien, d'accord mada... Davina. »

« Quand vous aurez fini avec vos ronds de jambe, nous pouvons peut-être envisager de retourner au vaisseau, » dit le comte. « Maggie, est-ce que le fusil que vous portez sur le dos fonctionne ? »

« Non, monsieur. »

« Est-ce que la chose que vous tenez dans votre main a un autre coup ? »

« Non, monsieur. »

« Pouvez-vous vous en servir comme d'une massue, au besoin ? »

« Oh oui, monsieur ! »

« Bien. Alors je crois que notre camp va l'emporter. Localisons Ian et Jack le plus tôt possible. Si je ne vois pas mon fils d'ici une demi-heure, je ne réponds pas des conséquences. »

Il s'avéra que si Maggie avait mis deux secondes de plus pour trouver le capitaine Hollys, elle aurait pu rater la vue d'une vieille épée vétuste transperçant la poitrine d'un pirate en guenilles. Pourquoi cela la gênait-elle plus que d'entendre casser le cou d'un homme tout près de son oreille, elle n'aurait pas su le dire, mais c'était comme ça.

Par rapport au Territoire texicain, la vie à Blighty était insipide. En effet, elle aurait presque voulu serrer la main du Cudgel après ça.

Presque.

Ils trouvèrent Lizzie avec monsieur Yau, après quoi les officiers cernèrent l'équipage en un tour de main. Ils traînèrent les blessés et les cadavres dans l'une des maisons dont le capitaine avait dit qu'elle pouvait être utilisée comme prison, installèrent les premiers le plus confortablement possible vu les circonstances et laissérent les derniers aux bons soins de Mose.

« Où est Ned Mose ? » osa demander Maggie à monsieur Yau. L'homme lui avait sauvé la vie elle se sentait attachée à lui, au-delà de l'admiration pour son écharpe et son adresse avec les moteurs.

« Je ne sais pas, mam'zelle. » Lizzie et elle devaient accélérer le pas pour rester à leur hauteur à travers la zone inondée et le long de la berge de l'autre côté. « Ce n'est qu'un équipage réduit. Si toute la bande avait été ici, l'issue des combats aurait été très différente. Mais il semblerait qu'ils soient occupés ailleurs. »

« À rançonner d'autres personnes, peut-être, » grommela-t-elle.

« Je ne crois pas. Le *Stalwart Lass* est endommagé, et à moins qu'ils n'aient pris le *Lady Lucy* pour faire ça ah. »

Maggie leva les yeux et vit le fuselage lisse du dirigeable des Dunsmuir sortir du canyon, exactement dans l'état où Lizzie et elle l'avaient quitté.

La comtesse rassembla ses jupes et se mit à courir.

ALICE CHALMERS lui prit le bras, mais Claire tremblait trop pour s'en débarrasser. « Allons ! Il faut qu'on vous réchauffe.

Je suis étonnée que vous ne soyez pas morte. Il y a peu de gens qui se font engloutir par les crues éclairs et en ressortent vivants. »

Elle ne servait à rien dans ces conditions ; il valait mieux qu'elle retrouve ses forces plutôt que de laisser l'air de la nuit finir ce que l'eau n'avait pas réussi à achever. La cabane était à quelques centaines de mètres de là, et en fin de compte, elle ne tenait debout que par son entêtement.

Alice la fit entrer, alluma ce qui semblait être une chaudière faisant office de poêle, et mit la main dans le réservoir d'eau chaude. « Ça ne fera pas effet tout de suite. Entre temps, il vaut mieux avaler un bon grog, ça aidera. »

Elle tendit à Claire une bouteille marron. *Encore une chose que maman ne devra jamais savoir.* Une gorgée suffit pour la faire tousser et cracher, mais mon Dieu, ça brûlait tout le long de son œsophage jusqu'au creux de l'estomac.

Une tranche épaisse et inégale de pain avec du miel, et un morceau de fromage étonnament crémeux furent avalés tout de suite après. Claire commença à sentir qu'au fond, marcher jusqu'à la porte, pouvait ne pas être une épreuve insurmontable.

« Est-ce que ça arrive souvent ces... crues éclairs ? »

« Tout le temps. Dès que vous entendez le tonnerre gronder dans les collines, vous serrez les dents. Moi je suis un peu à l'écart, alors j'attends tout simplement que tout se calme, et puis je vais voir ce qu'il y a à voir. »

« Mais pourquoi construire une ville au milieu du lit d'un fleuve ? »

« Ils ne l'ont pas fait, au départ. Mais l'eau va où elle veut, et donc il n'y a pas grand-chose à faire, à part vivre avec. Ils auraient pu déplacer la ville, je suppose, mais il n'y a aucune garantie que le nouvel emplacement ne soit pas pire. Tenez, lavez-vous. Je fais le savon moi-même. Nous nous occuperons de vos vêtements après. »

« Non, vraiment, il faut que je m'en aille. »

« Vous feriez mieux de m'écouter. Je vis ici depuis presque cinq ans maintenant. Si vous ne voulez pas vous enlever le sable rouge à des endroits dont vous ne soupçonniez même pas l'existence, vous devez vous laver ; ici, derrière ce rideau. Je vais vous apporter un baquet ; prenez votre temps. »

À part se précipiter vers la porte et donner l'alerte, elle ne voyait pas d'autre issue qu'obéir. Si Rosie n'avait pas encore été dévorée par un animal, alors peut-être qu'il y avait des chances pour qu'elle ait survécu jusqu'au matin. Il vaudrait mieux faire des recherches à la lumière du jour.

L'eau chaude lui fit plus de bien que n'importe quelle jupe en satin.

Claire se lava la tête avec le savon parfumé à la lavande (où diable Alice Chalmers avait-elle trouvé de la lavande ici ?) et elle frotta aussi ses jupes et son corsage pour les libérer du sable. L'étui du fusil et son corselet en cuir s'en étaient sortis plutôt bien, donc elle les suspendit au dossier d'une chaise pour les faire sécher. Quand Alice apporta plus d'eau pour tout rincer, elle se sentit redevenir presque un être humain.

« Merci de m'avoir secourue. » Elle s'assit près du poêle qui diffusait enfin une douce chaleur et séchait ses vêtements, et elle but le thé qui apparut comme par magie. « Et de m'avoir nourrie et lavée. Je vous dois beaucoup plus que je ne pourrais vous rembourser. »

Alice leva modestement les épaules. « Ce n'est pas souvent que j'ai la possibilité de parler avec une autre fille. La plupart du temps je n'ai que ces rustres du *Stalwart Lass* et les abrutis en villes pour bavarder. Il y a quelques femmes, et je suis très amie avec quelques-unes des fleurs du désert du bar à musique, mais en général je ne suis pas très expansive. »

Claire ignorait complètement ce qu'était une 'fleur du désert' et un bar à musique, mais en entendant l'allusion au *Stalwart Lass* sa méfiance se réveilla. Elle avait été un peu trop endormie par la séduction de l'eau chaude et de la nourriture. « Faites-vous partie de l'équipage ? du Lass, je veux dire. »

« Non, pas moi. Ils ont besoin d'un endroit pour atterrir, et j'en ai un. C'est cette étendue là-bas. Mais je n'en suis pas propriétaire. » Elle indiqua de la main les falaises et le désert au-dehors. « Personne ne l'est d'ailleurs. Tout ce que j'ai, c'est cette pièce et ma tour locomotive. Oh, et les automates. »

Au pluriel ? Il y en avait d'autres, alors... un malaise courut le long du dos de Claire.

Le visage d'Alice prit une expression rêveuse tandis qu'elle regardait au loin par-dessus le poêle. « Un jour, j'irai à Santa Fe et je mettrai sur pied une vrai manufacture. Je parie qu'ils pourraient utiliser quelques bons automates là-bas. Et les miens sont bons. Ils ne ressemblent pas à grand-chose, mais ils marchent vraiment bien. Vous voyez ? »

Elle attira à elle ce qui ressemblait à une sacoche pour le courrier en cuir et fouilla à l'intérieur. Engrenages, poulies, outils même bijouterie et ustensiles de cuisine. Au fond, il y avait quelque chose qui ressemblait à un bras mécanique, comme celui qu'arborait Ned Mose. « C'est Neuf qui a trouvé tout ça. Il a un gros aimant dans les pieds, vous voyez ? Ça m'a épargné des semaines de passage au crible du sable avec un gros râteau, comme font certains. »

Elle sourit et Claire s'aperçut qu'elle ne regardait pas du tout au loin. Neuf se tenait derrière le poêle comme si c'était sa place habituelle. Elle résista à l'envie de repousser sa chaise et de la mettre entre elles. Elle devait maîtriser cette aversion instinctive. Il y avait quelques automates en Angleterre, utilisés pour la plupart par les nouveaux riches pour leurs réceptions à la place des majordomes, mais les personnes de la bonne société employaient des êtres humains. Étaient-ils si répandus dans les Amériques au point que cette jeune fille apparemment inculte, habitant dans un désert, pouvait les construire ?

« Avez-vous une formation en mécanique ? »

« J'ai fait un an d'école d'ingénieurs à Texico, mais disons que je bricole un peu jusqu'à ce que quelque chose fonctionne. Neuf, viens ici. »

Claire retint son souffle tandis que la machine se mettait à vrombir et à se rapprocher de quelques pas. À la lumière, elle put voir que ses bras et ses jambes étaient articulés de façon grossière à l'emplacement des jointures humaines. En effet, le montage du bras lui rappelait quelque chose. C'était même un souvenir pénible.

« Comme c'est ingénieux ! Avez-vous jamais envisagé de fabriquer ces assemblages de membres pour ceux qui ont perdu les leurs dans des accidents ? »

« Oh bien sûr ! J'ai fait celui que Ned Mose porte. J'en suis assez fière d'ailleurs, avec l'avant-bras télescopique et tout le reste. Vous l'avez vu ? »

Claire esquiva la question en en posant une autre. « Vous l'avez fait pour lui, malgré le fait qu'il n'est pas votre employeur ? »

Si elle se contentait de s'occuper du trafic aérien et qu'elle n'était pas de mèche avec les pirates de l'air à part le fait de se faire payer par eux, alors peut-être que cette fille pourrait l'aider.

Alice se mit à rire. « Pas lui. Je ne suis pas du genre à avoir un employeur. Non, je ne vous l'ai pas dit ? Ned Mose est mon père. »

CHAPITRE 11

« *M*ais nous ne pouvons pas laisser Rosie ! »
Maggie pouvait compter sur les doigts d'une main les fois où elle s'était imposée et avait agi comme Lizzie agissait chaque jour que Dieu faisait. S'il fallait défendre une cause, c'est Lizzie qui le faisait d'habitude. Mais dans les moments cruciaux, Maggie pouvait lever la tête et se bagarrer avec les meilleurs d'entre eux.

Et c'était vraiment un moment crucial ; elle était donc prête à mener bataille autant qu'il le faudrait.

« Maggie, ma chérie, nous n'avons que peu de temps pour nous enfuir. » La comtesse était agenouillée près d'elle de sorte que Maggie, qui avait beaucoup grandi ces deux derniers mois, Dieu merci, avait le visage légèrement plus haut que le sien.

« La Dame ne partira jamais sans Rosie ; et que vont devenir vos bijoux, que sa seigneurie tenait tant à mettre à l'abri ? »

« Nous avons tiré plusieurs leçons sur la valeur relative

des bijoux, » dit le comte d'un air lugubre. « Davina, dites-le lui. Il n'y a aucune raison de tourner autour du pot. »

« Nous dire quoi ? » Le visage de Lizzie prit l'air buté qui la caractérisait quand elle soupçonnait qu'on voulait la tromper. Il fallait se lever tôt pour la rouler et presque personne n'y arrivait. « Pourquoi vous nous r'gardez comme ça ? »

« Mes chères petites, » dit Davina avec douceur, « Je suis absolument désolée de vous dire que Claire est... partie. »

« Partie ? » Comme si elle avait reçu un coup dans l'estomac, Maggie réalisa soudain ce qu'elle avait fait. Elles étaient allées libérer la Dame, puis dans le choc de l'inondation, la bagarre et la course folle vers le dirigeable, elles l'avaient complètement oubliée ! « Où elle est ? Pourquoi elle est pas v'nue avec nous ? »

« Elle est partie avant que la bagarre ne commence. Nous... nous avons très peur qu'il y ait eu un acte criminel. »

Maggie lança un coup d'œil à sa sœur, dont le visage était aussi blême que le sien devait l'être.

« Tout de suite après que la crue ait reculé, monsieur Yau a utilisé ses talents dans une ancienne pratique orientale : le *juh-doh*. La porte ne faisait pas le poids pour lui et le capitaine Hollys et lui sont venus nous libérer. Mose avait enfermé Claire dans la pièce d'à côté, mais quand nous sommes entrés, nous n'avons trouvé personne. »

« Alors, elle s'est échappée. » Pourquoi la laissaient-ils dire une évidence ?

« Nous craignons fortement qu'elle ait été poussée. À cause de... certaines circonstances économiques qu'il est trop compliqué d'expliquer maintenant, les pirates ont découvert que personne ne paierait sa rançon. Nous... oh mes chères

SHELLEY ADINA

fillettes, comme cela me désole de vous dire cela ! Nous
pensons qu'elle a été poussée hors de la fenêtre au pire
moment de l'inondation, et qu'elle s'est noyée. »

Maggie fixa la comtesse, l'estomac noué et avec un grand
froid envahissant sa peau. Ils devaient parler de quelqu'un
d'autre. Pas de la Dame.

« Le jour où la Dame laissera quelqu'un la pousser hors
d'une fenêtre, la reine quittera Windsor pour aller vendre du
poisson au marché. » Le ton de Lizzie ne souffrait pas la
contradiction. Maggie elle-même n'aurait pas pu dire mieux.

« Un sentiment admirable, mais déplacé, j'en ai peur. »

« Je vous crois pas une minute, mais ça fait rien. Il faut
encore qu'on aille chercher Rosie. » Maggie se prépara mentalement à une scène d'une ampleur épique.

« Votre seigneurie ! » Un aspirant, couvert de boue et avec
une manche de l'uniforme pendant à son poignet, apparut
dans l'écoutille de la nacelle de navigation. « Le capitaine m'a
chargé de vous dire que le vaisseau va décoller dans cinq
minutes, monsieur. »

« Non ! » cria Maggie. « Il faut qu'on trouve Rosie ! »

« Je suis navrée, ma chérie. » La comtesse avait l'air au
bord des larmes. « Tu as été formidable et courageuse d'envoyer Rosie et les diamants hors du vaisseau pour les protéger, mais j'ai bien peur que nous ne devions les laisser derrière
nous, pour nous sauver nous-mêmes. »

« J'vous en supplie, m'dame la comtesse ! » Lizzie réduite à
supplier ? Maggie n'en croyait pas ses oreilles. « Ça prendra
qu'un moment. On a vu où est tombée la boîte à chapeau, à un
kilomètre d'ici plus ou moins, juste après ce gros rocher
pointu. Le jour va bientôt s'lever elle va nous appeler. On peut
la trouver en deux coups de cuillère à pot. »

118

« Le capitaine dit qu'il vous en laisse même pas un de coup, » remarqua l'aspirant de son écoutille, tout en compatissant.

« Merci, monsieur Colley, ça ira, » lui répondit le comte. « Dites au capitaine que nous sommes prêts à décoller. »

« Oh que non ! » hurla Maggie.

« Maggie, les diamants ne valent pas les vies qui sont en jeu ici, » dit la comtesse d'un ton désespéré, en essayant de l'entourer de ses bras.

« J'en ai rien à faire de ces fichus diamants ! » cria-t-elle, en s'échappant de son emprise et en montant sur ses ergots comme un coq sur le point d'attaquer. « C'est Rosie qui m'intéresse ! On est du même *troupeau* ! »

« Vous savez même pas si la Dame est morte, et vous voulez l'abandonner? Quel genre de personne vous êtes ? » exclama Lizzie.

« Bonté divine, Davina. Ce n'est pas le moment de discuter. Monsieur Andersen, conduisez les jeunes filles dans leur cabine et enfermez-les dedans. Nous n'avons pas de temps à perdre. »

« Non ! » hurla Maggie qui essaya d'esquiver la prise, mais en vain car le steward en chef avait une poigne de fer, digne de menottes.

« Vous ne pouvez pas faire ça ! » cria Lizzie tout le long du corridor, jusqu'à ce que monsieur Andersen les jette dans leur cabine et ferme la porte sur elles avec une politesse implacable. La targette fit du bruit en coulissant.

Lizzie se rua sur la porte, la remplit de coups de pied et de coups de poing, sans résultat. Elle s'effondra sur elle-même, les larmes et la morve striant son visage.

Si tu peux pas sortir par la porte, petite gourde, cherche une fenêtre.

La voix de Snouts, irritante s'il en fût, lui parvint des profondeurs de sa mémoire. Maggie bondit vers le hublot.

Quelle chance ! « Lizzie ! »

Une tempête de larmes fut sa seule réponse.

« Lizzie, une corde d'ancrage ! » Elle secoua sa sœur plus violemment qu'à son habitude. « Ya une corde d'ancrage au-dehors du hublot. Tu penses qu'on peut sortir ? »

Lizzie leva la tête et s'essuya le nez avec sa manche crasseuse. « Si on peut pas, je mourrai en essayant, plutôt qu'de rester dans cet'baignoire une minute de plus. »

L'ESTOMAC de Claire se serra si fort que le pain et le fromage faillirent remonter.

Ned Mose était le *père* de cette brave fille ?

Elle fit mine de s'intéresser au bras de Neuf tout en essayant de se contrôler et de penser à ce qu'elle pouvait faire. Elle avait été bête de laisser le regard ingénu d'Alice et sa façon désarmante de parler, lui faire baisser la garde. Son admiration pour le don de la mécanique d'Alice allait peut-être la renvoyer tout droit dans cette chambre fermée à double tour. Alice n'était pas une poupée de salon, habituée à ne se servir de sa tête que pour faire un brin de conversation avec d'éventuels prétendants. Derrière ce regard franc, se cachait un cerveau agile qui paraissait toujours en activité.

« Alors je suppose, à voir votre visage bien blanc, que vous êtes une de ces personnes riches que Ned Mose a prélevées du *Lady Lucy*. »

Elle ne pouvait pas le nier, mais la perspective de devoir raconter une histoire abracadabrante pour expliquer sa présence ici était au-dessus de ses forces. « En effet. J'ai été enfermée dans une chambre pendant deux jours, et je suis devenue presque folle d'angoisse. J'ai des affaires urgentes qui m'attendent. »

« Vous l'avez déjà dit. »

« Vous pouvez lui dire que j'étais ici, si vous voulez, mais le temps que vous le fassiez, je serai partie depuis longtemps. Et si vous essayez de me retenir, sachez que je sais employer les manières fortes. »

Alice leva ses sourcils blonds, se gratta la tête, et enleva sa casquette en cuir. Elle secoua sa chevelure, qui était une toison frisée et en désordre. Avec un peu de soins elle aurait pu être magnifique elle avait vraiment beaucoup de cheveux. « Je ne vois pas comment vous pourriez partir, à moins que vous ne prevoyiez de piloter ce dirigeable là, ou que vous preniez ma tour locomotive. Dans ce cas, vous feriez mieux de marcher. Un bon cheval peut battre cet engin comme il veut. Qu'est-ce qui vous fait penser que je vais le lui dire ? »

« Pourquoi ne le feriez-vous pas ? Vous êtes sa fille vous l'avez dit vous-même. »

« Cela n'a rien à voir. Je suis la fille de ma mère aussi, et vous ne me voyez pas travailler dans ce bar à musique, n'est-ce pas ? »

Ah. Alors c'était ça une 'fleur du desert' ! un moineau des rues, une prostituée amateur, une femme qui devait se débrouiller dans la vie par tous les moyens.

Elle fixa Alice, qui se leva et remplit de nouveau sa tasse de thé. « Ce n'est pas parce qu'ils peuvent utiliser le terrain, que je suis d'accord avec eux. Il faut bien que je mange, comme tout un chacun. Et si je dis qu'on ne peut tuer personne pendant l'accostage ou le décollage, je crois que le fait d'être sa fille me donne plus de poids. Du moins, ça me permet de l'ordonner. »

« Alors... » Claire osait à peine le dire. « Vous n'avez pas l'intention de me livrer à lui ? »

Alice haussa les épaules. « C'est pas mes oignons. Sortir de l'eau une fille d'une crue ça me regarde, car c'est sur mon terrain. Toute cette plaine, du nez de la *mesa* jusqu'à *Spider Woman*, m'appartient. Je n'ai pas à me mêler de vos affaires une fois que vous êtes rétablie. »

L'espoir était une drôle de chose. Il naissait et se développait même dans un environnement inhospitalier.

« Je vous en suis reconnaissante. »

Alice la regarda d'un air malicieux. « Il faut qu'on se serre les coudes entre filles, sinon les hommes vont nous laminer. »

« Qu'est-ce qu'une *mais-ça* ? Et *Spider Woman* ? »

« *Mesa*. Ça veut dire 'table' en espagnol ; c'est à cause des sommets plats. Et *Spider Woman*, c'est une grosse aiguille rocheuse qui se trouve au bout, là où la zone inondée s'aplatit. Il y a une légende chez les Navapai qui dit qu'elle est assise au sommet et qu'elle préside aux destinées des hommes. »

« Je vois. Et les Navapai ? »

« Ce sont des indiens. On s'est très bien entendus jusqu'à présent ; il suffit de ne pas essayer de les rouler. Ils sont comme vous avec les automates non, je vous ai vue. Les Navapai pensent que ce sont des morts vivants. »

Claire commençait à se sentir des affinités avec ce peuple mystérieux. Peut-être étaient-ils l'équivalent dans le désert des Esquimaux des Canadas.

« Alors, vous vous intéressez à la mécanique ? » Quand Claire fit signe que oui, elle continua de plus belle, « Parfois le pigeon apporte des messages venant de grandes villes, et ça me permet de voir ce que les gens inventent. C'est comme ça que j'ai eu l'idée de Un, il y a bien longtemps. Cet homme du New Jersey a pris un automate ménager basique et il l'a équipé pour sa filature de coton. Sa production a doublé en un an. »

« Alors c'était ça, Un? et vous avez appelé cet automate 'Neuf' parce que vous en avez fabriqué neuf ? Mais où diable avez-vous trouvé les pièces ? »

Alice rougit et regarda au loin. « Ici et là. Resolution n'est pas vraiment une ville, mais il y a pas mal de gens qui circulent. »

« Est-ce que c'est le nom de cet endroit... Resolution ? »

« Eh oui ! J'y suis depuis dix ans maintenant, mais il se peut que je n'y reste pas dix ans de plus. Les crues sont en train de taper sur les nerfs des gens. D'ailleurs, vous avez peut-être vu celle-là ? »

Claire pensait qu'elle faisait allusion à une inondation, jusqu'à ce qu'une revue scientifique lui atterrisse dans les mains.

« Il y a un article d'Andrew Malvern dans ce numéro. » Claire leva les yeux, étonnée. Comme c'était bizarre d'entendre prononcer ce nom dans cet endroit perdu, avec cet accent texicain monocorde. « Ils n'en publient pas assez souvent, si vous voulez mon avis. Il pourrait remplir un abonnement entier à lui tout seul. » Alice se pencha pour lui montrer la page, et effectivement, il y avait un dagherréotype d'Andrew près de la signature. L'article exposait ses théories sur la production de charbon et la façon dont la technologie pourrait aider l'industrie ferroviaire.

« Êtes-vous une admiratrice de monsieur Malvern ? »

Alice, l'air absent, prit le magazine des mains de Claire avant qu'elle ne puisse lire beaucoup plus que le premier paragraphe, le tint à bout de bras et fixa le portrait. « Il est génial ! et sa façon d'écrire extrêmement plaisante. Je me demande s'il ressemble vraiment à ça. Avant que je meure, je suis bien décidée à le rencontrer. Je ne sais pas trop bien comment, mais je le ferai. »

« La vie offre parfois des coïncidences incroyables... figurez-vous Alice, que j'ai été l'assistante de laboratoire de monsieur Malvern ces deux derniers mois. Nous avons travaillé justement à ce projet concernant le charbon. »

Alice releva la tête et la regarda d'un air ahuri, comme si elle venait juste de lui annoncer qu'elle était la reine en personne, venue en visite incognito. « Vous ? »

« Moi-même. Avec un jeune homme prénommé Tigg, qui est indissociable de mes affaires urgentes. »

Alice s'ébroua, un peu à la manière d'un chien sortant d'un lac, trempé. « Ça alors ! Je ne l'aurais jamais... Son assistante, avez-vous dit ? Eh bien, qu'est-ce que je ne donnerais pas pour... « Elle jeta un coup d'œil à travers les deux fenêtres de la cabane. « Il manque encore quelques heures pour que le jour se lève. Quel est ce travail urgent qui vous empêche de fermer l'œil pendant quelques heures ? »

« Je dois secourir un ami qui est bloqué non loin d'ici vers l'est. »

« Bloqué ? Est-ce que c'est ce garçon ? Est-il blessé et n'arrive donc pas à venir en ville à pied ? »

« C'est possible. Merci de m'avoir secourue, mais il faut vraiment que je m'en aille. »

« Je vais venir avec vous. Je connais le terrain et pas vous. »

« Merci, mais... »

Alice leva une main comme si elle voulait prévenir un refus.

« Chut ! il y a quelqu'un qui arrive. »

Ils avaient découvert qu'elle était partie ; et quel endroit plus logique pour la chercher qu'en aval du fleuve comme cadavre, ou à la cabane comme être vivant ?

« Alice... il faut que je me cache. »

Elle regarda autour d'elle désespérément, à la recherche d'une cachette dans la pièce unique de la cabane. Le poêle, les chaises, les placards, l'automate c'était les seuls objets présents dans cette pièce délabrée.

« Ici. » Alice arracha son corselet, l'étui du fusil et sa chemise mouillée, les lui fourra dans les mains et prit une échelle posée contre le mur. « Le grenier. »

Au moment où quelqu'un frappa à la porte, Claire grimpa à toute vitesse et se retrouva dans un espace bas, tout juste assez haut pour loger quelques caisses et un coffre. Elle les esquiva et se mit à plat ventre sur les lattes du plancher qui étaient disposées de façon suffisamment lâche pour lui permettre de voir une partie de la pièce en-dessous. Malheureusement, quiconque levait les yeux au plafond pouvait aussi voir son cache-corset blanc à travers les espaces entre les planches.

Peut-être qu'ils ne lèveraient pas les yeux.

Alice jeta les accessoires pour le thé dans une bassine en métal, puis se dirigea vers la porte. « Papa, qu'est-ce qui t'amène à cette heure-ci de la nuit ? »

Il poussa devant lui deux ou trois membres de son équipage dans la pièce et claqua la porte.

« J'étais dehors en train de ramasser des choses et Neuf a trouvé... »

« Du calme, ma fille. J'ai besoin de réfléchir. »

« Bien. Fais-le. Tu veux du thé ? »

Un des pirates les regarda plein d'espoir, mais fut déçu par le regard de Mose. Alice remplit la cuvette à l'aide d'un robinet en métal fixé au mur du fond, et elle lava les accessoires pour le thé, comme si la présence de son père de mauvaise humeur était chose courante dans sa petite maison au milieu de la nuit.

Peut-être l'étaient-ils.

« Alors, voilà où on en est, » dit soudain Mose, ayant eu apparemment assez de temps pour réfléchir. « J'attends une réponse à une demande de rançon en échange des Dunsmuir, et aussi de savoir où sont cachés leurs bijoux. Le *Stalwart Lass* est paralysé, peut-être pour de bon, mais j'ai un autre dirigeable dont on peut utiliser les pièces. »

Allongée un mètre au-dessus de sa tête, Claire serra les lèvres. *C'est ce qu'on va voir.*

« J'ai quelqu'un qui vient payer la rançon d'une prisonnière, mais la canaille s'est échappée. » Son montage oculaire gémit tandis qu'il faisait la mise au point sur sa fille. « Tu l'as vue ? »

« Qui... ta prisonnière ? Il y a longtemps que quelqu'un ne t'a pas faussé compagnie, papa. »

« La fille a disparu d'une pièce fermée à clé. »

« Pas possible. »

« La seule explication est qu'elle ait été engloutie par la

crue, mais ça semble peu probable. Les gens ne tombent pas comme ça des fenêtres. »

« Peut-être que quelqu'un l'a poussée, papa. Et a fermé la porte à clé derrière lui, après ça. »

Il resta en silence pendant un moment, tandis que Claire applaudissait intérieurement la jeune fille. C'était très malin de semer le doute dans son esprit concernant ses propres hommes ! Qui sait quand cela pourrait porter ses fruits ?

« Ya personne parmi nous qui pourrait faire une chose pareille, Ned ! » se risqua à dire l'un des pirates. « Pas si on pouvait tirer de l'argent d'elle. Dites donc, mam'zelle Alice, vous avez rien à manger par ici ? »

« Je pourrais faire une bouillie de biscuits si vous voulez, Perry. »

Claire ne pouvait pas voir Perry, mais d'après le son de sa voix, il devait être jeune. Un âge où on a faim, entre le sien et celui de Jake.

Jake... Jake. Oh, si seulement je pouvais...

« Tais-toi, Perry. On a un travail à faire. » Mose se mit à marcher de long en large, bien que la cabane fût si petite qu'il ne pouvait guère faire plus de quelques pas avant de changer de sens. Le montage oculaire s'ajustait à la distance chaque fois qu'il se tournait. « Je réfléchissais... puisque je n'ai pas la jeune fille à donner en échange de la rançon, faut que je fasse quelque chose d'autre. Je n'ai pas le choix. »

« Non, papa. » Le ton d'Alice était triste et suppliant.

« Ne prends pas ce ton avec moi. Tu crois que j'aime provoquer des naufrages ? Mais que va faire cet homme prétentieux quand il s'apercevra qu'on n'a pas la fille ? Il va rameuter les Rangers aussi vite que cette crue et ce sera deux fois plus embêtant. »

« Les Rangers sont déjà venus ici autrefois, et nous leur avons faussé compagnie, Ned, » dit l'un des pirates.

« J'ai trop de choses à perdre cette fois. J'ai une maison, et une femme. Et je deviens trop vieux pour prendre mes affaires et partir chaque fois que quelqu'un n'apprécie pas la façon dont je gère mes affaires. »

« Alors, c'est comme ça que tu vois les choses ? » Prudemment, Alice mit une soucoupe sèche dans une caisse clouée au mur comme un placard, comme si c'était de la porcelaine de Limoges. « Tu veux piller le vaisseau qui est en train d'arriver ? »

Claire se rendit compte soudain de ce dont ils parlaient. De *pillage d'épave*.

Les pilleurs d'épaves, on les connaissait aussi en Cornouailles, ils allumaient des feux sur les falaises pendant les nuits d'orages. Un navire se dirigeait alors vers la lumière en pensant qu'elle indiquait un abri sûr, mais il faisait naufrage en se brisant sur les rochers. La perte de vies était terrible, quelques pilleurs s'assuraient même qu'elle soit complète. Pendant ce temps-là, la cargaison était rejetée sur le rivage pour que les pilleurs puissent la ramasser, l'utiliser ou la revendre. Claire les avait entendus dire ce mot et elle n'en revenait pas que cette pratique déplorable puisse exister ici dans le désert, comme chez elle en Cornouailles.

« Exactement. Un pigeon nous a informés qu'ils sont à cent cinquante kilomètres d'ici. Les garçons t'aideront à mettre les lanternes. »

« Pa... »

« Ça ne se discute pas, ma fille. Tu le fais, sinon tu vas le regretter. »

Il fallut de la force de volonté à Claire pour rester immobile. Le dirigeable qui était en train d'arriver était celui de James. Peu importe ce qu'il lui avait fait, il faisait toujours partie de son passé. Ils avaient rompu le pain ensemble, conversé ensemble. Il lui avait demandé de devenir sa femme.

Si elle ne faisait pas quelque chose, il serait attiré vers la mort.

Et ce serait entièrement de sa faute.

CHAPITRE 12

*A*lice ne laissa pas tomber, malgré les sourcils en bataille et la moustache aux pointes tombantes de son père. « Il doit y avoir un autre moyen. Pourquoi ne pas les faire prisonniers quand ils débarquent ? »

« Parce que de cette façon, on aura encore plus de témoins qu'on n'en a déjà. J'ai pris ma décision, ma fille, donc arrête de geindre. On les fera s'écraser contre Spider Woman, comme d'habitude. »

« Papa, ce sont des innocents qui te font confiance pour conclure un marché honnête. »

Cet appel au meilleur côté de sa nature n'eut pas d'effet sur Ned Mose. « Console-toi, ma fille, tu pourras fabriquer un autre automate avec le butin. Dix, ça fait un chiffre rond. »

Ils ont pillé *neuf vaisseaux* ?

Mais comment ont-ils pu attirer un dirigeable en plein vol et le faire s'écraser contre une falaise ?

Les pirates poussèrent Alice dehors avec eux, et peu de temps après Claire entendit la tour locomotive démarrer. Mais, paralysée d'horreur, elle n'arrivait pas à bouger.

Spider Woman. Cette aiguille rocheuse avec la femme filant au sommet. Fabriquant les fils qui achèveraient la vie d'hommes innocents.

Elle roula par-dessus les caisses et tomba sur les mains et les genoux, luttant contre la nausée. Alice n'avait pas pu remettre l'échelle sous la trappe. Tant pis. Elle avait sauté de murs autrement hauts que celui-ci.

En atterrissant en souplesse, elle entendit parler fort et jurer quelque part derrière et au-dessus de la cabane. Puis, un bruit métallique sur le rocher et une voix hurlant : « Toutes les lampes. Non, toutes ! Dépêchez-vous, espèces de sacs à puces, sinon ils vont nous tomber dessus ! »

Il devait y avoir une sorte de dépôt d'équipement là-haut sur la falaise, que l'on ne pouvait atteindre que par la tour. Probablement ils tenaient plus à leur équipement qu'à la vie de leur conducteur de tour si l'on pense aux crues éclairs imprévisibles et à Dieu sait quelles autres catastrophes naturelles auxquelles cet endroit était soumis.

Les doigts de Claire étaient presque ankylosés quand elle tira ses vêtements mouillés sur elle. Elle attrapa le corset en même temps et s'empara d'un couteau avec un manche épais en os qui se trouvait près de l'évier, entoura la lame dans son foulard et l'enfila en biais dans le cuir. Elle n'avait jamais lacé ses bottines aussi vite, de toute sa vie.

Elle se faufila hors de la cabane et plongea au milieu des ombres, noires comme l'encre quand elles rencontraient la pierre. Et ce fut là, quand elle vit la tour traverser le terrain en direction de Spider Woman, qu'elle prit conscience de l'ampleur de l'entreprise.

Les lampes, ils ne les portaient pas pour éclairer leur chemin à travers la plaine, ils allaient les installer des deux côtés de Spider Woman pour indiquer un terrain d'atterrissage et quand le dirigeable serait descendu, il irait s'écraser tout droit sur l'immense aiguille rocheuse.

Que pouvait faire une fille de dix-huit ans contre deux douzaines de pirates, une tour locomotive et ce paysage hostile ?

Claire examina les obstacles matériels et virtuels à mesure qu'ils passaient devant ses yeux.

Pouvait-elle détacher le *Lady Lucy* et le faire voler, de sorte qu'il masque en quelque sorte les lampes de la vue du vaisseau à l'arrivée imminente ? En supposant qu'elle puisse détacher les cordes d'ancrage et monter à bord avant qu'il ne s'envole, comment pourrait-elle manier à la fois la barre et les moteurs ? Ils étaient à une distance de plusieurs centaines de mètres, et le temps qu'elle en fasse fonctionner un, l'autre serait devenu incontrôlable.

Soyons simple.

Pouvait-elle sortir en courant et éteindre les lampes en leur donnant des coups de pied ? Oui, et après ils l'attraperaient, et cette fois ils ne s'embêteraient pas à l'enfermer. Ils l'achèveraient directement sur place.

Est-ce qu'elle pouvait aller en courant jusqu'à la ville et libérer les Dunsmuir et l'équipage ? Ce serait un excellent plan, si elle disposait de plus de quelques minutes. Le temps qu'elle revienne, James serait tombé du ciel et aurait atterri au milieu de l'épave, tordue et cassée.

Elle ne pouvait même pas envoyer un pigeon pour leur dire que quelque chose n'allait pas ; ni agiter un drapeau, ou bien ces lampes que les cheminots avaient pour signaler un train à...

Un moment... des lampes.

Une lampe.

Tout ce dont elle avait besoin c'était une lampe pour signaler le danger, suffisamment en hauteur pour attirer l'œil du navigateur et le faire se demander pourquoi il y avait un signal de danger, là où la logique voudrait qu'il n'y en ait pas.

Son foulard était rouge. Elle pouvait envelopper la lampe avec ça. Il prendrait probablement feu, mais il fallait qu'elle tente sa chance.

Avec une idée vague de l'endroit où se trouvait Spider Woman dans le noir, Claire suivit le bruit de la tour locomotive, en gardant une quarantaine de mètres sur le côté et en priant que la nuit la dissimule. Il était inutile d'essayer de ne pas faire de bruit car la locomotive en faisait suffisamment, sur ses marches rotatives, pour couvrir non pas celui d'une seule personne, mais d'une armée qui approche.

Elle devait voler une lampe ; maintenant, car tout le monde faisait face au monolithe qui sortait du sol du désert, cachant même les étoiles.

Elle se mit à courir, les jambes pliées et le dos rond et s'empara d'une première lampe sur la piste d'atterrissage de fortune, puis elle fila hors du périmètre.

Zut, ce n'était pas du tout une flamme ! c'était la même substance que dans les globes lunaires, et plus elle l'agitait en remuant la lampe, plus elle brillait.

Elle déchira sa jupe et enveloppa la lampe dans le tissu, puis courut comme une dératée vers le pied de Spider Woman.

Pas le temps d'être pudique, après tout il faisait sombre.

Elle ne savait pas vraiment à quoi elle s'attendait, mais ce n'était pas à l'éboulis de roches ni aux étagères de pierre ressemblant à du papier de verre grossier, formant la base de la grosse formation. Il était instable et en morceaux et allait probablement la tuer, mais il valait mieux ça que vivre en sachant qu'elle avait regardé un dirigeable plein de personnes mourir, en n'ayant rien fait pour s'y opposer.

Peut-être que cela plaiderait en sa faveur auprès du Tout-puissant pour compenser l'histoire de Lightning Luke.

Son pied glissa et elle se cogna le genou contre un affleurement. Un mot lui échappa, qu'elle avait entendu dire par Snouts et n'aurait jamais pensé utiliser elle-même mais quand elle leva la tête en grinçant les dents de douleur, elle vit que la tour locomotive avait dépassé les rochers et était en train de travailler dans le noir de l'autre côté. Alice installait les lampes. Les pirates se cachaient dans l'ombre du monolithe. Elle avait un peu de temps pour gagner du terrain.

Si seulement elle pouvait fourrer son paquet dans l'étui et se servir de ses deux mains ! Si seulement ses dessous n'étaient pas blancs ! Ça ne servait à rien d'avoir une jupe et des bas noirs dans son costume d'aventurière et d'avoir un cache-corset en batiste blanche et un pantalon-culotte. Si elle survivait à cela, elle se ferait faire des dessous noirs, dès qu'elle rentrerait dans le monde civilisé, ah mais !

Une autre corniche. Un autre affleurement de pierre brute.

Tirer, gratter, soulever. Encore et encore.

Gratter. Claire s'arrêta. Elle entendait le bruit de ses propres bottines sur le rocher.

La locomotive s'était arrêtée.

Et dans le ciel lointain de cette nuit, elle entendit le ronronnement, familier à présent, des moteurs à vapeur, accompagné de cliquetis. Ce n'était pas des moteurs Daimler, pour sûr les allemands avaient le don de tout faire marcher sans pannes et sans vacarme. Ceux-là avaient dû être fabriqués dans les Amériques.

À quoi pensait-elle ? *Grimpe !*

Dix mètres plus loin, l'éboulis s'aplanissait et l'amas de pierres prenait un aspect raide et si lisse qu'il aurait pu être découpé avec une lame de fileuse. Elle ne put continuer.

À quelle hauteur était-elle montée ? Et combien de temps leur faudrait-il pour escalader les éboulis de rochers et de terre pour l'attraper ?

Tant pis.

Claire sortit la lampe du tissu qui l'enveloppait ; elle brillait de son mieux, comme un petit soleil. Elle remit sa jupe et retira le couteau de son foulard rouge, puis l'enfila dans le dos de son corselet. Puis, elle enveloppa son foulard autour de la lampe, en prit la poignée et la balança avec de grands mouvement, comme elle avait vu faire aux aiguilleurs sur les rails. Seulement là, ses mouvements étaient exagérés, avec la lumière rouge de la lampe qui montait et descendait, ressemblant presque à une danse.

Le bourdonnement du dirigeable qui approchait ne changea pas de rythme. Bien sûr.

Elle devait attirer leur attention. Coûte que coûte.

Je vous en supplie, Seigneur. Faites qu'ils me voient ; qu'ils me voient à temps.

En bas, à droite, en haut. En bas, à droite, et en haut. Encore et encore.

Elle commençait à sentir la fatigue dans les bras, du fait de l'escalade mais aussi à cause du poids de la lampe.

En bas, à droite, en haut.

Deux cent mètres.

En bas, à droite, en haut. En bas, à droite, en haut.

Cent mètres.

Mon Dieu, je vous en prie... oh, mon Dieu...

En bas, à droite...

Cinquante.

... en haut.

Les moteurs toussèrent, hoquetèrent et grognèrent tout en changeant de régime, ce qui lui fit penser qu'ils avaient été mis, non sans protestation, en marche arrière.

En bas, à droite, en haut. En bas, à droite...

Le fuselage flotta au-dessus de sa tête et alla érafler la face de Spider Woman, comme s'il lui disait bonjour en l'embrassant.

Claire cria de toutes ses forces et, bien au-dessus dans la nacelle, vit en un éclair le visage d'un homme, la bouche étirée dans un rictus de terreur, les mains crispées sur le gouvernail, ses rayons brouillés à la lumière des feux de circulation.

Il n'avait pas abandonné son poste.

Elle non plus.

Qui que ce fût, ils étaient liés dans ce moment d'horreur, tandis que le rocher relâchait son fardeau. Le tissu se déchira, mais les grands sacs de gaz logés à l'intérieur résistèrent, et le dirigeable se retourna aussi majestueusement qu'une baleine en haute mer.

Quelque chose atterrit à trois mètres d'elle en bas de la pente, lourd comme un cadavre. Claire hurla et laissa tomber la lampe ; l'obscurité l'enveloppa.

Un autre cadavre. Un autre, puis un autre encore... y avait-il eu autant de morts ?

Elle fit un effort pour voir si quelque chose bougeait. Puis, elle comprit ce qui s'était passé. Ils délestaient le vaisseau, pour l'alléger suffisamment afin qu'il reprenne de l'altitude.

Ce qui était sûr, c'était que pendant qu'elle était là au milieu des débris de la lampe et des lests, la présence vivante et palpitante du dirigeable s'élevait en cachant les étoiles vacillantes, ses moteurs étaient de nouveau réglés sur en avant toute.

Avant que son cœur n'ait repris son rythme normal, le ballon contenant son ex fiancé avait repris son altitude de croisière. Quand il entra dans la lueur grise annonçant l'aube, un silence presque religieux tomba sur l'aiguille rocheuse qui trônait dans la nuit.

CHAPITRE 13

*U*n hurlement de rage pure jaillit, quelque part derrière Spider Woman, sur le sol au milieu des rochers qui en renvoyèrent l'écho, tandis que le bruit des moteurs de l'aéronef s'estompait au loin.

Claire se releva et enleva son foulard de l'épave de la lampe, mais il était imbibé du composant chimique qui avait été diffusé avec la lumière. Elle ne diffusait rien à présent, à part un parfum âpre et aigre-doux qui lui chatouilla les narines.

La lampe avait bien rempli son rôle. Claire arrivait à distinguer les contours des choses maintenant, suffisamment pour prélever la terre d'argile friable et couvrir le foulard et la lampe cassée. Puis, elle ramassa les longueurs de corde qui avaient attaché les sacs de sable aux parties en fer du lest, et les enroula autour de sa taille, par-dessus le corselet.

Une longueur de corde pouvait toujours être utile... comme tout à l'heure, par exemple.

Mais pour le moment, la chose la plus urgente à faire était de se cacher jusqu'à ce que Ned Mose et sa bande de pilleurs ne reviennent en ville. Elle trembla à l'idée de ce qui pourrait arriver aux Dunsmuir et à l'équipage dans ces circonstances, mais la vérité était qu'elle n'avait aucun pouvoir là-dessus.

Cependant, il y avait une chose qu'elle pouvait faire. Elle pouvait trouver Rosie et la boîte à chapeau, et par la même occasion mettre un peu de distance entre elle et la rage de Mose.

Le soleil ne s'était pas levé, mais les rochers avaient pris forme et substance maintenant. Elle descendit en prenant plus de précautions qu'en montant, en gardant un œil sur le sol en-dessous, au cas où quelqu'un aurait contourné la base du monolithe. Dans son costume noir, elle pouvait passer pour une ombre le cas échéant, malgré les couleurs rouge et ocre du rocher.

Le bruit d'allumage du moteur de la tour locomotive la stoppa si soudainement qu'elle dérapa sur le gravier. S'abritant à l'ombre noire d'un bloc rocheux détaché de la montagne, elle tendit le cou suffisamment pour voir la tour précipiter en grondant vers la zone inondée et la cabane d'Alice. Comme personne ne courait après, Claire imagina que les pirates étaient entassés à l'intérieur.

Cela ne signifiait pas que Ned Mose n'allait pas envoyer quelqu'un pour voir ce qui avait alerté le dirigeable texicain et fait qu'il avait échappé à leur piège.

Sautant de rocher en rocher, retenant son souffle et se sentant exposée chaque fois qu'elle était obligée de mettre le pied sur une corniche pour ensuite en redescendre, elle se débrouilla pour revenir sur le sol désertique.

Ses mains étaient abîmées par la surface abrasive comme du papier de verre des rochers, et toutes les jointures de sa main gauche avaient été écorchées quand une des prises avait lâché.

Mais elle était libre. Et encore en vie. Ainsi que James et l'équipage de ce dirigeable.

Les jointures guériraient, et les bas déchirés seraient reprisés. Mais si, par malheur, ce dirigeable avait atterri... Claire eut des frissons rétrospectifs.

Elle partit au petit trot dans la direction qu'avait prise le carton à chapeau, s'éloignant de Spider Woman et tournant à 90° vers le lac qu'ils avaient survolé. Quelque part entre l'eau et l'aiguille rocheuse, un bouquet d'arbres rabougris, plus gros que les buissons ronds, semblaient se déraciner eux-mêmes et rouler à travers le paysage, mais ils étaient plus petits et moins feuillus que n'importe quel arbre d'Angleterre.

Elle venait de passer devant un affleurement de rocher qui faisait saillie sur le côté d'une zone inondée beaucoup plus petite, quand le soleil apparut à l'horizon et le couvrit de tons de jaune et de crème. Au fond, ce pays pouvait être dur, mais il avait ses formes de beauté. Qui aurait pu s'imaginer que de simples rochers puissent passer du rouge écarlate et carmin, au jaune citron et au bleu océan le plus profond ? Une personne ayant fait des études de géologie pouvait faire fortune en écrivant des articles sur...

Elle entendit au loin le bruit auquel elle s'attendait, mais qu'elle redoutait aussi.

Un moteur.

Elle pivota et se lança vers la base de l'affleurement. Il n'y avait pas d'abri c'était simplement un tas de rochers empilés au milieu d'une bosse dans le terrain mais l'œil voyait toujours ce à quoi il s'attendait, n'est-ce pas ? Pas ce qu'il y avait en réalité.

Elle s'étendit à sa base et fit de son mieux pour ressembler à une ombre.

Le bruit s'amplifia, puis elle le vit.

Le grand fuselage doré du *Lady Lucy* descendit dans le ciel au-dessus de la *mesa* rouge, fit un quart de tour vers le Nord, et s'éloigna lentement dans la lumière claire du matin.

C LAIRE ÉTAIT ALLONGÉE dans la poussière, appuyée sur les coudes, la bouche ouverte. Entre le choc et l'ébahissement, elle n'avait même pas eu l'idée de bondir sur ses pieds et faire des signaux, et le temps qu'elle reprenne ses esprits, le *Lady Lucy* avait déjà atteint les trois cents mètres, altitude à laquelle personne, à part un faucon ou un aigle, ne pouvait voir une petite figure incrédule sauter comme un cabri, et agiter frénétiquement les bras.

Elle se laissa tomber dans l'herbe, qui avait été verte autrefois mais était maintenant brûlée et asséchée par le soleil.

Ils l'avaient abandonnée!

Abandonnée au beau milieu du désert, sans un seul allié ni même un simple verre d'eau!

Comment était-ce possible? C'est vrai qu'elle avait été distraite en quelque sorte par le fait d'essayer de sauver les vies de tout un vaisseau et de son équipage, mais bonté divine, n'auraient-ils pas pu au moins envoyer une équipe de recherche, quand ils s'étaient aperçus qu'elle avait disparu?

Ils avaient dû se libérer et rentrer dans le dirigeable immédiatement après que la crue eût reculé. Il est vrai qu'elle avait agi de façon un peu précipitée en sautant par la fenêtre ; si elle avait attendu ne serait-ce qu'une demi-heure, elle aurait pu sortir par la porte avec les autres, et elle serait en train de flotter dans les airs en ce moment, parfaitement ignare de ce qui se passait au sol.

Non, ce n'était pas vrai. Pour qui d'autre étaient-ils partis? Pour Rosie, sûrement.

Oh, si elle revoyait les Mopsies dans cette vie et même dans la prochaine d'ailleurs elles recevraient une fessée qu'elles n'oublieraient pas, de toute l'éternité. Ils formaient un troupeau! Ils pouvaient penser que Claire savait se prendre en charge, mais elle n'aurait jamais imaginé que Maggie et Lizzie abandonneraient Rosie enfermée dans une boîte à chapeau, condamnée à mourir de faim.

Bien. Elle était partie à la recherche de Rosie et elle devait la trouver. Même s'il n'en restait que deux membres, ils formaient toujours un troupeau.

Elle se remit debout, épousseta le devant de son chemisier tristement maltraité et le gros bourrelet que formaient ses jupes remontées à la taille, et elle détourna résolument son regard du nord, tout en se remettant à courir.

Un cri résonna derrière elle. Un oiseau quelconque. Un aigle peut-être, volant en cercle et se demandant si elle pouvait faire une proie acceptable.

Un autre cri de détresse, de quelqu'un à bout de souffle.

Puis... « Milady, milady ! Vous n'êtes pas morte ! »

Les aigles ne parlaient pas anglais surtout pas avec l'accent cockney de Londres.

Elle se retourna, n'en croyant pas ses yeux. « Mopsies ? »

« Milady ! » Lizzie éclata en sanglots et se lança dans les bras de Claire, si fort qu'elle vacilla.

« Elle nous avait dit qu'vous étiez *morte*, » exclama Maggie d'un ton qui faisait comprendre qu'elle se sentait trahie.

Claire ne s'était jamais sentie comme ça... à la fois si heureuse de revoir quelqu'un, mais aussi désemparée. Les Mopsies. Abandonnées elles aussi. Des enfants innocentes ! Où le monde en était-il arrivé ?

Elle tomba à genoux et les serra dans ses bras toutes les deux si fort que Lizzie émit de petits cris.

« Qui vous a dit ça ? » finit-elle par dire en retrouvant sa voix et en les lâchant.

« La comtesse. Elle a dit que quelqu'un vous a poussée par la fenêtre dans l'courant. »

« Elle avait raison en général, mais pas dans les détails. J'ai sauté, oui, cela m'avait semblé une bonne idée sur le moment. Mais, pourquoi êtes-vous ici et pas sur le *Lady Lucy* ? L'avez-vous vu monter dans les airs, là tout de suite ? »

« Eh oui. » Maggie sourit. « Ça va faire des histoires, quand ils ouvriront not'chambre et qu'ils nous trouv'ront pas. Oh, et voilà... » Elle se retourna et montra son dos.

« Bonté divine. » D'un mouvement rapide, Claire défit les nœuds du foulard de soie et libéra le fusil à éclairs. « Je suis complètement perdue. Vous feriez mieux de me raconter toute l'histoire pendant que je remets ça en place. »

Le temps que les Mopsies finissent de la mettre à jour, les mots fusant et se bousculant entre chacune d'elles, désireuses de montrer leur rôle dans les évènements de la nuit, Claire avait remis en place le raccord en laiton et tenté d'exploser une souche, non loin de là.

C'était extrêmement jouissif.

« Je ne peux pas croire que vous êtes descendues le long d'une corde d'ancrage, » dit-elle. « Vous auriez pu vous tuer ! »

« Eh ben, on est pas mortes, » dit Lizzie, toujours logique.

« Mais Rosie pourrait l'être, elle. On est v'nues pour la trouver et c'est vous qu'on a trouvée à la place ! »

« Tu veux dire 'en plus'. Venez, nous devons localiser un rideau d'arbres à mi-chemin environ entre ici et le lac. Je crois qu'elle peut avoir atterri là. Et pendant qu'on y va, je vais vous raconter les évènements qui ont eu lieu de mon côté. »

Elles furent aussi impressionnées par son détournement du dirigeable texicain, qu'elle-même le fut par leur descente de quinze mètres de haut le long d'une corde d'ancrage.

« Nous sommes toutes des dames aux ressources insoupçonnables, » dit enfin Claire. « Que nous devrons d'ailleurs utiliser bientôt, maintenant que nous sommes restées en rade. »

« Et Alice ? » voulut savoir Maggie. « Elle pourrait nous aider. »

« Je l'espère, mais à part nous faire du thé, je ne crois pas qu'elle soit capable de nous apporter beaucoup d'aide. Son père va s'en charger. »

« Milady. » Lizzie lui tira la manche. « C'est eux les arbres que vous avez dit ? »

Un fossé descendait en pente douce jusqu'à ce qui aurait pu être le lit d'un ruisseau, dans un climat humide. Mais les arbres avaient dû trouver quelque chose ici pour nourrir leurs racines profondes, parce qu'une bande verte suivait les lacets de ses berges sèches.

« Je vais prendre le côté le plus éloigné, si vous couvrez ce côté, » dit Claire. « Marchez cent mètres dans chaque direction et revenez ici, si vous ne la trouvez pas. On ira voir plus loin après ça. »

« Et n'oubliez pas d'regarder en l'air, » leur rappela Maggie. « Vous savez comment elle est, Rosie. »

Le bosquet se limitait à une centaine de mètres, en bon petit bois, mais Claire en inspecta chaque centimètre, tout en scrutant entre les branches des arbres à la recherche de plumes brun rougeâtres même une seule posée sur le sol aurait représenté un indice ; du moins, si l'on supposait que Rosie s'était échappée de sa boîte à chapeau. Si ce n'était pas le cas, alors elle aurait pu être attirée par les couleurs tachetées de l'aéronef.

Mais une heure après, les recherches dans les deux directions n'avaient toujours rien donné.

« Éloignez-vous de la zone inondée de vingt pas, et cherchez encore, » dit Claire. « Et vous pourriez appeler. Rosie répondra, si elle en est capable. »

« Parce que c'est comme ça qu'les oiseaux savent qui est dans leur troupeau, » dit Maggie.

« Polgarth, le gardien de la volaille, vous l'a bien appris pendant notre brève visite. » Claire sourit. « Nous sommes un vrai troupeau, et Rosie connaît toutes nos voix. »

Maggie mit une main sur la jupe de Claire en signe de soutien. « Je savais que vous nous quitteriez pas. Je l'ai ben dit ça à la comtesse. Parce qu'on est un troupeau. »

Un nœud se forma dans la gorge de Claire, et elle s'agenouilla dans la poussière en prenant leurs mains crasseuses. « Nous sommes plus qu'un troupeau. Pour moi, vous êtes ma famille. Quand le comte a rempli nos documents de voyage, il vous a enregistrées officiellement auprès du Ministère des Affaires étrangères comme mes filles adoptives. Cela signifie que rien ne peut nous séparer, sauf si nous le désirons. »

« Et Tigg ? »

« Lui aussi. Mais pas Jake parce qu'il avait plus de quatorze ans. »

« Ce sale Jake, » explosa Lizzie, en lâchant la main de Claire. « J'aimerais savoir comment qu'y se sent maint'nant avec ces pirates. J'parie qu'on lui manque et qu'il aurait voulu faire autrement. »

Le cœur de Claire battit fort dans sa poitrine, ce qui l'étourdissait un peu. « Mes chéries... » Est-ce qu'elles l'ignoraient?

Au fond, comment pouvaient-elles le savoir? Les filles et Willie étaient restés cachés dans la soupente pendant ces moments terribles, puis ils avaient tous été séparés. Ah, si seulement il y avait eu quelqu'un d'autre pour prononcer ces paroles !

Mais il n'y en avait pas. Il n'y avait qu'elle pour dire ce qu'il fallait dire, pour s'occuper de ces deux jeunes vies, alors qu'elle n'avait aucune idée de ce qui allait se passer l'heure d'après.

« Milady, faites pas cet'tête ! » Le regard de Maggie fouillait son visage. « Il est arrivé quelque chose à Jake ? »

Il n'y avait rien à faire. Elle n'avait jamais menti à ces enfants, et elle n'allait pas commencer aujourd'hui. « Ned Mose a perdu la tête et il jeté Jake dehors par l'écoutille, » dit-elle du ton le plus doux possible.

Le peu de couleur qu'il y avait sur le visage de Maggie disparut. « Quelle écoutille ? Ya plein de... »

« Une écoutille extérieure. Celle qui se trouve sur la passerelle, là où on embarque et on débarque. » Claire avala sa salive. « Il ne voulait pas dire où Willie et vous étiez, alors Mose l'a jeté par-dessus bord. Nous étions à une hauteur de presque cent mètres. » Sa gorge se noua et elle chuchota, « Il n'y a aucune chance qu'il ait survécu. »

Les larmes débordèrent des yeux de Maggie et elle se

précipita dans les bras de Claire. « On aurait jamais dû faire cet horrible voyage, » sanglota-t-elle. « J'veux rentrer à la maison. »

« C'est bien fait pour lui, » dit Lizzie la voix étranglée. « Il nous a vendus à ces pirates et il a eu c'qu'il méritait. » Mes ses yeux étaient remplis de pitié.

« Ne le blâme pas, ma chérie, » lui dit Claire, au-dessus de la tête de Maggie ; et elle tendit une main pour l'attirer près d'elle une fois de plus. « Je suis persuadée qu'il a été forcé de faire ce qu'il a fait. Mais qu'il l'ait été ou pas, personne ne mérite une fin telle que la sienne. Nous ne pouvons même pas lui faire un enterrement chrétien... nous ne savons pas où il... où il est. »

Il fallut un bon moment pour que les sanglots de Maggie se transforment en hoquets, puis en reniflements. Lizzie percuta violemment du pied une touffe d'herbe. « P'têt qu'on sait pas où il est, mais on trouvera Rosie. J'en suis sûre. »

Et au bout d'une demi-heure seulement de recherche, un cri s'éleva. « Milady ! Par ici ! »

Claire prit ses jambes à son cou, bondissant sur la zone inondée dans tous les sens, comme une antilope. Maggie lui fit signe de derrière un tas de rochers, et elle vit le dirigeable, coincé entre ces derniers.

« Est-ce qu'elle est là ? Est-ce que Rosie est là ? » *Mon Dieu, faites qu'elle n'ait pas été mangée. Faites qu'elles n'aient pas à subir une autre perte dans cette matinée de deuil terrible.*

Les deux petites filles s'agenouillèrent sur le sol avec la boîte à chapeau entre elles. En un clin d'œil, elles défirent les cordes qui fermaient le couvercle et Rosie explosa littéralement comme d'un diable en boîte. En poussant un cri d'indignation, elle trottina en rond, ébouriffa ses plumes et fixa les filles, comme si elle n'avait pas oublié qui l'avait mise là-dedans.

Lizzie s'accroupit près d'elle en souriant. « Hé, mam'zelle Rosie, c'est not'faute, mais les méchants pirates vont pas te manger au p'tit déjeuner maintenant, tu sais ? »

Rosie lui tourna le dos, et les deux fillettes se mirent à pouffer de rire, ravies de se retrouver devant la scène habituelle de leur poule en train de gratter le sol et de picorer les graines d'herbe.

Claire absorba tout cela, avec le sentiment qu'elle mettait enfin la tête hors de l'eau, après beaucoup de temps passé sans respirer.

Une petite poule rousse pouvait maintenant dormir sur ses deux oreilles.

Comparée aux terribles évènements des douze dernières heures, la situation semblait pour le moins idyllique.

CHAPITRE 14

*L*es Mopsies donnèrent le signal de départ, et Claire tapa doucement à la porte d'Alice. Elle s'ouvrit immédiatement.

« Je me demandais où vous étiez passée. Entrez, vite, avant que quelqu'un ne vous voie. »

« J'ai de la compagnie. » Elle se retourna et siffla chose qui aurait causé à Lady St Ives un embarras insurmontable. Les Mopsies se matérialisèrent et se faufilèrent à l'intérieur avec elle, avant qu'Alice n'ait le temps de réagir.

Elle eut quand même la présence d'esprit de fermer la porte, avant de leur demander qui elles étaient.

Elles serrèrent les lèvres à l'unisson et regardèrent du côté de Claire. L'entraînement de Snouts sur le comportement à adopter lors des interrogatoires avait laissé des marques indélébiles.

« Tout va bien, les filles. Je vous présente Alice Chalmers, la fille de Ned Mose… » Lizzie et Maggie se raidirent sur le champ. « Mais c'est une amie. Vous vous souvenez? Je vous ai dit qu'elle sait faire une très bonne tasse de thé. »

Lizzie ne s'en laissait pas conter. « Comment elle peut être notre amie alors qu'elle est... après ce qu'il a fait à Jake... »

Alice se mordit la lèvre inférieure. « Ce que fait Papa n'a rien à voir avec ce que je fais moi. Vous êtes en sécurité avec moi et je vous jure sur l'honneur que je ne ferai rien pour faire du mal à vous ou à Claire ici. » Elle jeta un coup d'œil à Claire, car elle venait de remarquer la boîte à chapeau. « Est-ce que c'est un poulet ? »

« C'est Rosie, » dit Claire. « Elle a fait le voyage d'Angleterre avec notre groupe, et a eu des aventures en chemin. Mais tout va bien maintenant. »

« Elle est pas à manger notre Rosie, » lui dit Maggie, dont les yeux marrons étaient presque menaçants, d'une intensité inédite pour Claire.

Alice acquiesça, les sourcils haussés à la vue de Rosie dans la boîte à chapeau. « Compris. » Elle concentra son attention sur Claire. « Avez-vous une explication pour l'autre soir ? »

S'il fallait faire confiance à Alice, c'était le moment de faire un essai. « J'ai grimpé et j'ai signalé le vaisseau. Le pilote l'a dévié au dernier moment et, comme vous avez probablement vu, il a continué son chemin. »

« Je supposais que vous aviez quelque chose à voir avec ça. Vous devez sortir d'ici avant que Papa s'aperçoive que vous n'êtes pas mortes. »

« Je suis d'accord avec vous. Est-ce qu'il y a un train ? »

Alice ricana. « Il y a des rails. Mais, jamais vu de train depuis que je suis venue ici. »

« Ce n'est qu'une question de temps avant que vos policiers... comment vous les appelez déjà ? »

« Les Rangers du Territoire texicain. Vous êtes en plein dans ce territoire. Une fois que ce dirigeable sera rentré à

Santa Fe, ils se mettront en chemin *pronto*. Et Papa vous poursuivra, tandis qu'eux, ils poursuivront Papa. Si vous voulez mon avis, il ne fera pas bon vivre à Resolution demain à cette heure-ci. »

« Alors, que nous conseillez-vous ? »

Alice regarda Neuf dans son coin. Claire trouva un moment pour éprouver de la reconnaissance qu'un automate appelé Dix ne soit pas en train d'être construit, après tout. « Si je connais bien Papa, il doit balancer entre la rage et la déception, il va se saouler et sera inapprochable jusqu'à la fin de la journée. Il tuera probablement quelqu'un avant le coucher du soleil, puis ira se coucher. D'ici l'aube, les Rangers seront ici et il y aura sûrement une fusillade. »

Les Mopsies ouvrirent de grands yeux.

« Donc, si j'étais vous, je leur donnerais suffisamment de temps, à lui et son équipage, pour bien s'imbiber, puis je m'enfuirais. »

« Avec quoi ? » voulut savoir Lizzie. « La Dame a détruit l'moteur du *Stalwart Lass*, en lui tirant d'sus. »

« Ah, c'est ça qui s'est passé ? » Les yeux d'Alice s'assombrirent et elle évita le regard de Claire. « Ce moteur était une petite merveille ; j'avais utilisé un vieux schéma du journal de la Royal Society. J'étais rudement fière de l'avoir fabriqué. »

Claire posa une main sur son bras. « Je suis désolée, Alice, mais nous venions juste d'être abordés. La sécurité des enfants était en jeu, et je ne pouvais pas courir le risque que nous soyons séparés dans deux vaisseaux, donc j'ai mis le *Lass* hors d'état de nuire. »

« C'était une belle pièce, ce dirigeable » dit Maggie. « Il nous a pris à la loyale. »

« Il filait à toute vitesse, ça oui. » Le visage d'Alice s'éclaira un peu sous cet éloge. « Il n'en reste pas grand-chose, mais je parie que je pourrais le reconstruire. » Puis, son visage se rembrunit de nouveau. « Je crois qu'il faudra que je le fasse. Papa ne va pas apprécier d'être cloué à terre très longtemps. D'un autre côté, les Rangers ne vont pas le confisquer s'il ne peut pas voler, n'est-ce pas ? »

« Vous devez le savoir mieux que moi. »

Alice se secoua et s'efforça de sourire. « Bon, alors nous avons encore un peu de temps... qui veut un petit déjeuner ? »

Les deux Mopsies ne furent pas longues à réagir. Lizzie dit, « On aimerait bien des œufs, sauf que Rosie a atterri un peu durement et elle a mangé ceux qui étaient dans la boîte à chapeau. »

« Vous pouvez la sortir, si vous voulez. J'ai un petit jardin ici, avec une source. »

« Pourquoi ne l'emmenez-vous pas là, les filles ? » suggéra Claire. « Et peut-être que vous pourriez nettoyer la boîte, s'il y a de l'eau. » Les bijoux des Dunsmuir étaient souillés de jaune d'œuf, poussière et excréments, ayant reposé au fond de la boîte sans protection. Mais en dehors d'elles, personne n'avait besoin de le savoir.

« Donnez-moi un coup de main avec le petit déjeuner, Claire, et on va le prendre dehors. Comme ça, si nous avons de la compagnie, au moins je peux les occuper suffisamment longtemps pour que vous grimpiez à l'échelle pour vous cacher dans la grotte à victuailles. »

Quand ils apportèrent le pain, le miel, le fromage et un tas de légumes verts racines qu'Alice appelait *poblanos* et qu'elle avait fait cuire sur sa bouilloire à vapeur, Claire vit ce qu'elle voulait dire. Fourrés entre l'arrière de la cabane et le mur de la *mesa* se trouvait une petite parcelle de tomates, des plants de piments *poblanos*, et du maïs, entre les rangées de laquelle Rosie avait pris un bain de poussière. Une échelle en fer permettait de conduire du rocher à une grotte, et plus haut, un filet d'eau scintillant indiquait la source qui arrosait le jardin.

Les filles regardèrent les poblanos d'un œil soupçonneux.

« Mangez-les, » dit Alice. « Ils ne contiennent pas de capsaïcine, donc ils ne vont pas vous brûler les entrailles. »

« Capsaïcine ? » Claire examina un piment poblano avec intérêt. « La capsaïcine gazeuse provient d'une plante comme celle-ci? »

« Ma foi, oui. Un truc horrible. Il n'y a que la racaille vicieuse les bandes criminelles ou autre qui s'en servirait sur un être vivant. »

Les Mopsies échangèrent un regard particulier tandis que Claire mordait dans son pain et son fromage pour s'empêcher de dire quelque chose d'imprudent.

« Alors voilà ce que je pense, » dit Alice, en se servant de son pain pour saucer une petite flaque de miel doré. « Vous n'avez guère d'autre choix que d'utiliser un vélogig. Les gens pensent que ce sont des joujoux stupides pour les riches, mais on peut pas se mettre à chipoter. »

Trois paires d'yeux quatre en comptant Rosie attendaient une explication.

« Quoi, vous n'avez jamais vu un vélogig ? »

« Et vous, z'avez jamais vu un landau à vapeur ? » marmonna Lizzie.

Alice entendait très bien. « Non, jamais, mais ce n'est pas l'envie qui me manque. » Son regard se fit rêveur. « Un jour, quand je serai riche et que je vivrai dans un endroit huppé comme San Francisco ou Edmonton, j'aurai mon propre landau. Le dernier modèle même, comme le Henley à six pistons. »

« Vous devriez voir celui de la Dame, » dit Maggie. « Vous auriez pu, s'il ne s'était pas envolé. »

Lentement, Alice se retourna et fixa Claire d'un air abasourdi. « Vous possédez un landau ? Et il était dans votre dirigeable ? »

La bouche pleine de pain, fromage et poblano, Claire ne put que hocher la tête.

« Et j'ai raté ça ? » Les yeux de la jeune fille se remplirent de larmes. « Pourquoi ne me l'avez-vous pas dit ? »

En avalant une grosse bouchée, Claire se libéra la gorge et but un peu de thé. « C'est un Dart à quatre pistons, et j'ai été plutôt occupée. Je ne savais pas que ça vous intéressait. »

« Je n'ai jamais vu un landau. Il n'y a pas d'endroit pour rouler avec par ici juste de la campagne à perte de vue, pleine de terriers de spermophiles et de canyons en fente. Mais oh... » Elle contempla le jardin comme si c'était le Paradis. « ...attendez seulement que ce jour arrive. »

« Moi aussi j'aimerais bien voir le voir, le mien, et le plus tôt possible, » dit Claire.

« Pensez-vous que le *Lady Lucy* est en route pour Santa Fe ? »

« Je pense, oui. C'est le seul endroit où on peut faire escale sur trois cent kilomètres, si vous ne voulez pas avoir vos pantalons pleins d'aiguilles de pin et de crotales. L'homme qui venait payer votre rançon, il venait de là aussi. Le détachement de Rangers le plus proche est là aussi. »

« Donc, on doit aller à Santa Fe sur ce... vélogig. »

« C'est fou, mais si vous voulez essayer de faire des choses folles, ce pays est l'idéal pour le faire. Le vent ne s'arrête jamais de souffler, vous voyez. »

« Ces véhicules fonctionnent à l'énergie éolienne ? »

« Ce véhicule, vous voulez dire, je n'en ai qu'un, que j'ai fabriqué avec un bon vieux double fuselage Hemmings... » Elle s'arrêta et sembla médusée par la vue de Rosie dans son bain de poussière.

Claire jeta un coup d'œil sur les Mopsies, mais elles étaient toutes les deux très occupées avec la nourriture. « Vous vous l'êtes procurée de la même manière que les pièces pour fabriquer Un et ainsi de suite jusqu'à Neuf. »

« Oui, » marmonna Alice. Puis elle leva les yeux, l'air si malheureuse et directe à la fois que Claire se demanda comment elle pouvait être si amicale alors que son père était si... impitoyable. « Vous ne m'en voulez pas pour ça, hein ? Je... je pense que je ne le supporterais pas. »

Claire posa affectueusement la main sur la sienne et la serra. « Si vous saviez les choses que j'ai faites pour survivre, vous ne me demanderiez pas ça. »

Le regard d'Alice soutint le sien. « Peut-être qu'un jour, quand nous aurons toutes les deux nos landaus et que l'une de nous ne craindra pas pour sa vie, nous pourrons nous assoir et prendre une tasse de thé ensemble en bavardant. »

« Peut-être. J'aimerais bien. »

Alice se détendit. « Bien. Faisons de notre mieux pour que cela se passe alors. Et vous les filles, vous avez fini ? » Même les piments poblanos, suspects, avaient disparu. « Vous devriez attraper cette poule et la remettre dans sa boîte, pendant que Claire et moi allons préparer le vélo. Puis, je vous emballerai quelque chose à manger et de l'eau. Vous ne pouvez pas emporter grand-chose, car le poids est important, mais vous trois plus deux jours de nourriture ne peuvent pas peser autant que le sportif qu'on a écra... enfin, qui l'avait. » Rosie fut remise, malgré ses protestations, dans la boîte à chapeau, tandis qu'Alice escaladait l'échelle en fer et commençait à lancer en bas des paquets.

Claire n'arrivait pas à imaginer à quoi pouvait bien ressembler un vélogig. Un bateau qui circulait sur la terre ferme ? Une sorte de machine volante ?

Quelque fût l'image qu'elle avait en tête, elle ne ressemblait en aucune façon à ce qu'Alice était en train de monter au fond de la cabane, en face de Spider Woman et le désert vierge derrière.

Cela ressemblait plutôt à un tripode à roulettes. Il y avait un banc pour s'asseoir et un mécanisme de direction formé par une barre attachée à des poulies. Et pour couronner le tout, il y avait une voile en soie bleue qui était déjà en train d'onduler et de claquer avec vigueur pour tâter le vent.

« Bonté divine ! »

Alice se frotta les mains pour se débarrasser de la poussière et se fourra une clé à molette dans une poche de son pantalon. « Je l'ai sorti plusieurs fois déjà. Il faut faire attention si le vent va plus vite que vous, tout l'engin risque de capoter. »

« Le fils du propriétaire terrien voisin m'a appris à faire sortir un voilier du port, chez moi. Ce n'est pas une chose de ce genre, si ? »

« Sais pas... je n'ai jamais vu l'océan. »

« Jamais vu ? » Elle ne pouvait pas imaginer qu'on passe toute sa vie sans voir l'océan si vaste et si changeant, et plein de choses merveilleuses. Il vous donnait le sens de votre place dans le monde, et vous rendait humble. « Oh, Alice. »

« Eh bien, quand j'irai à San Francisco, je le verrai, n'est-ce-pas ? »

« Je l'espère ; vous ne pouvez pas continuer votre vie sans le voir. »

« Jusqu'à présent j'ai survécu, mais vous devez avoir raison. Venez maintenant ; je vais vous montrer comment le conduire. »

Ce n'était pas du tout comme un bateau à voile. En fait, gérer la direction de la voile en même temps que celle du voyage allait être un véritable défi. Claire roula à travers le terrain, ayant l'impression à chaque instant que la voile allait se gonfler sous la brise et l'envoyer valser à des centaines de mètres avant de la faire tomber, continuant vers New York sans elle.

« Milady ! »

Elle tressauta en arrière à l'appel de Lizzie et descendit, hésitant entre l'euphorie et l'humiliation. « Lizzie, attend avant de... »

« Milady, ils arrivent ! » Lizzie sortit en courant à sa rencontre. « Une bande d'hommes, ils viennent de la ville et arrivent ici ; c'est trop loin pour voir, mais il faut qu'on se cache. »

Alice courut dans la cabane et ressortit une minute plus tard, un gros paquet dans les bras, qui aurait pu être autrefois une taie d'oreiller.

« Claire, vous devez partir immédiatement. C'est mon père qui arrive ; il est énervé et cherche la bagarre. Je viens juste d'entendre des coups de feu. »

« Il ne va pas se bagarrer avec vous, n'est-ce-pas ? » Instinctivement, elle mit sa main derrière son épaule et toucha le canon évasé du fusil à éclairs.

SHELLEY ADINA

« Non, bien sûr que non. Mais il a instauré une loi sur les bagarres en ville, donc il ne peut pas la violer. Ils viennent ici et font du boucan. Je vais verrouiller les portes et fermer les volets, mais vous devez partir maintenant. »

« Maggie ! »

La petite fille longea la cabane en courant, la boîte à chapeau dans les mains. Claire s'en empara et fouilla au fond, sous les accents indignés de Rosie. Elle en sortit l'une des plus petites choses que ses doigts purent trouver et la fourra dans la main d'Alice. « C'est pour vous remercier pour tout. »

Alice ouvrit la main comme si elle avait senti un serpent. « Mais... c'est un diamant ! Qu'est-ce que c'est exactement ? »

« C'est une broche à montre ; pour épingler une montre sur votre chemisier. »

« Je ne possède pas de montre ; ni de chemisier, d'ailleurs. Je ne peux pas accepter cela. Où diable est-ce que votre oiseau a déniché ça ? »

« Il y a des choses qui doivent rester des mystères jusqu'à ce que nous nous rencontrions de nouveau. Ne la montrez à personne. Au revoir, Alice. Souhaitez-nous bonne chance. »

« Bonne chance, » dit la jeune fille faiblement. Le soleil dardait ses rayons sur ses cheveux en bataille, les rendant presque blancs, tandis qu'elle regardait l'objet posé sur sa paume.

Claire attrapa les mains des fillettes et se mit à courir.

Il devint vite évident que cinq minutes de répétitions n'allaient pas suffire pour une parfaite exécution.

« Milady, où c'est qu'on doit s'asseoir ? » Maggie semblait au bord des larmes après que toutes les trois avaient tenté de s'installer sans succès sur le banc. « Et comment on fait pour Rosie ? »

Il était difficile de concevoir un moyen de transport avec seulement trente secondes à disposition. « Attache la boîte à chapeau à cette barre transversale, là. Rosie devra se balancer. Peut-être que ça la fera dormir. » Des bruits de bagarre et des cris provenaient de l'intérieur.

« Elle veut regarder dehors, » dit Maggie.

« Il faudra qu'elle attende. » Claire prit une longue inspiration. *Attends un peu.* « Ça ressemble moins à un tripode et plus à un char romain. Lizzie, grimpe près de Maggie. Vous allez conduire. Je me tiendrai sur cette barre derrière vous et je manœuvrerai la voile. Vite, maintenant, j'entends des cris. »

Avant même qu'elle ne finisse la phrase, un coup de feu retentit. Lizzie glapit et sursauta, alors que Claire se cramponnait aux cordages de la voile.

Si l'on tirait la corde la plus à droite, la voile bougeait dans un sens ; la plus à gauche, dans l'autre. Elle n'avait aucune idée de ce qui se passait si l'on tirait celle du milieu, mais bon, chaque chose en son temps.

« Tourne, Lizzie ! »

« Vers où ? »

Claire raccourcit la corde et la voile se gonfla. Elles commencèrent à rouler sur le terrain, en cahotant et rebondissant.

« N'importe où... loin ! »

Le vent les emporta juste au moment où Ned Mose déboulait au coin de la cabane et soulevait son fusil.

CHAPITRE 15

*L*es deux filles rentrèrent la tête dans leurs épaules, dans l'attente inconsciente d'une balle. Claire avait dû faire la même chose, mais la seule chose qui les sortirait d'affaire était la vitesse, et donc elle se concentra sur la voile comme si sa vie en dépendait.

Le vélogig roulait sur le terrain en direction de Spider Woman, la voile gonflée comme la poitrine d'une frégate. La vitesse du vent pouvait être constante, mais sa direction ne semblait pas l'être. Claire s'en rendit compte dès qu'elles eurent fait une centaine de mètres. Elle régla la voile et encore une fois celle-ci s'enfla. Elles filaient vers le monolithe comme si elles avaient des ailes, et les deux fillettes poussaient des cris d'excitation mêlée au ravissement.

« Lizzie, va à droite, sinon on va droit dans le rocher. »

« J'sais pas comment ! »

« Pousse ta main gauche vers l'extérieur. »

Le vélogig vira à droite et Claire sentit distinctement la roue de gauche quitter terre. « Doucement, Lizzie. »

« Mais vous avez dit... »

« Tout va bien. Nous sommes hors de portée des balles ! »
Elle rit de soulagement non sans conserver une saine dose de
terreur.

L'étrange véhicule filait vers le sud, et Lizzie lui faisait
contourner les rochers les plus dangereux.

« Maintenant, cap vers le nord. Nous devons nous éloigner
le plus possible avant la tombée de la nuit. Je me demande
combien de kilomètres cet engin peut faire par jour... »

« Où est le nord ? » Lizzie était cramponnée à la barre
comme une personne qui se noie, les phalanges raidies et
blanches.

« Sur notre gauche. Un tournant en douceur, c'est ça. Le
vent vient du sud, donc il nous poussera gentiment. »

Lizzie poussa encore plus de sa main droite, et la course
du vélogig décrivit un arc jusqu'à ce qu'elles mettent bien le
cap sur le nord.

« Comment vous savez que c'est le nord par là ? » dit
Maggie à travers ses dents serrées, une main accrochée à une
rampe en laiton et l'autre à la robe de sa sœur. « J'ai l'impression que tout se ressemble. »

Claire régla la voile et elles filèrent en avant sur les ailes
mêmes du vent. Elle aurait donné cher pour connaître leur
vitesse, mais si les larmes chassées de ses yeux pouvaient
servir d'indication, cet engin était plus rapide que le landau
qui atteignait des pointes de 65 km/h. Ah, si seulement elle
avait ses lunettes d'aviateur !

« Le nord est la seule partie de ciel où le soleil ne transite
pas. Nous choisirons nos repères chaque matin et nous ferons
tout simplement de notre mieux. »

« Il est à combien d'ici ? »

Claire s'aperçut un peu tardivement qu'elle aurait dû poser

plus de questions à Alice avant leur départ précipité. « Je n'en suis pas sûre, mais mademoiselle Alice a dit qu'il n'y avait pas d'autre terrain d'atterrissage dans un rayon de trois cent kilomètres, et les Rangers venaient de Santa Fe. Donc, je suppose que c'est cela la distance. »

« Trois cent kilomètres, » s'écria Maggie. « C'est comme si on allait de Londres en Cornouailles. »

Oh, mon Dieu. C'était juste, enfin presque. « Prions simplement pour qu'il n'y ait pas de canyons à traverser. On mettrait plus de temps. »

« Milady, j'ai peur. »

Claire baissa son regard sur elle et essaya de sourire avec assurance. « Il n'y a rien à craindre, ma chérie. Nous sommes ensemble, nous avons de la nourriture et de l'eau, et Ned Mose a déjà trois kilomètres de retard sur nous, au moins. »

Mais Maggie n'avait pas l'air vraiment rassurée. « Il va être terriblement en colère contre mademoiselle Alice. »

Et il y avait cette terrible vérité que Claire avait essayé d'esquiver même quand elles avaient échappé à leurs poursuivants. « Je suppose que oui. Mais c'est une jeune femme pleine de ressources aussi, et c'est sa propre fille. Lizzie, fais attention à cette *mesa*, on y arrive bientôt. Nous devons prendre la direction de cette vallée en forme de selle, au milieu. »

« Être la fille de quelqu'un nous a jamais aidé, » murmura Lizzie ; mais le vent emporta ses paroles et Claire se demanda si elle les avait bien entendues.

Quand la vie aurait repris un semblant de normalité, elle devait revenir sur le sujet ; mais entre-temps, elle devait se concentrer sur les mouvements de l'air.

De toute sa vie, elle n'avait jamais été aussi concentrée sur les petits changements de direction du vent qui faisaient la différence entre ralentir jusqu'à se traîner et décoller comme un oiseau marin de la surface de la mer. Vers midi, elles s'arrêtèrent pour boire un peu d'eau et avaler quelques bouchées des morceaux de viande bizarres et durs qu'Alice avait fourré dans la taie d'oreiller.

« C'est quoi ça ? » dit Maggie en mâchant avec effort ; puis elle en arracha un morceau pour le donner à Rosie, qui n'en fit qu'une bouchée. Au moins, la poule était arrivée à trouver des graines d'herbe sous un buisson, et elle était occupée à écraser une noisette avec son bec.

« Je n'en ai aucune idée. » Claire avala le morceau à demi-mâché. « Mais si Alice nous l'a donné, c'est qu'elle pensait que cela nous aurait servi. »

« Ça a bon goût, » dit Lizzie. « C'est meilleur avec de l'eau. »

« Ne buvez pas trop. Nous ne savons pas combien de temps il faudra pour arriver à Santa Fe et croyez-moi, je n'ai aucune envie de mourir déshydratée ici. »

Rosie fit une sorte gazouillis et s'aplatit derrière le buisson. Loin au-dessus, un oiseau, d'une envergure d'au moins deux mètres cinquante, décrivait des cercles devant le soleil.

« C'est pas bon, » remarqua Maggie. « Elle fait pas ça pour les colombes et les rossignols, ni les corbeaux. »

« Je serais très heureuse de voir un rossignol surgir maintenant devant nous, » dit Claire. « Venez ; reprenons notre route. »

Lizzie avait découpé un trou dans la boîte à chapeau pour que Rosie puisse y passer la tête, mais quand elles repartirent, la poule se blottit à l'intérieur, à l'abri du vent. Au coucher du soleil, Claire se dit qu'elle aurait bien aimé faire comme elle.

Elle se tapota les joues. Sèches, gercées, elle ressemblerait bientôt au fond d'un lac asséché.

« Lizzie, est-ce que ces arbres ne sont pas plus verts que tous ceux que nous avons vus depuis Resolution ? »

« On dirait, oui. » Elle poussa la barre, et le petit engin se dirigea vers la rangée d'arbres. « Allons voir s'il y a un peu d'eau là-bas. »

Il y avait non seulement de l'eau mais un ruisseau !

« Je crois que je n'ai jamais vu rien d'aussi beau. » Claire enleva ses bottines et se débarrassa de ses vêtements. « Je vais m'y allonger directement. »

Si on pouvait appeler 'prendre un bain' le fait de se débarbouiller sans savon et dans cinq centimètres d'eau, eh bien elles le firent. Claire rinça aussi ses sous-vêtements, pour faire bonne mesure.

Puis, elles mangèrent un peu plus de pain et de fromage, et mordirent dans les lanières de viande.

Ce fut seulement quand le soleil baissa derrière l'amas de rochers vers l'ouest que Claire comprit leur erreur. La nuit tombait et tous leurs vêtements étaient mouillés.

Et froids.

Et elles n'avaient rien même pas une paire de caleçons pour se changer.

« Oh, mon Dieu, » dit-elle. « Je crois que nous aurions dû attendre le matin, parce que le vent chaud nous aurait séché en voyageant. »

« Vous voulez dire qu'on doit dormir toutes nues ? » Maggie sentit sa robe qui ne dégoulinait pas, mais était toujours trop humide pour être portée.

« Je ne vois pas comment faire autrement, à moins que nous... »

« La voile. » Lizzie montra du doigt le tissu. « Nous pouvons nous envelopper dedans, comme des vers à soie dans un cocon. »

Claire regarda les fixations. Elle avait été mise en place rapidement ; elle se déferait tout aussi vite. « Excellente idée, Lizzie. La soie est traitée aussi, donc les vents glacés n'y pénètreront pas. »

Avant que l'obscurité ne fût complètement installée, elles s'enveloppèrent dans la voile, toutes ensemble, avec Rosie allongée dans la boîte à chapeau, et les diamants près de leurs têtes.

« Je dois dire que je n'ai jamais dormi en plein air auparavant, » murmura-t-elle, « vous oui ? »

« Dehors, dedans, dans des squats, » dit Lizzie la voix endormie. « Dans un arbre, une fois. C'était horrible... y avait un nid de guêpes à moins d'un mètre de nos têtes et l'réveil a été costaud. »

« J'suis tombée, » ajouta Maggie. « Failli me casser une jambe, je me suis foulé la cheville. »

« On n'a pas à s'inquiéter d'arbres suffisamment hauts pour qu'on en tombe, » dit Claire. « Bonne nuit. »

Mais les filles dormaient déjà à poings fermés, sous leur couvre-lit bleu raide, allongées par terre. Claire observait, réfléchissait, jusqu'à ce que le croissant de lune ne se montre à l'est sur l'horizon, au moins aussi gros qu'une pleine lune l'avait jamais été en Angleterre.

Quel pays énorme !

Quel vaste ciel étoilé, s'étendant vers l'infini !

Elle se sentait vraiment toute petite et impuissante sous cette voûte. Elle en avait assez d'être courageuse, optimiste et adulte, en fait.

Et ce n'était que le premier jour !

Elle roula sur elle-même, essayant de retenir les larmes qui débordaient de ses paupières, sans y réussir vraiment.

CLAIRE SE RÉVEILLA en sursaut au son d'un cri de panique résonnant tout près de sa tête.

Rampant hors de la voile bleue, elle finit à quatre pattes, essayant de sortir de la brume du sommeil. « Rosie! Rosie, que se passe-t-il? » Elle approcha de la boîte à chapeau et se figea.

Deux yeux brillaient dans la lumière grise qui précédait l'aube, des yeux qui n'auraient pas dû être aussi gros ni aussi près.

Un grognement bas lui répondit.

Rosie avait succombé à la terreur absolue et la boîte à chapeau n'était que silence, une patte posée sur le bord.

Une grosse patte de félin. Plus grosse que celle d'un chat domestique, mais plus petite que celle du lion qu'elle avait vu une fois à la Ménagerie royale.

Claire vit les yeux de la créature qui grognait de nouveau, apparemment aussi surprise de la voir vivante qu'elle-même l'était de ce face à face. Il lui sembla évident aussi qu'il avait des intentions concernant Rosie, et qu'elle n'était pas invitée à partager le festin.

« Comment oses-tu ! Mopsies ! » Maggie gémit, et derrière elle, Claire sentit une certaine agitation. « Billie Bolt ! »

Les fillettes commencèrent à courir, entraînant la voile avec elles. Le félin ne bougea pas. Au contraire, il rugit.

« Je n'y pense même pas, malheureux. » Elle saisit la boîte à chapeau et la lui enleva de sous la patte.

Le gros chat mugit et bondit vers Rosie. Claire laissa tomber la boîte et empoigna la bête, en la tenant par ses pattes de devant comme elle l'aurait fait avec un chat d'appartement. « Oh mon Dieu. » Maintenant qu'elle la tenait, que devait-elle en faire ? Pour l'amour du ciel, pourquoi n'avait-elle pas tout simplement lancé une pierre à cette horrible chose ?

Il rugit encore une fois, gigotant de ses pattes arrière, bon sang ce qu'elle étaient longues. Elle sentit les griffes s'enfoncer dans ses bras, tirant et déchirant la chair.

« Ah non, tu ne fais pas ça. » Elle devait maîtriser ces pattes féroces. Le gros chat donnait des coups de patte et criait, mais Claire empoigna ses quatre pattes dans ses mains, en le tenant comme un sac de bonbons. Le fauve enragé se démenait et se débattait, mais il ne pouvait pas bouger. Enfin, il rendit les armes, suspendu comme un saucisson, en la regardant, essoufflé de tant d'efforts.

« Jetez-le ! » cria Lizzie à six mètres de là.

« Ça servirait à quoi ? Il reviendrait. »

« Mais on serait parties, à ce moment-là. »

« On ne peut pas remettre la voile en place tant qu'on n'y verra pas. Lizzie, viens ici et ramasse le fusil à éclairs. »

« Non, milady, je peux pas... »

« Bien sûr que tu peux, et tu le feras. Tout de suite, avant que cette créature ne décide de se servir de ses crocs sur mes mains. Je ne pourrai pas le tenir éternellement. »

En pleurs, Lizzie prit le fusil et le retira de son étui.

« Active la pile en poussant le levier en avant. Bien. Maintenant, laisse-lui un moment pour construire la charge et viens par ici. »

« J'peux pas m'approcher. Et s'il me mord ? »

« C'est plutôt elle qu'il va mordre, Liz, » lui dit Maggie. « Grouille-toi ! »

« C'est pas toi qui a jamais tiré sur cette chose ! »

« Lizzie, il allait manger notre Rosie ; et il a toujours envie de le faire, dès qu'il se libérera. Il faut qu'on arrête ça. »

Tout en frissonnant, Lizzie s'approcha.

« Maintenant, vise et tire. »

« Mais… mais… et si je vous tire dessus? »

« Tu feras attention de ne pas le faire. Respire à fond, vise, et appuie sur la détente. »

« Mais... »

« Lizzie, n'aie pas peur. Tu n'es qu'à un mètre cinquante de lui ; même Lewis pourrait atteindre une cible à cette distance. »

« Lewis serait déjà à Santa Fe à c't heure, il aurait pris ses jambes à son cou. »

« C'est quand tu voudras, Lizzie, s'il te plaît. » Claire dit cela entre ses dents tandis que le gros chat gigotait et soufflait. À chaque seconde maintenant il risquait de se cabrer et de lui mordre la main, et elle devrait le lâcher.

Lizzie souleva le fusil, et il oscilla lorsqu'elle aligna le canon. Puis elle plissa les yeux et appuya sur la détente.

Un éclair fendit l'air en grésillant, frappa le gros chat en plein milieu, et ruina pour toujours ses essais d'attenter à la vie de Rosie. Claire le laissa tomber et se tourna pendant que les dernières contorsions l'agitaient, et elle blottit Lizzie contre elle.

« Très bien, ma chérie. Félicitations ! C'est fini maintenant. »

« Je l'ai tué ! » gémit Lizzie, en jetant le fusil à leurs pieds. « Je ne voulais pas, milady. »

« Je sais. On ne veut jamais prendre une autre vie ; mais c'était lui ou Rosie, et nous sommes responsables de sa sécurité. Elle est innocente et nous devons faire notre devoir. »

Lizzie se retira. « Milady, vous avez du sang sur vot'-camisole. »

Il y avait presque assez de lumière pour voir les couleurs. « Je vois. Nous allons le rincer de nouveau quand le soleil se lèvera, ce qui ne devrait pas tarder. Venez ! je vais laver et panser ces égratignures avec un morceau de mon jupon ; puis nous nous assiérons avec Rosie sur cette pierre et regarderons le soleil se lever. »

Et nous penserons à la vie, pas à la mort.

CHAPITRE 16

*C*vec la faculté d'adaptation de l'enfance, Lizzie fut sur pied vers midi. Le vent chaud qui les traversait en chemin sécha ses sous-vêtements, et elles furent bientôt capables de se rhabiller de pied en cap. Bien qu'il n'y ait eu âme qui vive pendant plus de cent cinquante kilomètres, Claire se sentait toujours nue et exposée dans le paysage infini.

Aussi vulnérable que Rosie, qui n'avait que les parois en cuir de la boîte à chapeau entre elle et la mort.

Suffisamment affamée pour regretter que le gros chat n'ait pas été quelque chose de plus comestible.

À la fin de la matinée du troisième jour, elles avalèrent le dernier des morceaux de viande séchée. Le fromage et le pain s'étaient épuisés la veille. Rosie tua un lézard et le regard calculateur de Maggie poussa Claire à s'empresser de dire, « Ils ne sont pas comestibles pour les êtres humains, ma chérie. Nous devons être fortes. »

Elles ne manquaient pas d'eau à cause du ruisseau, mais bien que ce fût une bénédiction, cela n'empêchait pas que son estomac semblait collé à sa colonne vertébrale. C'était tout ce qu'elle pouvait faire pour garder son sang-froid, chaque fois que les filles demandaient en pleurnichant quelque chose à manger ou une autre gorgée d'eau.

Elles allaient toujours vers le nord, n'est-ce-pas ? Elle perdait petit à petit sa capacité de discernement.

Et elles devaient certainement avoir parcouru trois cent kilomètres à présent. En trois jours, elles auraient pu traverser à pied la moitié des Cornouailles.

Il serait vraiment absurde de rater une ville de quinze kilomètres, non ? On pourrait passer à côté et ne jamais savoir qu'on avait laissé derrière soi sécurité et amis et vice-versa, eux n'en sauraient rien..

Pourquoi n'avaient-elles pas vu les Rangers passer dans le ciel avec leur dirigeable ? Elle pensait que cela serait arrivé le premier jour, mais elles n'avaient rien vu ni entendu le moindre chuchotement.

Dans leur campement misérable sans nourriture, Claire releva la tête vers le ciel effronté, qui reflétait tous les rouges et les oranges des *mesas* interminables et des empilements de pierres dans cette terre reculée.

Est-ce que cela n'importait à personne qu'elles soient sur le point de mourir ici ? Est-ce que personne n'irait à leur recherche ? Andrew, James, les Dunsmuir, ils étaient probablement tous attablés devant un grand dîner de rôti de bœuf et de Yorkshire pudding, avec tous les légumes imaginables, pendant qu'elle était ici, assise sur une pierre, à regarder la mort en face pour la énième fois depuis une semaine.

Un de ces jours, la grande faucheuse viendrait pour elle et pour les filles ; peut-être pas aujourd'hui, mais demain sûrement.

Elles étaient toutes désemparées et en larmes, et elle n'avait jamais senti une douleur aussi forte à l'estomac. Elle sentait sa langue empâtée, et continuait à entendre des abeilles là où il n'était pas possible d'en entendre.

« J'veux rentrer à la maison, » marmonna Maggie. « Je déteste cet endroit. Pourquoi on est pas arrivées là encore ? »

Claire serra la mâchoire pour s'empêcher de dire que si elle savait où était ce 'là', ce serait déjà un bon pas en avant pour le trouver.

Elles ne pouvaient pas mourir ici. C'était insupportable et inconcevable... et inévitable, si elles ne localisaient pas Santa Fe le jour suivant.

Comment pouvait-elle manier la voile avec des bras trop faibles pour tenir les cordages ? Maggie et Lizzie se relayaient déjà toutes les heures à la barre, l'une se reposant tandis que l'autre se concentrait sur la conduite.

Elle ne pouvait faire absolument rien pour améliorer la situation, sauf continuer et... faire confiance à la Providence.

Le matin suivant, après s'être réveillée d'un rêve de meringues aux couleurs pastel pleuvant du ciel, même la Providence semblait les avoir abandonnées.

Le vent cessa.

Claire tenait les cordages enroulés autour de ses mains, orientant la voile d'un côté ou de l'autre, pour essayer de capter un souffle de vent.

« Mais qu'est-ce qui s'passe ? » la voix de Maggie était si apathique qu'on aurait dit qu'elle s'en enquérait pour la forme seulement. « Pourquoi on avance pas ? »

« Il n'y a pas de vent. » Claire s'assit sur la rampe, provoquant une secousse. « Comment ça se fait qu'il n'y a pas de vent ? on en a eu tout le temps dans cet endroit en plus de la poussière dans les yeux. »

« Vous le faites pas bien, » dit Lizzie. Ses yeux gonflés par le soleil étaient réduits à des fentes. « Vous voulez qu'on se tue ? »

« J'ai juste essayé de sauver nos misérables vies, tu... » Elle refoula sa mauvaise humeur, se demandant pourquoi elle essayait d'ailleurs, si c'était ce qu'elles pensaient d'elle.

« Misérables, sans blague ? » éclata Lizzie. « Je vais vous dire une chose : on était beaucoup moins misérables avant qu'vous arriviez. On était heureuses à Londres. »

« Quoi, à faire les chiffonnières et voler du pain ? Tu m'en diras tant. »

« Vaut mieux que d'se faire tirer dessus et d'mourir de faim. »

« On n'est pas mortes de faim. Tu causes toujours, il me semble ? » Claire respira un bon coup. « Viens ; on va pousser le châssis jusqu'à ce que le vent recommence à souffler. On doit avancer aujourd'hui. »

Mais les filles ne voulaient pas pousser. Elles se contentèrent de s'asseoir sur le banc et de maugréer ; et Claire ne pouvait pas tenir les cordages et pousser en même temps.

Ç'en était trop.

Elle s'assit dans la poussière et laissa échapper un soupir venant tout droit de sa poitrine, mais aucune larme ne jaillit de ses yeux. Son corps était trop déshydraté pour lui permettre ce luxe. Enveloppant ses jambes avec ses bras, elle posa son front sur ses genoux et pleura silencieusement.

« Milady ! »

Elle n'en pouvait plus. Si Lizzie ne trouvait rien de gentil à lui dire, elle ferait juste semblant que la fillette n'existait pas.

« Milady, j'entends quelque chose. »

« C'est juste un bourdonnement dans tes oreilles, Lizzie ; j'entends le même, moi aussi. »

« C'est pas dans mes oreilles, c'est dans le ciel. »

« Oui, et on dirait des abeilles, je sais. »

« Milady, regardez là-haut ! »

Atlas portant le monde sur ses épaules n'aurait pas senti plus de poids que Claire. D'un œil morne, elle jeta un coup d'œil dans la direction que lui avait indiqué Lizzie d'un doigt tremblant.

Elle se redressa, puis se servit de la rampe pour se mettre debout.

« Un dirigeable ! » Elles étaient sauvées !

Elle entendait à présent le ronronnement lointain du moteur. Elle cligna des yeux et se frotta les paupières pour enlever les poussières. « Est-ce que c'est un double fuselage ? »

La forme en Y caractéristique se rapprocha d'elle, comme suspendue dans le ciel. Deux ballons de gaz, avec une nacelle suspendue entre eux.

Combien d'aérostats avec une telle configuration volaient dans ces cieux implacables ?

« Les filles ! Cachez-vous sous quelque chose. C'est le *Stalwart Lass*. Ned Mose nous a trouvées ! »

Maggie et Lizzie se précipitèrent vers un tas de pierres, mais il n'y avait même pas une ombre sous elles. Claire trouva refuge sous un buisson, ce qui faisait penser un peu à Rosie essayant de se cacher derrière un galet il n'offrait lui non plus aucune protection. Elles ne pouvaient rien faire concernant le vélogig ; il était posé là, dans toute sa splendeur de laiton et de soie, un joujou d'homme riche, qui était aussi immobile qu'une balise avertissant de leur emplacement.

Même le mince espoir que les pirates puissent penser qu'il avait été abandonné et qu'ils continuent à chercher des gens à pied s'évanouit, car le moteur ralentit et ils firent marche arrière.

Ils allaient accoster.

Si les filles et elle n'étaient pas abattues sur-le-champ, elles pouvaient au moins se rabattre sur la soupe qui serait servie dans leur cellule ; et sur la belle aiguière en porcelaine fleurie avec sa cuvette contenant une merveilleuse eau fraîche à boire. Pourquoi n'avait-elle pas été reconnaissante de cette cruche d'eau quand elle l'avait? Si elle l'avait été, elle aurait attendu cette demi-heure et rien de ce qui s'était passé les quatre derniers jours n'aurait eu lieu.

Si seulement...

Un poids en plomb s'écrasa sur le sol. En l'absence d'un mât d'amarrage et de vent, il servirait d'ancre suffisamment longtemps pour que les pirates fassent descendre un panier. Car s'ils s'attendaient à ce qu'elle grimpe à cette corde, ils pouvaient aussi bien la laisser mourir sur place. Claire posa la tête sur la boîte à chapeau de Rosie, comme si c'était un oreiller.

Dans un sens ou dans l'autre, elle était indifférente à la suite des évènements.

Rosie sortit la tête du trou et envoya un salut jovial à la compagnie.

Mais bon sang, poule insensée, ces hommes ne vont faire qu'une bouchée de toi... pas besoin d'avoir l'air si heureuse de les voir.

« Milady ! » appela une voix de jeune garçon, qui se cassa, il n'était donc pas si jeune que ça ; il faisait sa mue. Peut-être celui qu'ils appelaient Perry ?

« Lady Claire... êtes-vous morte ? »

Elle aurait juré qu'elle connaissait cette voix.

Au prix d'un effort herculéen, elle leva la tête.

Rosie caqueta de nouveau avec entrain, et elle entendit un cri provenant des rochers. « Jake ! Jake, est-ce que c'est toi ? »

Une silhouette élancée glissa le long de la corde d'amarrage et sauta sur le sol desséché. « Mags ? Lizzie ? Tout va bien ? »

Un peu comme si elle regardait un film au cinéma d'attraction, Claire vit le garçon mort prendre Maggie dans ses bras et la tenir un moment au-dessus de sa tête avant de la serrer et d'attraper Lizzie et de les balancer toutes les deux en formant une ronde, de sorte que leurs jambes s'envolaient.

Hallucinations. Est-ce qu'elle était dans l'antichambre de la mort ? Elle n'était pas exactement en train de voir défiler sa vie devant ses yeux, mais presque.

L'apparition remit les fillettes debout et pencha la tête en arrière pour voir la nacelle qui flottait au-dessus de sa tête. « Alice, envoie le panier. La Dame est mal en point. »

En un éclair, une écoutille s'ouvrit à l'arrière, près du moteur. Un panier à passagers fut treuillé jusqu'au sol et le fantôme y installa les petites filles. Il remonta promptement, pour revenir vide, se posant encore une fois sur le sol.

« Allez, milady, » dit le fantôme. « Ma parole, c'est Rosie ça ? Pas encore passée à la casserole, vieille branche ? C'est ton tour maintenant. »

Il n'y avait qu'une raison pour qu'un fantôme vienne chercher les gens ; c'est pour ça qu'ils appelaient ça un *revenant*. Sa nourrice des Cornouailles à Gwynn Place avait été ferme sur ce point. « Est-ce que je vais aller en enfer à cause de mes péchés ? » Les pieds de Claire traînèrent par terre quand il la prit pour l'installer dans le panier.

« Eh bien, on est allés là-bas et on en est revenus tous les deux, hein ? Mais il faudra qu'ils attendent un moment avant qu'on s'y installe. »

Puis, toutes les abeilles bourdonnantes se rassemblèrent en un essaim géant. Le plancher du panier monta en la secouant et Claire s'évanouit...

CHAPITRE 17

LE VILLAGE NAVAPAI

*L*es yeux de Maggie se détournèrent suffisamment de temps pour lui permettre de voir un carré parfait de ciel bleu. Elle cligna des yeux, puis leva une main pour se frotter les paupières sans que cela lui serve à grand-chose. Une couverture la recouvrait ; de la laine, ornée de motifs bizarres comme des marches d'escalier, un éclair et les tourbillons que faisait l'eau quand elle descendait dans une canalisation.

« De l'eau, » grogna-t-elle.

« Par ici, votre majesté. » On approcha une tasse de ses lèvres et elle but, et but jusqu'à ce qu'on la lui enlève.

« Encore. »

« Dans un moment. Alice a dit de pas en donner beaucoup à la fois. Le coup de soleil brûle probablement, mais elle a étalé du jus de cactus dessus, elle dit que ça ira mieux demain. »

L'eau était en train de lui éclaircir le cerveau. « Jake ? »

« Oui. Sain et sauf, mais pas grâce à Ned Mose. J'ai un compte à régler avec lui, ne vous y trompez pas. »

« Lizzie ? »

« À côté de vous. Deux coqs en pâte. »

Elle se demanda quand même pourquoi il était si gentil avec elle, alors qu'il ne l'était jamais auparavant, mais ensuite ses yeux se refermèrent et elle perdit connaissance.

QUAND ELLE SE RÉVEILLA, le carré de bleu était remplacé par du noir, et une lampe brûlait dans un renfoncement du mur. Un mur fait de terre. Était-elle dans un trou de taupe?

Maggie se mit sur ses coudes, juste au moment où Lizzie ouvrait la porte en la poussant du bas du dos et entrait à reculons en portant un plateau. « T'es réveillée, Mags? »

« De l'eau. »

« Il y en a, et même de la soupe. J'en ai déjà pris... c'est bon. Ils appellent ça du *Po-so-lé*. »

« Qui ? » Elle but toute la tasse d'eau et puis porta à ses lèvres la cruche et but la moitié de son contenu, aussi. La soupe était bonne ; elle l'avala presque aussi vite.

« Les Navapai, des amis d'Alice. » Elle baissa la voix. « Je pense que ce sont de vrais indiens de l'Ouest sauvage, comme dans les films. »

« Quand est-ce que tu as vu un film ? »

Lizzie eut l'air vexée. « Je me suis peut-être faufilée une fois dans une salle. »

« Sans moi ? »

« Tu étais probablement malade. Écoute, tu te souviens qui nous a sauvées ? »

« Jake était ici. » Une autre pensée lui vint à l'esprit. « Où est la Dame ? »

« Dans la pièce à côté. Je pense que quelque chose s'est mal passé avec toutes ces égratignures de chat qu'elle a. Elle parle bizarrement aussi ; elle pense que Jake est un fantôme. »

« Moi aussi je pense qu'il en est un. Il est plus gentil que dans la vraie vie. »

Lizzie gloussa. « Les Navapai sont en train de la soigner. Alice aussi. Tu peux te lever ? »

Maggie sortit les pieds du lit. Elle portait sa camisole et un caleçon, rien d'autre. « Où sont nos vêtements ? »

« Lavés et en train de sécher. Allez ! Jake dit que je dois t'amener. »

« Où est Rosie ? »

« Allons-y, je vais t'montrer. » Elles sortirent de la maison en torchis pour se retrouver sur une terrasse dallée qui finissait dans l'espace du côté le plus éloigné. Maggie chancela et revint sur ses pas en titubant. « C'est ça Santa Fe ? »

Une voix parvint de l'autre côté de la terrasse. « Non, c'est un village Navapai. J'arrive même pas à prononcer le nom. » Jake s'assit sur un mur long et bas, les pieds balançant au-dessus de trente mètres de vide. Il pouvait presque, d'un coup de bottes pousser la partie la plus à gauche du fuselage du *Stalwart Lass*, qui flottait tranquillement au bout de sa corde. Un maigre éperon rocheux semblait être son mât d'amarrage.

Jake vit qu'elle le regardait. « Drôle de mât, hein ? »

« Jake, que fais-tu ici ? Comment sommes-nous venues ici ? Comment es-tu arrivé sur le *Lass* et où sont tous ces pirates ? »

Il fit un sourire en coin, ce sourire malicieux qui la fit sentir immédiatement à son aise.

« Ils sont probablement en train de marcher vers le terrain d'atterrissage le plus proche en nous maudissant. »

« Le terrain d'atterrissage le plus proche, à part celui-ci, il est à Texico, et c'est à trois jours de vol de Resolution. » Alice Chalmers se montra sur la terrasse. « Comment te sens-tu Maggie ? »

« Comme la viande séchée que tu nous as donnée. »

« Ça s'appelle du charque, et ça vous a probablement gardées en vie assez longtemps pour que nous vous trouvions. Que faisiez-vous là-bas, à plus de quarante kilomètres vers l'est ? Vous étiez censées aller vers le nord à partir de Resolution. Difficile de rater Santa Fe. »

Elle indiqua l'est de la main, et Maggie prit la mesure de la ville qui s'étendait au loin. Elle semblait continuer pendant un kilomètre et demi au moins, à moins que ce ne fût le temps clair qui vous permettait de voir presque à l'infini. Des aiguilles de roche et de laiton ponctuaient des rangées bien ordonnées de maisons en torchis, comme celle qui se trouvait derrière eux seulement plus grandes, comme des couches de gâteaux et des blocs de construction, le tout mélangé. Des aérostats flottaient au bout de mâts d'amarrage, même en ville.

« Est-ce que tout le monde a son propre dirigeable ? » demanda-t-elle émerveillée.

« La plupart de ceux-là appartiennent à la flotte des Rangers, mais d'autres personnes en ont aussi. » Alice tapota un banc en pierre et Maggie s'écroula dessus avec Lizzie. Elles n'allaient sûrement pas rejoindre Jake sur son muret ; elle avait la tête trop embrumée pour ça.

« J'sais pas où c'est qu'on était, » dit-elle enfin. « Tout c'que je sais, c'est qu'on avait pas de vent et on pouvait compter sur personne ; et puis après j'ai vu Jake. Tu voudrais pas nous dire comment tu as fait pour pas être mort ? Ned

Mose t'avait bien poussé dans le vide, quand on était dans le *Lady Lucy*, non ? »

Jake appuya son dos contre un rocher et étendit ses jambes pour les poser sur le muret. « Oui. J'ai pensé que j'étais fichu, pour de vrai. Mais, ce qu'il savait pas, c'était que s'il avait attendu une minute ou deux, on aurait volé au-dessus du sol pas de la mer. »

« Il est tombé dans le lac, » expliqua Alice.

« Et pas n'importe comment, non plus, » dit Jake. « Tu te souviens quand tu as sauté de la passerelle de Clarendon l'été où nous avons trouvé Willie ? »

« Bien sûr. Tu m'avais poussée parce que j'voulais pas sauter. » Lizzie n'avait pas oublié, c'était clair.

« Ah j'ai fait ça ? Enfin, ce qu'on a découvert c'est que, si tu sautes bien droit, en chandelle, au lieu de tomber comme un sac, ça ne fait pas mal quand tu touches l'eau. Et ça a été comme ça pour moi : je tombais dans l'air, mort de peur, puis j'me suis souvenu de la passerelle de Clarendon et j'me suis raidi. Je suis entré dans l'eau comme une pique et j'me suis pas tué. »

Maggie voyait le tableau. « Pis, qu'est-ce que t'as fait ? »

« J'ai nagé de toutes mes forces jusqu'à la côte et j'ai regardé dans quelle direction les bateaux entraient. J'imaginais qu'il y aurait de la nourriture à voler pour que mon âme reste bien vissée à mon corps jusqu'à ce que je vous trouve. »

« Tu voulais nous trouver pour quoi faire ? » éclata Lizzie, comme si elle en avait assez d'être polie. « Tu nous as livrés à Ned Mose comme si on était du bétail et j'ai pas oublié, Jake Fletcher. Et j'le ferai jamais. »

Au moins, il avait la politesse d'avoir l'air honteux. « Ne m'en veux pas, Lizzie. »

« Il faudrait quoi pour que j't'en veuille ? Tu as failli nous faire tuer tous. »

« Presque. C'est vrai, vous auriez été tués à coup sûr. J'ai été le premier à être attrapé, tu sais. Ils m'auraient neutralisé si je m'étais pas mis de leur côté et je leur avais pas montré où était la famille et tout et tout. »

« C'est pas vrai ! » Lizzie bondit vers lui et agita son doigt devant son visage. Il aurait mieux fait de se tenir à quelque chose, dans l'esprit de Maggie, au cas où elle l'aurait poussé, parce qu'elle était vraiment en colère. « J't'ai vu ; t'étais heureux de nous livrer. Ce qui est vrai Jake, c'est que tu vas du côté de celui qu'tu penses qui va gagner, et tu lâches ceux qui sont tes amis. » Elle fit une pause, les poings sur les hanches, en le regardant fixement. « ... enfin, qui l'étaient. »

« Ne soyez pas trop dures avec lui, les filles, » dit Alice de son rocher. Maggie se pencha contre elle, et Alice l'enlaça. Elle se sentait bien ; aussi bien que quand la Dame lui faisait des câlins quand elle n'était pas dans son rôle de chef de bande.

« Pourquoi j'devrais pas ? J'sais même pas pourquoi vous êtes ici. »

« Parce que c'était ou ça, ou laisser papa me tuer, » dit-elle sobrement.

Maggie se raidit et se redressa pour la regarder en face. Alice, d'une pression, l'incita à revenir près d'elle. Lizzie resta plantée là, l'herbe coupée sous le pied.

« Vous tuer ? »

Alice hocha la tête. « Il m'a surprise en train de vous aider, tu vois. Alors il m'a enfermée dans une remise en ville, en attendant d'être suffisamment sobre pour tirer droit, et c'est là que... »

« ... Je suis entré pour demander à manger. » Jake avait l'air plutôt content de lui. « Donc, à nous deux, on a pris le moteur de cette tour locomotive et on l'a mis dans le *Lass*, puis... »

« ... avant que papa se réveille le lendemain matin, on est partis à votre recherche. On vous a pas trouvées dans les endroits logiques, donc on a élargi notre recherche, tout en espérant que papa et les garçons n'arrivent pas à bricoler un moteur et se mettent à nos trousses. »

« Y reste plus de dirigeables dans cet endroit, pas vrai ? » demanda Maggie malgré le fait qu'elle eût tellement sommeil.

« L'aérostat des Rangers était en chemin, on le savait. Papa voulait le piller et utiliser le fuselage. »

« Et les Rangers sont venus ? » Même Lizzie devait reconnaître que la perspective d'être tuée par votre père était bien pire que passer à l'ennemi pour avoir la vie sauve. « On a regardé tout le temps, mais on les a jamais vus. »

« Je sais pas, » dit Jake. « Je crois que dans un moment, j'irai en reconnaissance en ville avec un ou deux amis d'Alice. »

« Je viens, » dit Lizzie tout à coup. « Vous pouvez pas aller en reconnaissance sans au moins l'une de nous. »

« Avec cette tête, tu viendras pas. « La voix de Jake était ferme. « Tu ressembles à une tomate qui va pourrir, j'te jure. En plus, il faut bien que quelqu'un reste pour protéger la Dame. »

Lizzie s'inclina, mais Maggie voyait clair dans ce jeu, et que protéger la Dame n'était qu'une façon de l'écarter pendant que Jake et Alice allaient s'en donner à cœur joie. Cependant, elle fit contre mauvaise fortune bon cœur.

Ce que Monsieur Tout-sourire ignorait, ne lui ferait pas de mal.

CHAPITRE 18

« Il doit y avoir une autre façon de descendre. »
Maggie regarda le rocher en forme de cheminée ; on y voyait en à-pic, les marches en spirale sculptées dans la pierre. Les deux jeunes Navapai qui les avaient accompagnés, avaient allumé des lampes qui scintillaient dans des niches, mais à part ça, seule la lueur subsistant dans le ciel après le coucher du soleil, éclairait l'escalier.

« S'il y en a une, on a pas le temps de la chercher. Dépêche-toi avant qu'on les perde. » Lizzie commença à descendre, comme si elle empruntait l'escalier du cottage de Vauxhall Gardens.

C'était toute une affaire. Un faux pas et le matin, ces gros oiseaux la déchiquèteraient sur les rochers à des centaines de mètres plus bas. Maggie confia son âme à Dieu et la suivit dans la descente.

Il ne fallut pas autant de temps qu'elle craignait pour arriver en bas. L'escalier tournait à l'intérieur pendant un moment, ce qui facilitait les choses. Les jeunes filles ressortirent au pied de la falaise, se sentant un peu comme si elles avaient cambriolé la Tour de Londres, parce que sur une échelle de difficulté de un à dix, celui-ci valait bien dix.

Au loin, elles voyaient Jake et Alice ainsi que deux jeunes Navapai, trottant sur une route qui avait l'air blanche dans la lumière déclinante. Il n'y avait rien d'autre à faire que se mettre à trotter derrière eux, en espérant qu'ils ne se retourneraient pas.

Ils ne le firent pas, du moins pas avant la périphérie de Santa Fe. Les pas des filles résonnaient contre les murs en torchis des maisons, et avant même que vous ayez eu le temps de prononcer son nom, Jake sortit d'une allée ombragée et les attrapa toutes les deux par la peau du cou.

« Je ne vous avais pas dit, à toutes les deux, que vous deviez rester avec la Dame ?

« Tu peux pas partir en mission sans éclaireurs, petit malin. » Lizzie gigota vigoureusement jusqu'à ce qu'il la lâche. « T'as jamais écouté c'que disait Snouts ? »

« Il y a deux jours vous étiez agonisantes, et maintenant vous me remontez les bretelles ? »

« Il faut bien que quelqu'un le fasse, » dit Maggie. « Maintenant, c'est quoi le plan ? »

« Laisse tomber, Jake, » dit Alice gaiement, tandis que les jeunes Navapai ricanaient. « Ça sert à rien d'essayer de les tenir à l'écart, on ferait mieux de les emmener avec nous. Peut-être qu'elles pourront nous aider. »

Jake remua la tête. « Suivez et taisez-vous, ok ? » Maggie et Lizzie échangèrent un coup d'œil triomphant. « Voilà ce qu'on est en train de faire. Alice sait comment fonctionnent les choses au terrain d'atterrissage. On va prendre un autobus à vapeur là-bas et on partira en reconnaissance pour avoir des nouvelles de Ned Mose, et voir si le *Lady Lucy* y est. »

L'espoir naquit dans le cœur de Maggie. « Tu veux dire qu'on pourra rentrer chez nous ? »

Son rythme rapide s'enraya, puis reprit. « Tu pourras, probablement. Je vois pas pourquoi ils t'embarqueraient pas avec la Dame, maintenant que vous êtes pas mortes. »

« Et toi ? » Maggie devait accélérer le pas pour le suivre, mais elle serait morte plutôt que de se plaindre. « Tu peux expliquer... le comte comprendra. »

Jake gardait la tête tournée, faisant comme s'il regardait où ils allaient, comme si Alice n'était pas chargée de ce petit groupe. « J'sais pas ; il y a pas grand-chose qui m'attend en rentrant, à part jouer les deuxièmes couteaux pour Snouts. Je pourrais rester ici et dégoter un boulot. »

Maggie recula pour tenir compagnie à Lizzie. Elle n'avait jamais imaginé qu'ils ne seraient pas rentrés tous ensemble chez eux et le plus vite possible. Qui voudrait rester tout seul dans cet endroit reculé ?

« Ne t'en fais pas, dit Lizzie à voix basse tandis qu'elles montaient sur l'autobus à vapeur sans payer de billet. « On est du même troupeau ; c'est sûr qu'on restera ensemble. Il se fait juste mousser devant les garçons et Alice. J'pense qu'elle lui plaît. »

Maggie leva les yeux au ciel. Alice avait au moins cent ans de plus que Jake, et de toutes les façons elle pouvait espérer mieux qu'un fugitif sans le sou avec la réputation de renégat.

Ils descendirent de l'autobus en dehors du terrain d'atterrissage, avant qu'on ne vienne leur demander les billets, et ils suivirent Alice à travers un dédale de hangars, de tas de ferrailles, et de vastes terrains où flottaient des aérostats au bout de leurs mâts. Ils approchèrent d'un bâtiment où le martèlement d'une musique leur indiqua que les hommes de l'air passaient du bon temps, mais Alice leur fit signe de s'écarter et de se mettre derrière un tas de ce qui ressemblait à des tonneaux de whisky.

« Les enfants ne peuvent pas entrer. Attendez ici pendant qu'on jette un coup d'œil. »

« Jake est un enfant, » objecta Lizzie.

« Il a plus de quatorze ans, et c'est un garçon, et ce n'est pas votre cas, » leur dit Alice. « Je ne voudrais pas que vous soyiez enlevées ou prises pour des Fleurs du désert. »

« C'est quoi une... »

« T'occupe, bougez pas, d'accord ? On restera pas longtemps. »

Ils restèrent longtemps. Très longtemps. Tellement longtemps que Lizzie s'endormit derrière les tonneaux et quand elle se réveilla, elle était furieuse.

« Je resterai pas une seconde plus ici. » Elle tendit le cou pour voir par-dessus la porte, là où tous les gens de la ville sauf Alice, Jake et les garçons, entraient et sortaient, s'amusaient, alors qu'elles devaient rester dans le noir. « Allez. On s'en fiche de ce que les Rangers sont capables de faire, non ? Ils nous veulent pas. On peut trouver le *Lady Lucy* toutes seules. Je parie qu'ils sont assis à une table pour dîner et ils seront ravis de nous voir, tu crois pas? »

« Ça les rendra fous, plutôt, oui. » Maggie courut derrière sa sœur et elles se dirigèrent vers le terrain le plus grand, où le plus de dirigeables étaient attachés. « On n'est pas restées dans notre chambre, tu't souviens ? On a pas fait ce qu'ils disaient. » Si elles l'avaient fait, que se serait-il passé ? Peut-être la Dame aurait-elle trouvé Rosie... ou pas ; mais leur peau aurait été sauve.

Valait-il mieux sauver sa peau, et ne pas essayer de sauver

les membres de votre troupeau ? Probablement pas. Même en sachant ce qu'elle savait maintenant, elle serait descendue par cette corde.

Peut-être qu'elle n'aurait pas failli mourir dans le désert. Mais elle n'aurait pas rencontré de nouveau mademoiselle Alice, ni su que Jake était toujours en vie.

L'un dans l'autre, les plateaux de la balance étaient en équilibre.

Du reste, elles étaient restées au lit pendant deux jours. Le jus de cactus qu'Alice avait étalé sur sa peau faisait que son coup de soleil ne lui faisait presque plus mal ; et puis, Snouts disait toujours que si on arrêtait de mettre la main à la pâte, on perdait ses capacités.

Maggie n'avait aucune envie de perdre les siennes.

« Le voilà ! » Lizzie indiquait le côté le plus près du terrain d'atterrissage, où le fuselage doré caractéristique du *Lady Lucy* évoluait doucement près d'un engin long et élégant avec une nacelle légère suspendue juste au-dessous. On aurait dit qu'il avait été conçu pour battre des records de vitesse. « Allez ; il y a même une tour poussée contre lui ; on peut y entrer directement. »

Elles traversèrent ensemble, en courant, le terrain.

Mais quelqu'un était en train de descendre les marches à l'intérieur de la tour ; il était même en train de dévaler l'escalier. Des bottines légères martelaient les marches en laiton.

Les gens au pas de course étaient toujours inquiétants, d'après l'expérience de Maggie. Elle tira la manche de Lizzie et l'entraîna derrière les roues de la tour.

« Mopsies ! » s'exclama quelqu'un, d'une voix étouffée. « Mags... Liz... c'est moi, Tigg. »

« Tigg ! » Maggie n'avait jamais serré Tigg dans ses bras

depuis le temps qu'elle le connaissait, mais ça c'était avant qu'elle ait failli mourir. Ils faisaient partie du même troupeau, et pour elle, les camarades de troupeau se prenaient dans les bras.

Et le plus drôle fut qu'il lui rendit d'emblée son embrassade.

« Eh ben, vous en avez créé des problèmes, en disparaissant comme ça. Où vous avez été ? »

Lizzie secoua simplement la tête. « Tu nous croirais pas si on te le disait. Sa majesté était en colère ?

« Oui. Mais la comtesse a pris ça encore plus mal ; elle a pleuré. Elle pensait que vous étiez mortes toutes les deux en tombant au moment où nous sommes montés. »

Lizzie se mit à rire. « Même Jake ne s'est pas tué quand il est tombé. »

Tigg lui serra très fort le bras. « Qu'est-ce que tu dis ? Jake ? Jake est vivant ? »

« Vivant oui, et il prend même du bon temps quelque part par là. » Maggie indiqua de la main la direction du bâtiment d'où provenait la musique. Elle n'était pas bien sûre de le retrouver s'il le lui demandait, mais ça ne semblait pas très important pour le moment. « Il est tombé dans le lac, comme quand il était tombé de la passerelle de Clarendon. Il ne s'est même pas fait une égratignure. »

« Allons, Mags, je meurs de faim. » Lizzie l'attira vers l'escalier. « Tigg, qu'est-ce qu'il a fait le cuisinier comme tambouille ? Ya deux jours que j'mange rien d'autre que de la soupe. »

Il prit une inspiration rapide. « Ne montez pas là-haut. »

« Et pourquoi ça ? Lizzie s'arrêta net sur la troisième marche. « Est-ce que tu as tout mangé ? »

« Non, mais ils sont en train de dîner ; et je parie que t'as pas envie de les rejoindre... pas après ce qu'il a fait à la Dame. »

« Avec qui ils sont ? » Saperlipopette, les Dunsmuir ne pouvaient pas être en train de manger avec Ned Mose, c'était carrément impossible !

« Avec Lord James Selwyn. » Le visage de Tigg se plissa en une expression de dégoût sans appel. « C'est pour ça que je suis dehors au lieu d'être à l'intérieur dans mes meilleurs habits. J'irais pas m'assoir en face de ce malotru même si c'était mon dernier repas. Pas après qu'il ait volé notre artifice et s'en soit approprié. »

« Comment ça s'fait qu'on en ait jamais entendu parler ? » demanda Lizzie. « La Dame en a jamais dit un mot. »

« Elle a rien dit aux Dunsmuir non plus. Les riches vont pas contre les autres riches, je suppose, quoi qu'ils fassent. Et jusqu'à ce qu'on soit partis, elle devait devenir sa femme, non ? »

« Maintenant, elle va plus devenir sa femme. » Maggie en était sûre.

« Ouais, j'imagine. Dans les lumières électriques de la tour, le visage de Tigg blêmit. « Pas maintenant qu'elle est morte. »

Lizzie empoigna son bras. « Mais bon sang Tigg, tu savais pas ? Elle est pas morte. Elle a été transportée par l'inondation éclair, mais Alice l'a sortie de l'eau et elle est fraîche comme un gardon, maintenant. »

« Ou presque, » corrigea Maggie. « Elle s'est battue avec une sorte de gros chat et donc elle est un peu mal en point, mais au moins elle est pas morte. »

Le regard de Tigg allait de l'une à l'autre, ébahi. « La Dame est pas morte ? Alors, quelqu'un devrait le dire aux Dunsmuir.

Ils ont déjà envoyé un pigeon à Gwynn Place, et Lord James s'habille en noir, comme s'il avait le droit de le faire. »

Lizzie secoua la tête. « Peut-être qu'elle veut pas qu'il sache. Aussi bien, elle est contente qu'y pense qu'elle est morte. »

« Vaut mieux lui demander, » approuva Maggie. « Quand on rentre. »

« Où ça ? »

« Au village Navapai, là-bas. » Lizzie indiqua vaguement de la main une zone à l'ouest. « Alice a remis a flot le *Stalwart Lass*, et elle et Jake sont venus ici avec. »

Tigg haussa les sourcils. « Qui est cette Alice ? »

« La fille de Ned Mose, mais il allait la tuer parce qu'elle nous a aidés, et donc elle s'est enfuie avec le *Lass*. » Lizzie tira sur la manche de sa chemise, car il avait l'air complètement abasourdi devant ces révélations extraordinaires. « T'es sûr que tu peux pas te faufiler dans la cuisine et piquer quèqu'-chose pour nous ? »

« D'accord, » dit-il enfin. « Mais ne vous montrez pas. Si Lord James vous aperçoit, c'est la fin. »

Il remonta l'escalier, et Maggie attira Lizzie dans l'ombre, derrière les grandes roues de la tour. Pour se distraire de l'état de son estomac, elle s'imagina le trajet qu'il allait faire à travers le quai d'embarquement, évitant d'être à découvert sur l'escalier conduisant au pont A, il allait longer le couloir en passant devant les quartiers de l'équipage et la cabine de l'intendant en chef. La porte de la cuisine était juste après. Si Lord James était venu dîner, qu'est-ce que le cuisinier avait bien pu préparer ? Du rôti de bœuf peut-être ? ou du porc ? Pas de poisson, ça c'était certain, à moins qu'il y eut une rivière dans un rayon de quatre-vingt kilomètres. L'eau lui vint à la bouche en évoquant un bon rôti de bœuf, avec du Yorkshire pudding nageant dans la graisse...

« Mags ! » Lizzie lui donna un coup de coude dans les côtes.

« Tu penses que Tigg va rev'nir bientôt ? »

« Chut ! Qu'est-ce qui s'passe là-bas ? Tu vois pas quèqu'-chose qui bouge ? »

La vision du bœuf et du pudding s'évanouit, et Maggie se concentra sur un tas de cageots empilés près d'un dirigeable qui avait l'air d'avoir essuyé une guerre, amarré juste derrière la poupe du *Lady Lucy*. Effectivement, une silhouette sombre se détacha du tas et fila sur le sol plat se cacher dans l'ombre du fuselage du *Lady Lucy*.

La main de Lizzie se referma sur une brique cassée. « Il va de ce côté, » murmura-t-elle, les lèvres bougeant à peine.

Maggie siffla, sur l'air de l'*intrus inconnu approche*, qui était le signal qu'ils utilisaient depuis des années, au cas où Tigg reviendrait et entendrait.

Au loin, le cri d'un oiseau y fit écho. Maggie retint son souffle. « C'était Jake. »

Apparemment l'intrus n'avait rien entendu, ou si c'était le cas, les bruits provenant d'oiseaux nocturnes n'étaient pas quelque chose d'inhabituel. Elles l'entendaient respirer à présent, bruyamment, essoufflé d'avoir couru.

Et au-dessus de leurs têtes, les filles entendirent le bruit des bottes de Tigg sur les premières marches de l'escalier.

« Voleur, » souffla Lizzie. « À trois. »

Un... deux...

Trois ! Les deux fillettes sautèrent sur la silhouette noire et Lizzie donna un coup si fort avec la brique que Maggie s'attendit à ce que l'homme s'abatte comme une masse.

Au lieu de quoi, un bras s'éleva et lui saisit le poignet, et la brique tomba de ses doigts. « Bon sang ! » dit-il, « qu'est-ce qu'il vous prend de m'attaquer comme ça, petits voyous ? »

Il les repoussa des deux mains et Maggie atterrit si fort sur son derrière qu'elle eut le souffle coupé. Quand Tigg sortit à grand fracas par la porte de la tour, un panier dans les mains, elle ne put émettre le moindre son pour l'avertir.

Tigg ouvrit la bouche avec stupeur.

« Monsieur Malvern ! » exclama-t-il quand l'homme fit un pas sous la lumière. « Que diable faites-vous ici ? »

 laire nagea jusqu'à la surface d'un océan plein de monstres parlant un charabia et d'apparitions, qui la voulaient tous morte. S'attendant à tout moment que l'un d'entre eux l'attrape par les chevilles et l'attire de nouveau vers le fond, elle ouvrit les yeux et se retrouva dans la chaude obscurité, éclairée seulement par une lampe à faible luminosité.

Elle sentit qu'on posait sur son front un linge froid. « Elle se réveille, et elle est consciente, » dit une femme à la peau basanée dont les yeux foncés étaient placides. « Est-ce que vous vous sentez mieux ? »

« Où suis-je ? »

Elle porta une tasse à sa bouche et Claire but. Ça avait un goût acide et ressemblant à l'herbe mais peu importait : c'était froid, humide et magnifique.

« Vous vous trouvez dans le village Navapai, à l'ouest de Santa Fe. Les petites filles qui étaient avec vous vont bien. Elles sont sorties en reconnaissance avec Alice et mes fils, et ont rapporté quelques personnes qui ont hâte de vous voir. »

Alice ? Alice était ici ? elle ne flottait donc pas dans le ciel et n'était pas non plus rentrée dans sa cabane près de Spider Woman, alors. Claire essaya de rassembler ses esprits. « Les Dunsmuir ? »

« Non. Restez allongée. Je leur ai dit qu'ils ne pourront pas vous voir tant que vous ne tenez pas assise. »

« Je tiens assise. » Elle s'efforça de se relever, permettant à la femme de fourrer une couverture de laine enroulée derrière son dos. « Pardonnez-moi de vous le demander, mais qui êtes-vous ? Qu'est-ce qui m'est arrivé ? J'ai rêvé qu'Alice et Jake venaient me sauver... mais c'est impossible. »

« Je m'appelle Alaïa ; je suis la guérisseuse du village, et vous n'avez pas rêvé. Jake est tombé dans le miroir de Spider Woman et il a survécu pour le raconter. Maintenant, c'est son fils et il est sous sa protection. »

Elle se leva et Claire vit qu'elle portait une robe noire ceinturée de laine tissée et colorée, du même motif que la couverture. Elle avait dû la tisser elle-même, en filant la laine comme Spider Woman. Elle prit un bol plein d'une chose qui avait l'air merveilleuse, et Claire se pencha en avant comme un chien de chasse sent le vent.

« Merci de prendre soin de moi, mademoiselle... madame... Alaïa. Les filles et moi serions certainement mortes sans votre intervention. »

« Vous êtes des amies d'Alice, » dit la femme sobrement. « Et c'est mon amie et ma sœur par l'esprit. »

Claire prit le bol et goûta la soupe. Elle n'avait rien mangé de plus délicieux de toute sa vie. Le contenu du bol fut avalé en moins de temps qu'il ne faut pour le dire.

Alaïa hochait la tête, très satisfaite. « Maintenant vos amis peuvent entrer un petit moment. »

Claire se toucha les cheveux et s'aperçut qu'ils n'étaient pas en désordre, quelqu'un les avait brossés. Elle portait une robe droite en coton et pas grand-chose d'autre, donc elle tira la couverture en laine jusqu'aux aisselles.

Puis la porte s'ouvrit et Tigg et les Mopsies entrèrent en trombe, suivis de Jake. Ils investirent le lit, et tous sauf Jake, firent à qui mieux mieux pour l'embrasser, la serrer dans leurs bras, heureux et soulagés.

En riant, Claire embrassant Tigg avec une joie telle qu'il rougit et pencha la tête, le menton sur la poitrine. Elle installa les Mopsies de chaque côté de son lit et étendit la main vers Jake. Quand il la saisit, avec un peu de réticence, elle tira sur son bras ce qui le fit basculer en avant, et elle le serra avec fougue contre elle, tandis qu'il s'agenouillait près du lit.

« Je suis si heureuse que tu n'aies pas été tué, » murmura-t-elle. « J'espère que je ne revivrai jamais un moment aussi terrible que celui où tu as disparu par cette écoutille pour l'éternité. »

Il n'osait pas la regarder. Son visage enfoui dans ses genoux, il sanglotait, « Je suis désolé, milady ; désolé de vous avoir lâchée, désolé pour tout. Mais ils m'avaient dit qu'ils vous tueraient tous et je... »

« Chut. » Elle lui caressa les épaules tandis qu'il pleurait à gros sanglots. « C'est pardonné. Nous sommes de nouveau ensemble et ça ne sert à rien de revenir sur le passé. »

« On est un troupeau, » lança Maggie de son coin douillet entre Claire, le traversin et le mur.

« N'oubliez pas monsieur Malvern, » dit Tigg de l'endroit où il était, près de ses genoux. « Il avait terriblement envie de vous voir. »

Claire leva les yeux et vit Andrew hésiter sur le pas de la

porte. Pendant dix secondes, elle ne réussit pas à articuler le moindre mot. Elle se contenta d'absorber la vision totalement inattendue qui se présentait devant elle. Oui, il lui avait dit qu'il se mettait à la poursuite de James ; mais le voir ici, en chair et en os, dans des circonstances que quiconque qualifierait d'extraordinaires... elle se nourrissait de la vue de lui avec une gourmandise effrontée.

Et en parlant de choses extraordinaires, quel costume époustouflant il portait ! Sur la normalité de sa veste en brocart, d'une chemise et d'une cravate, il avait un pardessus en toile poussiéreux, et il portait un bonnet en cuir d'aviateur avec les lunettes assorties sur le front. Un étui sur sa hanche contenait une sorte d'arme à feu, mais elle n'aurait su en dire plus.

Le summum. Il avait l'air d'un aventurier. Dans le bon sens du terme.

Un très bon sens.

« Tu n'es pas contente de me voir, Claire ? »

Et c'était l'Andrew qu'elle connaissait : un gentleman doublé d'un scientifique jusqu'à la moelle, avec un soupçon de gaucherie vis-à-vis de la gent féminine.

« Il n'y a rien que je préfère au monde comme cette vision, après celle de Jake vivant et en bonne santé. » Elle tendit la main et Andrew la prit, en se pliant sur les dessins d'éclairs du tapis à côté de Jake, qui renifla une dernière fois et s'essuya le nez sur sa manche en lui faisant de la place.

« Je me faisais un mauvais sang terrible, » dit Andrew en souriant. « Dans ce qui me paraît maintenant une autre vie, je t'ai envoyé une lettre. L'as-tu jamais reçue ? »

Claire acquiesça. Il ne lâcha pas sa main, et si ça lui faisait plaisir de le faire, elle était parfaitement contente de la lui laisser.

« Un pigeon est venu trois jours après notre départ, mais tout de suite après ça, nous avons essuyé une tempête terrifiante, et... »

« Ne te fatigue pas. Tigg et les filles m'ont raconté toute l'histoire en venant ici. »

Claire jeta un regard sur le petit groupe. « Mopsies, si Alice était bien ici, et que je n'ai pas rêvé, pourquoi est-ce que je ne la vois pas ? »

« Elle est probablement toujours au terrain d'aviation, » dit Jake. « Avec les garçons d'Alaïa, ils ont beaucoup parlé avec ces aviateurs qui sont ses amis, au point que je me suis dit que j'allais faire la reconnaissance moi-même. Quand j'ai pas trouvé les Mopsies où on les avait laissées, je suis allé vers le *Lady Lucy*. J'suis arrivé là juste à temps pour voir Lizzie frapper à la tête monsieur Malvern avec une brique. »

« Lizzie ! » Claire la toisa, choquée au plus haut point.

« J'pensais que c'était un intrus, » dit Lizzie pour sa défense. « Et de toutes les façons, je l'ai raté. »

« Qu'est-ce qu'il y avait dans la lettre dont vous parliez ? » demanda Tigg. « Monsieur Malvern, je n'arrive pas à comprendre pourquoi vous êtes ici au lieu d'être dans votre laboratoire de Londres. »

« Chaque chose en son temps. » Andrew sourit et finit par lâcher la main de Claire. « Si j'ai bien compris, nous avons une grande dette vis-à-vis d'Alice qui vous a sauvé la vie. »

« Jake aussi, » dit Lizzie. « Dis-lui ce que tu as fait avec Alice, Jake. »

Mal à l'aise au centre de l'attention, Jake bougea un peu et s'éclaircit la voix. « Nous avons mis le moteur de la tour locomotive dans le *Stalwart Lass* puis on a suivi la Dame et les filles. »

« Attends… qu'est-ce que vous avez fait ? » Andrew se pencha en avant pour regarder Jake dans les yeux. « À deux, vous avez mis un moteur de locomotive dans un dirigeable ? Comment est-ce possible ? »

« C'était pas vraiment un moteur de locomotive ; c'était un moteur de dirigeable, mais il faisait marcher la tour quand même. Puis, on a eu de l'aide. Une demi-douzaine d'automates, facile. Ils sont beaucoup plus forts que ce qu'ils paraissent. Ils ont fait un bon équipage aussi, quand on est monté dans les airs. »

Bonté divine. Une vision d'une armée miniature d'automates portant des morceaux de moteur d'un vaisseau à un autre, traversa l'esprit de Claire. D'un côté, ça avait dû être un triomphe de l'ingénierie ; de l'autre, c'était des automates en bronze, anonymes et sans cervelle, et elle était restée sur le *Lass*, inconsciente et entourée par eux. Elle avala sa salive.

« D'où venaient ces automates ? » demanda Andrew, intéressé.

Il valait mieux qu'il n'apprenne pas leur véritable provenance. « C'est Alice qui les a fabriqués. C'est une jeune femme pleine de ressources. »

« J'ai hâte de faire sa connaissance. Vraiment. »

Pff… Et ce qu'elle avait fait, elle, ça comptait pour du beurre ? Il est était grand temps de changer de sujet.

« Maintenant, tu dois nous raconter tes aventures, » dit-elle. « Y compris les parties sur Lord James. J'ai l'impression que nos récits vont coïncider assez bien vers la fin. »

Andrew se leva et enleva son pardessus en toile, pendant

que Claire et les Mopsies s'installaient plus confortablement contre le traversin.

« Comme je l'ai dit dans ma lettre, la nuit de l'exposition au Crystal Palace, James conclut un accord avec un consortium d'hommes du chemin de fer texicain et s'empara du *Carbonateur cinétike Selwyn*. Ils ont eu une place sur le navire marchand appartenant à l'un d'entre eux, mais j'ai pu partir le matin suivant sur un vaisseau Zeppelin en partance de Hambourg vers New York. Une fois arrivé, j'ai fait ma petite enquête et j'ai appris que le vaisseau texicain se dirigeait vers Santa Fe, qui est la capitale de ce territoire. »

Claire hocha la tête, l'encourageant à continuer.

« Quand je suis arrivé là, j'ai compris qu'il était crucial de connaître leurs intentions. Ils pouvaient choisir de reproduire le Carbonateur et de construire les engins ici, ou bien ils pouvaient expédier le Carbonateur dans un autre endroit. Ils pouvaient même commencer à traiter le charbon. »

« Et vous l'avez découvert ? » demanda Tigg avec tout le sérieux d'un collègue scientifique. Après tout, il avait beaucoup investi dans le Carbonateur, tout comme eux.

« Je ne pouvais pas faire le pied de grue dans les bureaux de chemin de fer et écouter aux portes, et donc j'ai fait la meilleure chose possible : j'ai signé pour travailler comme ouvrier sur le chantier. Ils ont vite compris que je pouvais faire mieux que charger des wagons, vu mes compétences, et ils m'ont fait travailler au laboratoire, où le vrai travail que j'ai eu à accomplir a été de me rendre invisible chaque fois que James, ou l'un des barons, étaient dans les lieux. Ils m'avaient tous rencontré au Crystal Palace, vous voyez. »

« Tu y es arrivé ? » demanda Claire.

« Oui. J'ai appris qu'ils avaient prévu de carbonater tout un wagon de charbon et d'envoyer une locomotive d'ici à San Francisco à la frontière du nouveau Territoire du Nevada, comme test. Ils veulent vendre un artifice comme le nôtre au Royaume d'Espagne, tu vois. Les espagnols construisent des locomotives en vue d'implanter des chemins de fer jusqu'en Amérique du Sud. »

« Comment est-ce qu'ils contourneront les Texicains ? » demanda Claire. Elle avait vu les graphiques.

« Le Territoire couvre presque toute la moitié sud du continent. »

« Ah, mais il n'y a pas de chemins de fer qui aillent directement en Amérique du sud. Les espagnols construisent des rails descendant le long de la côte ouest, pour éviter les tarifs texicains, et il y a à parier que le gouvernement de Texico ne sera pas très content de ça. »

« La somme d'argent à gagner sera astronomique, » murmura Claire.

« Et le charbon carbonaté est léger, dur et dure longtemps, » dit Tigg. « Si vous recherchez la vitesse, vous ne pouvez pas vous arrêter pour charger votre tender, hein ? »

« Quels vauriens ! » souffla Claire. « Tramer à l'insu du gouvernement texicain pour approvisionner les espagnols, puis clamer leur innocence et empocher l'argent. »

« Avec notre artifice, en plus, » dit Tigg avec indignation.

Les lèvres de Claire se crispèrent. « Je ne pense pas. »

Andrew approuva de la tête, en suivant sa pensée, comme s'il avait eu la même. « Le Carbonateur est étroitement surveillé, mais il y a de brefs moments de relève des gardes, et on pourrait tromper leur vigilance. La pile à combustible que la docteure Craig et toi avez développée n'est pas d'une dimension telle qu'on ne puisse la subtiliser.

Et sans la pile naturellement, c'est comme s'ils n'avaient rien. »

« Il est probable qu'ils travaillent même déjà à la multiplier, » dit Tigg. « Ça n'aurait pas de sens de risquer qu'il arrive quelque chose à l'unique spécimen. »

« Tu as tout à fait raison. J'ai déjà vu les prototypes. Il n'y a pas de temps à perdre, » approuva Andrew. « Avec de l'aide, je pourrais reprendre possession de la pile, dès demain soir. »

Jake, qui n'avait pas ouvert la bouche durant le récit, hocha la tête. « On pourrait organiser une expédition ; nous en occuper nous-mêmes, je veux dire. »

« Vous aurez besoin d'éclaireurs, » dit Lizzie.

« Et de quelqu'un qui s'y connait en boulons et choses de ce genre, » avança Tigg.

« Je ne peux pas demander ça à vous tous. » Andrew semblait se rendre compte un instant trop tard qu'il était en train de proposer à un groupe d'enfants de s'engager dans une activité criminelle sur un sol étranger. « Je courrai le risque moi-même de faire cela. »

« Tu serais fou de faire ça tout seul, » lui dit Claire. Ses forces commençaient à l'abandonner.

Le regard d'Andrew trahit son inquiétude. « Nous parlerons de ça demain matin. La lune est probablement en train de se coucher et tu ne serviras à personne, si tu ne te reposes pas un peu. » Il les fit sortir de force de la pièce.

« Un moment, Andrew. » Quand il revint seul près d'elle, elle rassembla ses forces. « Tu feras bien attention pendant cette opération ? »

« J'ai eu quelques jours pour explorer les hangars et le laboratoire, » dit-il. « N'aie pas peur. Tu dois te concentrer sur toi, et ta santé. » Son air assuré s'évanouit et il ouvrit la bouche pour parler, puis préféra s'abstenir. Après un moment de lutte avec lui-même, il n'y tint plus, « Claire je sais que ce ne sont pas mes affaires, mais vu le comportement de James, je dois te demander de reconsidérer tes fiançailles avec lui. » En voyant qu'elle ne disait rien, il s'engouffra dans la brèche, « Je sais ce que tu penses. Je ne suis que le fils d'un agent de police et d'une cuisinière, et on ne fait pas les choses comme ça dans les cercles Aristos. Mais est-ce que tu ne peux pas... je n'ose pas imaginer » Sa voix se perdit dans le silence. « Excuse-moi, » dit-il enfin, et il avait déjà fait deux pas vers la porte quand Claire retrouva la voix.

« Andrew, je ne suis plus fiancée avec James Selwyn, depuis la nuit où il a volé le Carbonateur. »

Il se retourna avec raideur. Quand son regard vit le visage de Claire, ses yeux jetaient des flammes. « Tu ne l'es plus ? »

Elle bougea pour se redresser contre le traversin. « Il a enlevé mon nom du brevet ce soir-là, pour ne pas choquer Ross Stephenson. Il a dit qu'il l'aurait remis à mon nom, et que ça devait être son cadeau de mariage. À ce moment-là j'ai compris qu'il ne l'aurait jamais fait ; il s'en serait servi comme d'une carotte pendant des années, et j'aurais dû le suivre et lui obéir comme une poulinière. J'ai rompu les fiançailles à ce moment même. »

« Tu n'es pas fiancée avec lui, » répéta-t-il. Il s'approcha d'un pas. « Tu es une femme libre. »

« Aussi libre que toi. »

Encore un pas. « Je ne suis plus libre depuis le moment où tu as frappé à la porte de mon laboratoire. » Un bruit de voix parvint du dehors. « Claire, voudrais-tu... »

La porte s'ouvrit en grand et Alice fit irruption dans la pièce comme une tornade. Elle avait les cheveux en bataille, et même émaillés de mauvaises herbes. Une manche de sa chemise en coton avait été déchirée, et ses phalanges étaient méchamment écorchées. Elle avait dû être traînée sur une bonne longueur par un véhicule ou bien entraînée dans une bagarre.

« Claire, vous êtes réveillée ! On peut dire que vous m'avez fait peur ! Écoutez, vous ne devinerez jamais qui j'ai... oh, désolée, vous avez de la compagnie. »

Claire laissa échapper un long soupir et avec lui tout espoir de connaître la chute de l'histoire d'Andrew.

« Alice. Nous étions tous inquiets pour vous. Je suis heureuse que vous soyez revenue ; mais est-ce que vous allez bien ? »

« Vous n'avez pas été aussi inquiète que je ne l'ai été à votre sujet. » Elle fit une pause. « Je vais bien ; juste une petite querelle. Vous allez me présenter ? »

Elle était épuisée, mais la situation était trop intéressante pour être ignorée. « Vous ne le connaissez pas ? »

Alice eut l'air un peu perdue, et gênée, outre qu'un peu embarrassée. « Euh... non. » Elle tendit vaillamment la main à Andrew. « Je m'appelle Alice Chalmers. Désolée pour le désordre. »

Andrew avait lui aussi l'air ébahi, mais c'était surtout à cause du comportement de Claire. Elle ne put pas résister. « Prenez un daguerréotype de ce visage, peut-être ; et ajoutez-y un article sur les propriétés du charbon. Mettez une légende, avec... »

Alice était estomaquée et elle se couvrit la bouche de ses doigts crasseux. « Ce n'est pas possible, » murmura-t-elle.

Andrew en avait clairement assez de la plaisanterie, surtout si peu de temps après... ce qu'il avait failli dire. Il s'inclina. « Veuillez excuser Lady Claire, Alice. Elle n'est pas entièrement maîtresse de ses facultés en ce moment. »

« Pas maîtresse... ! »

Andrew l'ignora et s'adressa à Alice. « Je m'appelle Andrew Malvern, et je suis très heureux de faire votre connaissance. J'espère que vous vous en êtes mieux tirée que l'autre personne. »

« Andrew Malvern, » murmura Alice. « L'Andrew Malvern de la Société royale des ingénieurs ? »

Andrew l'évalua du regard, comme s'il doutait qu'elle eut toute sa tête. « Lui-même. Avez-vous lu une de mes monographies ? »

Alice prit sa chevelure à deux mains, en retira quelques brindilles sèches, puis plaqua une des paumes sur sa bouche. Elle courut à la fenêtre et un instant après vomit sur la terrasse au-dehors.

laire se réveilla dans une aube fraîche, se sentant beaucoup mieux que les jours précédents. Les herbes ou les produits chimiques qu'Alaïa lui avait donnés à boire toutes les heures, avaient certainement marché. Elle toucha son visage ; même le coup de soleil s'était calmé au point qu'elle ne sentait pas que sa peau allait craquer ou saigner si elle se hasardait à sourire.

Alice bougea sur la planche près du lit, et s'assit en grognant. Elle empoigna sa tête comme si c'était un melon prêt à éclater. « S'il vous plaît, dites-moi que je n'ai pas vomi mes entrailles hier soir, devant Andrew Malvern. »

« Pas vraiment devant lui... vous êtes arrivée à temps à la fenêtre. Êtes-vous malade, ma chère amie ? » Alice avait l'air prostrée. Claire prit la tasse à demi-pleine d'un liquide médicinal et le lui offrit.

Alice l'avala d'une traite. « Non, pas malade. » Elle s'essuya la bouche avec sa manche, car elle s'était endormie toute habillée. « C'est le *mescala*. Ne buvez jamais ça surtout, Claire. C'est un poison. »

« Est-ce que c'est une sorte d'alcool ? »

Alice hocha la tête, l'air malheureuse. « Nous avons rencontré deux pilotes qui volaient sur les vaisseaux des Rangers, et dans le groupe il y avait quelques aviateurs des Canadas. On a pensé, les fils d'Alaïa et moi, qu'on allait pouvoir obtenir de bonnes informations, et je crois qu'on en a eu, mais ensuite ils ont commencé avec le *mescala*. Il y a eu une enchaînement de circonstances et on... ben, l'un d'eux a dit quelque chose qui n'a pas plu à Luis, puis Alvaro a pris sa défense, et je n'ai pas pu rester les bras ballants, et donc... » Elle soupira. « Une bagarre en bonne et due forme. Alors bien sûr, ça devait être le soir où je rencontre Andrew Malvern. » Elle enfonça son visage entre ses genoux. « Quelle honte ! »

« Prenez encore un peu de cordial d'Alaïa. Il est dans la jolie cruche en terre cuite avec le dessin d'une araignée. »

« C'est pas pour ça. » Sa voix était étouffée. « C'est parce que je suis l'idiote la plus moche, la pire des hurluberlues qui pousse les hommes à courir vers le vaisseau le plus proche. »

« Oh, Alice. » Claire lui caressa les cheveux, et la jeune fille tressaillit. « Venez vous asseoir près de moi. »

Alice, un peu hésitante, se souleva pour monter sur le lit et elles appuyèrent toutes les deux leur dos contre le mur. Claire enroula la couverture autour de ses jambes. « Regardez... d'ici on voit le soleil qui se lève. »

« Si j'étais vous, je ne serais pas aussi enthousiaste à propos du soleil en ce moment. Vous devez l'éviter, jusqu'à ce que votre peau guérisse un peu mieux. »

« Je sais ; mais ce que je voulais dire en fait, c'est qu'aujourd'hui c'est un jour nouveau, vierge, où il n'y a pas de fautes commises par aucun d'entre nous. »

Alice fuyait son regard. « Qu'est-ce qu'il doit penser de moi ? »

« Il pensera que vous êtes celle qui nous a sauvé la vie. Qui a réparé le *Stalwart Lass* pour qu'il puisse voler de nouveau. Il est au courant pour vos automates, et je dois dire qu'il est impressionné. »

« Il sera moins impressionné quand il apprendra la triste réalité. »

« Pourquoi est-ce si important ? » demanda Claire gentiment. « C'est un étranger pour vous, et une fois que notre mission ici sera accomplie, il reviendra sûrement à Londres. »

« C'est idiot, je sais ; mais je l'admire tant, et... et... oh, tant pis. »

Admirer ? Ce n'était pas le découragement d'une admiration non partagée. Claire ne savait pas exactement ce que c'était, mais elle voulait lui remonter le moral. Elle ne pouvait pas supporter de voir son amie si abattue, après tout les risques qu'elle avait courus pour eux.

« Je suppose que vous rentrerez à Londres avec lui ? » demanda Alice, en regardant les nuages à travers la fenêtre, qui étaient striés de rouge et d'oranger qui semblaient avoir suinté des *mesas* elles-mêmes.

« Non. » Elle aurait dix-huit ans dans trois semaines, et elle ne voulait pas tenter le diable. James était peut-être à trois kilomètres d'ici, mais les lois de l'Empire ne s'appliquaient pas sur le Territoire texicain. Il n'avait pas le pouvoir de l'obliger à quoi que ce soit. « Au départ, je voulais rencontrer des amis aux Canadas à Edmonton et visiter les mines de diamants. J'ai déjà une semaine de retard, donc je dois leur faire savoir que je suis bien vivante et dois trouver le chemin pour m'y rendre, d'une manière ou d'une autre. »

SHELLEY ADINA

Enfin Alice lui lança un regard en coulisse. « On pourrait y aller avec le *Stalwart Lass*. »

« Alice, vous ne pouvez pas voler le dirigeable de votre père pour aller vous promener sur le continent. » Claire avait haussé les sourcils, mais son visage ne lui faisait presque plus mal. La peau était tendue, mais au moins elle n'avait pas l'impression qu'elle allait peler complètement.

Alice plissa la couverture à motifs entre ses doigts. « Papa a vraiment perdu la tête quand il a compris que je vous avais aidés. Je devais quitter la ville sinon il me tuait, donc je suis partie. Je ne crois pas que je reviendrai un jour. »

« Je suis vraiment désolée. » Elle hésita, puis se lança. « Mon père a voulu me priver de sa personne. Il... s'est tué lui-même plutôt que de faire face à la pauvreté qu'il avait lui-même créée. »

Les lèvres d'Alice se mirent à trembler aux commissures. « Je suis navrée d'apprendre cela, Claire. Mais Ned Mose ce n'est pas vraiment mon père, de toutes les façons ; c'est juste l'homme qui vit avec ma mère. Mon vrai père est parti chercher fortune et m'a privée de sa personne, comme vous dites. Peut-être que maintenant je pourrais retrouver sa trace. » Sa voix reprit un peu d'allant. « L'un des aviateurs de l'autre soir, un ancien, a dit qu'il se souvenait d'un borgne qui travaillait dans un des équipages aux Canadas. Mon père était mécanicien, il a perdu un œil à cause de l'une de ses premières machines. Je suppose que c'est ça que je tiens de lui ; le don pour la mécanique je veux dire, pas l'œil... »

« Alors on doit y aller ensemble, dès que notre travail ici sera fini. »

« Mais qu'est-ce que vous faites ici exactement ? Je pensais que vous étiez partis en voyage sur le *Lady Lucy*. »

« Tigg dit qu'il avait trouvé les filles et monsieur Malvern prêts à monter à bord. Je ne serais pas surprise qu'il s'envole bientôt j'imagine que Lady Dunsmuir sera ravie de laisser ce pays derrière elle. Je me demande si les Dunsmuir savent déjà que je suis en vie ? »

Et que Rosie avait encore leurs diamants en sa possession. Elle devait se lever et essayer d'aller les leur rendre, s'ils prévoyaient de partir aussi vite.

« Nous le lui demanderons. Allons, mon estomac pourrait profiter d'un peu du *Pozole* d'Alaïa. On dit qu'il fait ressusciter les morts. »

Claire repoussa la couverture. « J'espère que non. Je vais me contenter d'un petit déjeuner. »

« LE *LADY LUCY*? CE MATIN? » Tigg n'aurait pas eu l'air plus éberlué, si Claire avait dit qu'elle allait sauter de la dernière marche de la falaise. « Vous êtes devenue folle, milady ? Lord James pourrait être à bord. Il est venu au dîner hier soir, comme un gentleman raffiné et a bel et bien berné sa seigneurie. »

Claire prit une dernière cuillérée de *pozole* et Alaïa remplit le bol avant même qu'elle l'ait avalée. Une roue plate de pain sans levain gisait au centre de la table, presque entièrement consommée. Il était arrivé couvert de fromage brûlant et d'une pâte faite de haricots et de couches de tomates, maïs et petits poivrons verts. Claire n'arrivait pas à imaginer quel goût pouvait avoir une chose pareille, mais c'était une adepte à présent. Une dame pouvait ne pas être autorisée à prendre une deuxième portion, mais sur le Territoire texicain, les dames devaient s'adapter.

Avant que Tigg ne s'inquiète davantage, Alice lui donna un coup amical de l'épaule. « À vrai dire, jeune homme, ce James a une dette envers elle : elle lui a sauvé la vie l'autre soir. »

Claire approuva du chef, l'encourageant à continuer. Si elle voulait parler du comportement criminel de son beau-père, c'était à elle de le faire et ce n'était pas Claire qui allait s'en mêler.

Andrew s'arrêta de jouer avec le pain plat, qu'il avait enroulé comme une crêpe, pour mieux préserver ses ingrédients. « Tu as sauvé la vie de James ? Après ce qu'il a fait ? »

« L'homme qui a détourné le *Lady Lucy* et tous ceux qui étaient à son bord est l'homme que j'ai appelé papa pendant les douze dernières années, » dit Alice. « Ce n'est pas un secret qu'il est un pirate de l'air et un homme sans pitié, mais s'il n'avait pas été là, la ville de Resolution n'aurait probablement pas existé. »

« Il nous détenait pour obtenir une rançon en échange, mais malheureusement, je ne vaux pas grand-chose, » dit Claire. « Il ne savait pas quoi faire de moi, mais entretemps James avait su ce qui était arrivé au *Lady Lucy*, et était en chemin pour payer ma rançon. »

Andrew faillit s'étouffer avec son déjeuner, et Maggie lui tendit une tasse du liquide qui sentait l'herbe.

« Pa... Ned, a décidé qu'il aurait pris la rançon et le dirigeable s'il le pillait. Sans témoins, ç'aurait été tout bénéfice pour lui. » Alice lança un regard à Claire, qui se mit à raconter à son tour.

« J'avais été entraînée par la crue éclair en aval du fleuve et Alice m'avait tirée de là. Et donc, quand Mose et son équipage vinrent installer les lampes pour attirer le dirigeable dans leur piège, j'ai grimpé sur un éperon rocheux... »

« Spider Woman, » dit Alaïa, en passant derrière elle pour remplir la tasse en argile d'Andrew. « Elle n'avait pas fini de filer le fil de la vie de cet homme. »

« Oui, » dit Claire au bout d'un moment. « J'ai fait signe au dirigeable avec une lampe, comme le font les cheminots, et il a changé de direction au dernier moment. »

« J'ai entendu dire ça, » dit Andrew. « Les aviateurs dans l'une des tavernes... »

« Les bars à musique, » corrigea Alice, qui devint immédiatement rouge.

Claire réprima un sourire. Il fallait réfléchir un peu, avant de corriger son idole en public.

« Bars à musique, oui. » Andrew hocha la tête dans sa direction, et elle rougit encore plus profondément. Même se chevelure semblait devenir écarlate.

Andrew continua, « La rumeur disait que le dirigeable avait dû être vraiment en mauvais état, pour avoir perdu une pièce de sa proue. »

« En raclant le long de Spider Woman, il a dû déchirer complètement la toile. » Alice vaillamment tenta de corriger le tir. « C'est du grès, vous savez... il suffit de le regarder pour qu'il vous arrache la peau. »

« Peut-être que James ne le sait pas encore, mais il a une dette envers moi. Et quand j'irai rendre les diamants ce matin, je le lui dirai si je le rencontre. »

« Et alors les gendarmes viendront l'arrêter pour vol, » dit Tigg entre ses dents. « Il faut lui faire payer qu'il ait piqué votre artifice. »

« Tu ne feras pas une chose pareille, » dit Andrew avec

fermeté, mais elle ne savait pas bien s'il s'adressait à Tigg ou à elle. « James ne doit pas savoir que je suis ici, ni que vous savez ce qu'il a fait. Apparemment les Dunsmuir ne le savent pas, sinon ils ne l'auraient jamais reçu.

« Je ne leur en ai pas parlé, » dit Claire. « Je les ai laissés penser qu'il avait des affaires à traiter ici, et qu'il me poursuivait dans l'espoir que... » Sa voix s'éteint. S'il avait eu l'intention de payer sa rançon, peut-être espérait-il vraiment encore.

« Très sage de ta part ; il les a dupés, tout comme il a fait avec Ross Stephenson et le gros de la société londonienne. » Son regard sérieux fit le tour de la table. « Quand la pile du docteur Craig sera de nouveau en sécurité dans nos mains, cela suffira comme punition. Il faut croire que la seule raison pour laquelle il disposait d'assez de fonds pour payer la rançon de Lady Claire était que les Texicains l'avaient déjà payé. Sans la pile, il les aura sur le dos. »

« Si ce sont les gars de Stanford Fremont avec qui il a affaire, ça ne sera pas long, » leur dit Alice. « Ces types tirent d'abord et posent des questions après, et ils ne tolèrent pas que quiconque profite d'eux. »

Claire se mit debout, il n'y avait pas de table, mais les planches de couchage servaient de banquettes et étaient disposées autour d'une pierre plate qui en remplissait la fonction. Si elle voulait encore apprécier des repas comme celui-ci, elle allait devoir desserrer les lacets de son corset. Bien sûr, quatre jours de jeûne pratiquement les avaient rendus plutôt lâches, de toutes les façons.

« Qui vient avec moi ? »

Jake se leva, ainsi que Tigg.

« Je n'aime pas ça, Claire, » dit Andrew. « Regarde ce qui s'est passé la dernière fois que tu as été seule avec lui. »

« Je crois que je lui ai volé sa voiture et je l'ai soulagé de neuf cents livres, » dit-elle d'un ton vif, sans réfléchir.

Andrew la regarda ahuri. « C'était toi ? Tu as envoyé cet argent dans un pneumatique ? »

Il était trop tard pour nier. « Oui... donc tu vois, je suis coupable de vol comme lui. » Elle releva le menton. « Si tu veux interrompre notre amitié, je comprendrai très bien. »

Il en convint, en secouant la tête. « Je n'aurais pas la possibilité de remédier à son crime, s'il n'y avait pas eu ces neuf cents livres ; et puisque ce soir j'avais prévu un acte de vol à grande échelle, je ne peux guère t'accuser. »

« Est-ce que tous les riches de Londres pensent à commettre des vols ? » demanda Alice, en les regardant tour à tour. »

« Ah ça oui, vous pouvez m'croire, » dit Lizzie avec aplomb.

CHAPITRE 21

*L*a joie des Dunsmuir, quand ils apprirent que Claire n'était pas devenue un ange, fut incommensurable. Lady Dunsmuir tomba à genoux en exultant, et même le comte prit ses mains dans les siennes, les yeux embués de larmes.

« Jamais nous ne serions partis, ne fût-ce qu'un moment, si nous avions su que vous étiez vivante, » dit-il, la voix rauque. « Mais la crue était si impétueuse qu'il semblait impossible que quelqu'un ait pu survivre. »

« C'est la Dame, » dit Willie à son père, comme si les incendies, les inondations ou autres calamités naturelles fussent négligeables pour elle. Il entoura ses jambes de ses bras, à travers ses jupes et releva la tête pour la regarder, avec une telle joie que Claire ne put s'empêcher de s'agenouiller pour le prendre à son tour dans ses bras.

Ses parents, bien sûr, pensèrent qu'il se référait à son titre. « C'est bien ça, mon chéri, » dit la comtesse. Et je n'ai jamais eu une aussi belle surprise. »

« Alors, permettez-moi de vous en offrir une autre. »

Claire lui tendit une des nattes d'Alaïa, enroulée dans un tube. Alice et elle avaient nettoyé toutes les traces des mésaventures des diamants dans la boîte à chapeau, où Rosie s'en était servie comme coussin, et quand la natte fut déroulée sur la table, toute leur beauté se mit à briller sous les feux de la lampe.

Lady Dunsmuir retint son souffle. « Mais... où... Oh, Claire, nous pensions qu'ils étaient perdus pour toujours ! Même quand Will nous a dit qu'ils étaient en sécurité, je ne l'ai pas cru. Je suis désolée, mon chéri, mais je ne voyais pas comment cela pouvait correspondre à la vérité. »

Claire sourit à Willie, et Tigg frotta le sommet de sa tête avec une affection gauche. « Willie, les filles et Tigg les ont mis dans une boîte à chapeau avec Rosie, attachée à un petit dirigeable, et les ont lancés dans les airs au même moment où... » Elle s'arrêta net et regarda Jake, qui venait juste de sortir de l'embrassade fougueuse du comte et était tout ébouriffé.

« Au même moment où je suis allé dans le lac, » acheva-t-il. « Dommage que je les aie pas vus ; sinon Rosie n'aurait pas dû passer une nuit enfermée dans une boîte. »

« Jake, mon cher garçon. » Le capitaine Hollys apparut, essoufflé comme s'il avait couru, de la nacelle jusqu'à eux. « Un des aspirants vient de me dire qu'il vous avait vu à bord. » Il lui serra la main, en la broyant si fort que la mâchoire de Jake se serra dans l'effort de ne pas gémir. « Je suis si heureux de voir de mes propres yeux que vous êtes sain et sauf. »

« Merci, monsieur. » Le jeune homme avala sa salive, puis se tint plus droit. « Je veux m'excuser auprès de vous tous. J'ai fait ça à la Dame, mais je veux que vous sachiez enfin, je veux dire... »

Ses lèvres tremblaient et sa voix se brisa. « Je l'aurais pas fait s'ils avaient pas menacé de vous tuer, en commençant par le plus jeune. Le renégat, j'veux dire. J'étais désolé avant et je suis désolé maintenant. » Il s'arrêta brusquement.

« Mon cher ami. » Le comte lui serra de nouveau la main. « On ne présente pas ses excuses quand on revient de la mort. C'est déjà oublié, et nous allons continuer comme nous avons commencé : en amis. »

Jake eut l'air d'être sur le point de pleurer, et ce n'est qu'au prix d'un effort héroïque et d'un regard à Tigg, qui le lui reprocherait éternellement s'il pleurait comme une femmelette, qu'il ravala ses larmes et serra la main du comte en retour.

Lady Dunsmuir s'exclama, « John, nous devons immédiatement envoyer un pigeon à Gwynn Place. Pauvre Flora ! il faut qu'elle apprenne cette heureuse nouvelle au plus tôt, avant qu'elle ne subisse la terrible épreuve d'une cérémonie funéraire. »

Le mot 'de nouveau' flottait dans l'air, mais Davina avait trop de tact pour le dire.

Claire posa une main apaisante sur sa manche en soie noire. Noire... se pouvait-il qu'elle portât le deuil de Claire elle-même ? « Ne vous inquiétez pas, nous y avons déjà pensé, avec un message écrit par moi-même, pour qu'elle apprenne l'heureuse vérité. »

La comtesse rayonnait de soulagement et ne sembla pas se demander où Claire avait eu l'information. « Vous devez aller chercher les filles, pourquoi ne sont-elles pas avec vous ? et les ramener pour le dîner. Nous décollerons dans la matinée, et nous avons prévu une soirée d'adieu. Cela devait se faire un peu en sourdine, mais maintenant nous allons faire une véritable fête. Claire, vous ne devinerez jamais qui est l'autre personne qui est venue nous rendre visite. »

« Le Prince consort ? » demanda-t-elle, comme si elle ne pouvait pas encore le savoir.

« Lord James Selwyn ! »

Tigg prit une grande inspiration par le nez, et le comte s'aperçut du signe d'avertissement lancé par Jake, qui lui posait la main sur l'épaule. « Est-ce que vous connaissez sa seigneurie, messieurs ? » demanda-t-il.

« Ouais, » dit Tigg, brillant par sa concision.

Lady Dunsmuir regardait tour à tour Claire et eux. « Je sais que vous n'êtes plus fiancés bien sûr, mais il a traversé deux continents pour vous voir, malgré toutes ses occupations. Je ne peux m'empêcher de penser... »

« Chère Davina. » Claire fit de son mieux pour se rappeler comment on faisait pour rougir avec modestie. « Vraiment, vous ne devez pas penser qu'il... qu'il y a un quelconque danger que... »

« Qu'il en pince pour elle, » lança Tigg d'un drôle de ton.

« C'est cela. » Mon Dieu, il ne fallait pas qu'elle éclate de rire ; pas alors que Davina portait ses doigts à sa bouche à l'idée qu'elle avait pu gêner Claire.

« Oh Claire, je suis sûre que vous vous trompez. Pourquoi diable porte-t-il le deuil de vous, s'il ne nourrit pas de tendres sentiments à votre égard? »

« Je l'ignore. Je vous serais reconnaissante de lui envoyer un message l'informant que je suis vivante et en bonne santé, pour qu'il se prépare à fêter cela au lieu de porter le deuil. Et ne pensez pas à réparer ce qui est cassé ; ma décision est prise, mais ça ne signifie pas que nous ne puissions pas avoir des rapports courtois entre nous. »

SHELLEY ADINA

Tigg et Jake la regardaient comme si elle parlait dans la langue des Navapai, se demandant certainement pourquoi elle invitait ouvertement ce traître dans leur groupe. Après avoir embrassé Davina et lui avoir dit qu'elle ne pouvait pas attendre une minute de plus pour se déshabiller et se changer, elle entraîna Tigg et Jake dans la cabine qui avait été la sienne et referma la porte.

« Mais qu'est-ce que vous avez en tête, milady ? » Le regard de Jake était méfiant, mais elle voyait bien qu'il s'attendait à ce qu'elle ait une bonne raison pour son comportement déroutant.

« Je vais vous expliquer : si Lord James est ici à boire le bon vin du comte, il ne sera pas au laboratoire ce soir, quand Monsieur Malvern entrera en jeu. Je vais trouver le moyen d'avoir un ou deux des barons invités à dîner, si je peux, pour diminuer encore les chances de sa découverte. »

« Vous êtes sûre, milady ? » Le visage de Tigg exprimait le doute. « Je ne voudrais pas être à moins d'un kilomètre de lui, moi-même. Qu'est-ce qui se passera s'il vous convainc à devenir Lady Selwyn de nouveau ? »

« Je peux t'assurer sans l'ombre d'un doute que cela ne se passera jamais. » Elle les poussa fermement dans le couloir. « Écoute, Jake, je veux que tu ailles chercher monsieur Malvern et que tu lui dises ce que je veux faire. Je t'excuserai auprès des Dunsmuir. Tigg, file dans ta cabine te laver et te changer. Je n'ai pas honte de paraître partout dans mon costume d'aventurière, mais je dois dire que je serai heureuse de voir un chemisier différent de celui-ci. »

Sa belle robe du soir bleue était perdue, confisquée par Ned Mose qui avait sûrement dû la donner à la mère d'Alice. Claire ne pouvait pas le regretter, même si cela voulait dire qu'elle devait aller au dîner en jupe bleu marine, avec un chemisier blanc brodé, plus adapté au travail dans un laboratoire qu'à la table d'un comte.

Elle enfila les perles St. Ives autour de son cou, sagement cachées sous les vêtements de Maggie pendant tout ce temps, et toucha la bague d'émeraude de sa grand-mère avec affection. Ces deux pièces contribuaient grandement à lui rendre son assurance.

Elle n'avait pas peur que cette assurance faiblisse à l'idée de s'asseoir autour de la table en face de James. Au contraire, elle avait besoin des perles pour se rappeler qui elle était : la Dame aux artifices, qui ne tolérait pas les attaques vis-à-vis d'elle ou de ses proches. Il allait lui falloir toute sa capacité de contrôle d'elle-même pour ne pas lancer le rôti à la figure de James pour son vol éhonté.

JAMES AVAIT ENLEVÉ le bandeau noir de son bras, mais son visage portait toujours les traces de la tension dans les cernes autour de ses yeux et un physique amaigri, signe qu'il avait dû perdre du poids depuis qu'elle l'avait vu la dernière fois.

Claire doutait cependant que ces preuves touchantes pussent être attribuées au fait qu'il croyait qu'elle était morte.

« Claire, » souffla-t-il en venant à sa rencontre, les mains tendues, dans le salon du *Lady Lucy*. « Je ne peux pas vous dire combien je suis heureux de vous voir vivante et en bonne santé. »

« Pareillement. » Elle fit un pas en arrière, quand elle soupçonna qu'il voulait la prendre dans ses bras, et il s'inclina pour lui faire un baisemain comme s'il en avait eu l'intention dés le début. « Merci de vous être offert de payer la rançon en mon nom. »

Lady Dunsmuir tressaillit. « Claire, mieux vaut éviter ce sujet entre gens bien élevés. »

James sourit à son hôtesse. « Si j'ai appris quelque chose dans mes rapports d'affaire ici, sur le Territoire texicain, c'est que le pays est magnifique, mais que la vie peut se révéler extrêmement brutale, sans aucun égard pour les 'gens bien élevés'. Par exemple, le dirigeable qui m'a emporté vers le sud pour venir en aide à Lady Claire, a raté de justesse une formation rocheuse qui l'aurait anéanti. Qui aurait pu prévoir une telle chose ? »

Il s'avérait pratique qu'ils aient envie de dire la vérité. « Il a raté le rocher appelé Spider Woman parce que votre navigateur a eu des réflexes rapides. J'étais dans ces rochers pour les signaler avec une lanterne, afin de détourner le dirigeable sur le côté. Il allait s'écraser là-dessus à cause des manigances de Ned Mose et de sa bande de pirates de l'air. »

Comme c'était jouissif de le faire taire pour une fois, lui qui avait toujours réponse à tout.

Monsieur Stanford Fremont, le baron des chemins de fer le plus puissant du consortium texicain, donna un coup de coude à James. « Elle vous a sauvé la vie, hein ? Il y a peut-être un peu de feu qui couve sous la cendre, alors. »

James rougit tandis que Claire regardait l'homme fixement, frappée par son effronterie. Il venait juste de lui être présenté, c'était vraiment impoli de faire de telles remarques personnelles sur une inconnue !

« J'aurais fait la même chose pour vous, si vous aviez été sur le vaisseau, monsieur, » dit-elle froidement.

L'insulte passa au-dessus de sa tête léonine. « J'aime les

femmes d'esprit. Comment a-t-elle pu devenir aussi intrépide si jeune ? » Il bascula en arrière sur ses talons, les pouces accrochés aux revers en velours de son smoking.

« Je ne qualifierais pas d'intrépide quelqu'un qui ne veut pas voir mourir un dirigeable et son équipage, monsieur. Quiconque possède une lampe, un cœur, et la capacité d'escalader des rochers aurait fait la même chose. » Elle se retourna après lui avoir décoché un sourire poli, puis s'adressa à James. « Vous ne m'avez présenté les autres membres de votre groupe. J'aimerais faire leur connaissance. »

Il reprit une contenance au prix d'un gros effort. « Certainement. Lady Claire Trevelyan, puis-je vous présenter Garrison Polk, propriétaire des chemins de fer Silver Nevada, et le lieutenant Robert van Ness, commandant du détachement de Rangers texicains, ici à Santa Fe. »

Elle offrit sa main gracieusement à chaque personne. Quand le lieutenant van Ness se pencha pour faire le baise-main, il claqua des talons, comme tout bon soldat prussien. « Je suis honoré de faire votre connaissance, Lady Claire, » dit-il avec un accent qui confirmait qu'il n'était pas né de ce côté de l'Atlantique. « Permettez-moi de vous assurer que les Rangers font tout ce qui est en leur pouvoir pour livrer Ned Mose et son équipage de brigands à la justice. »

« J'espère que vous le trouverez, » répondit-elle. « ça ne devrait pas être trop difficile son dirigeable a été volé, je crois, et il est obligé de rester à terre pour le moment. »

« Il y a d'autres façon de sortir de Resolution que par les airs, » grogna le lieutenant. « Mais soyez bien sûre que nous les connaissons tous. Ce n'est qu'une question de temps. »

Lady Dunsmuir s'avança et posa sa main sur le bras de

James. « Le dîner est servi, messieurs. James, voulez-vous bien m'accompagner à l'intérieur ? »

Le scélérat, tapota la main de Davina sur son bras comme si elle était une enfant trop innocente pour voir quel genre d'homme il était. Claire serra les dents et vit par la pensée son fusil à éclairs, qui dormait sous sa planche chez Alaïa, avec une certaine nostalgie.

Tant pis. Demain à la même heure, ils seraient tous dans les airs, direction les Canadas, avec le fusil qui était retourné en sa possession et la pile du Carbonateur bien en sûreté sous la toile, dans la soute de son landau à vapeur.

Et alors, les trahisons de James le rattraperaient sous forme de vengeance. Son seul regret était qu'elle ne serait pas là pour y assister.

Tigg avait pris son souper avec Willie plus tôt, mais pendant que Lord Dunsmuir coupait le rôti de bœuf et que Davina lui passait une assiette, comme s'ils dînaient en famille, la comtesse revint sur la pensée exprimée auparavant.

« Est-ce que les filles sont bien en sécurité, Claire ? Je dois dire que je suis surprise de vous voir sans elles. »

« J'espère que vous leur avez dit fermement que le fait qu'elles nous aient quittés était inadmissible, » ajouta John. « Quand nous nous sommes rendu compte de ce qu'elles avaient fait, j'ai presque cessé de respirer. »

« Qu'est-ce qu'elles avaient fait ? » demanda James. « J'ai longtemps pensé que la place de ces enfants est à l'école ou dans un établissement quel qu'il soit, qui leur impose une peu de saine discipline. »

Le couteau de Claire crissa sur la porcelaine tandis qu'elle coupait son rôti avec un peu plus d'énergie qu'il n'en fallait. « Elles ne voulaient pas se séparer de moi, » dit-elle calmement, pour compenser. « Elles ont refusé de croire que j'étais morte, et sont allées me chercher, au péril de leurs vies. » Ses cils papillonnèrent. « Il est difficile d'enseigner une telle loyauté dans un établissement, vous ne croyez pas ? »

Stanford Fremont éclata de rire. « Elle vous a eu, James. »

La familiarité de cet homme commençait à taper sur les nerfs de Claire.

« Mais où sont-elles, Claire ? » La comtesse était franchement inquiète. « Et comment êtes-vous allés de Resolution à Santa Fe ? Je n'arrive pas à comprendre. »

Elle sourit. « Cette terre peut être brutale, mais elle abrite des personnes qui sont prêtes à aider quand quelqu'un en a besoin. Des amis nous ont amenés ici, et les filles sont avec eux. »

Concrètement, les filles étaient avec Andrew, et lui servaient d'éclaireuses, mais on pouvait dire que c'était un ami, n'est-ce pas ?

« Je suis heureuse de l'entendre, bien que je dois dire que trouver un ami dans cette horrible petite ville est un exploit. » La comtesse frissonna.

« J'espère qu'ils seront à bord à temps pour décoller demain, n'est-ce pas Claire ? » s'enquit John.

« Bien sûr. Vous pouvez y compter. »

« Et cette poule extraordinaire ? »

Le lieutenant van Ness se pencha en avant. « Je vous demande pardon, monsieur ? Avez-vous dit 'poule' ? »

« Oui. Quand est-ce que vous avez pris l'aérostat avec une poule dans votre groupe ? » La question de Lord Dunsmuir n'était posée que pour la forme, Claire en était sûre. « Mais cet oiseau voyage avec Lady Claire, et malheur à celui qui la prendra pour un casse-croûte ! »

« Est-ce qu'elle se pose sur votre épaule, comme les perro-
quets font en Nouvelle-France ? » Les yeux du lieutenant van
Ness clignèrent d'un humour de bon aloi, et Claire le trouva
très sympathique ; dommage qu'il eût des fréquentations
douteuses.

« Elle le fait si elle y est forcée, mais la plupart du temps,
elle voyage dans ma boîte à chapeau. J'ai perdu le chapeau,
hélas, au-dessus du la partie est du Territoire. »

« J'aimerais voir cet oiseau. Je n'aurais jamais cru qu'un
poulet pouvait avoir un esprit d'aventure. » En souriant, le
lieutenant se remit à s'intéresser à son dîner.

Claire fit de même, car c'était la première nourriture
solide, à part le *pozole* et le pain plat, qu'elle avalait depuis
qu'elle avait été malade.

Ah, si seulement elle savait ce qui se passait au laboratoire !
Mais c'était à des kilomètres de là à la limite sud de la ville, là
où se trouvaient les voies ferrées et donc elle n'aurait pas de
nouvelles jusqu'à ce qu'Andrew et les fils d'Alaïa ne
reviennent.

Elle aurait très bien vu ces garçons dans le cottage de
Vauxhall Gardens. Ils avaient du mal à contenir leur excitation
à l'idée de partir pour une nouvelle aventure, et étaient partis
avec Andrew, avant que leur mère ne puisse les en empêcher.

« Donc, si je peux me permettre, Lord Dunsmuir, quels
sont vos projets à partir d'aujourd'hui ? » demanda James, en
piquant sur sa fourchette et en avalant avec gourmandise des
bouchées de purée trempées dans le jus de viande.

Peut-être n'appréciait-il pas autant que d'autres la cuisine
locale et son air un peu hagard était moins dû à l'émotion qu'à
sa réticence à manger de la nourriture inhabituelle.

Puis, une intensité particulière dans son regard lui procura un frisson tout le long du dos. Elle ne voulait pas que James connaisse leur destination. Qui sait de quoi il aurait pu être capable, frustré et furieux sans les moyens de faire marcher le Carbonateur ?

Elle ouvrit la bouche pour détourner la conversation vers des eaux plus tranquilles, mais le comte la précéda. « Comme je disais, nous décollerons le matin pour continuer notre voyage vers Edmonton. »

« Edmonton, » murmura James, « et les Canadas, j'imagine, font partie de l'Empire, sous la domination et les lois de notre glorieuse Reine ? »

Claire ne voyait pas pourquoi il déclarait une chose évidente ; probablement il ne s'agissait que d'une conversation de salon à l'attention de leurs hôtes texicains.

« Oui, nous avons une maison et beaucoup d'amis là-bas, » ajouta Lady Dunsmuir. « J'ai hâte d'introduire Claire en société je suis sûre qu'elle sera la coqueluche de la ville. »

« Cela semble une certitude, » dit galamment le lieutenant van Ness. « Quel dommage que vous partiez si tôt ! j'aurais aimé vous montrer quelle société moins policée nous avons ici. »

« Elle ne peut pas l'être moins si vous êtes un de ses représentants, » lui dit Claire avec un sourire. « Avez-vous passé beaucoup de temps à la cour du Kaiser, monsieur ? »

Il sourit tandis que Fremont s'esclaffait. « Cette jeune personne n'essaierait pas de nous embobiner, par hasard ? »

Claire réalisa soudain pourquoi elle n'aimait pas beaucoup cet homme ; était-il nécessaire de s'adresser à elle à la troisième personne à tout bout de champ ? Ne faisait-il jamais de remarque directe ?

« Lady Claire a une bonne oreille, » dit le lieutenant. « Il se trouve que j'ai été au service du Comte von Zeppelin en personne. »

« Et est-il un ingénieur de dirigeables aussi remarquable qu'on le dit ? » demanda Claire, incapable de ramener son enthousiasme à des niveaux acceptables pour un dîner en société. « Quand je suis partie, je m'intéressais tout particulièrement au nouveau modèle B-30, construit pour les communications et le transport militaires à grande vitesse. »

Fremont s'esclaffa de nouveau. Il pouvait être riche comme Crésus, mais on aurait dit l'âne de la ferme de l'autre côté de la rivière à Gwynn Place.

Le lieutenant van Ness eut la gentillesse de lui répondre très sérieusement. « En effet, un prototype se trouve ici, sur le terrain d'aviation. Si ce n'était pas si tard, j'aurais été honoré de vous y emmener faire un tour. »

« Je l'ai vu en chemin. Quelle est sa vitesse maximum ? »

« Enfin, Claire, » murmura Davina.

« À la vapeur, et avec vent arrière, il a atteint des vitesses de presque cinquante nœuds beaucoup plus que le train le plus rapide en Angleterre... »

« ... le *Flying Dutchman*, » dirent-ils à l'unisson.

James lança un regard perçant à Fremont avec un sourire, dont un automate aurait été fier. « J'ai l'impression d'être à une réunion de la Société royale des ingénieurs. »

« Eh bien, merci James, » dit Claire. « Notre voyage a peut-être retardé mon projet de fréquenter l'université pour faire des études d'ingénieur, mais il n'a pas affaibli mes intentions. »

« Claire, pourquoi ne laissons-nous pas ces messieurs à leur porto et à leurs cigares ? » Lady Dunsmuir se leva avec grâce, et Claire ne put faire autrement que la suivre, pour ne pas paraître effrontée et mal élevée. « Nous allons prendre le café et le dessert dans le salon. »

Elle s'installa près de Davina sur un canapé moelleux, près d'une grande vitre qui lui aurait permis d'avoir une bonne vue sur le prototype d'aérostat, s'il n'avait pas fait sombre et que les rideaux étaient tirés.

« Le lieutenant van Ness semblait très attiré par vous. » Davina lui offrit une tasse en porcelaine de Sèvres portant les armes des Dunsmuir peintes en or. « C'est presque dommage que nous partions si tôt ; mais je ne peux pas être complètement désolée. » Elle baissa la voix. « Bien sûr si nous sommes encore ici, cela ne tient qu'au hasard et à la malchance. J'ai demandé à John de transmettre mon souhait au Capitaine Hollys que nous mettions le plus de vitesse possible pour arriver à Edmonton. Plus tôt nous serons aux Canadas, plus je serai contente. »

« Cela n'a pas été que de la malchance, » dit Claire doucement, en tournant la crème dans son café. « J'ai rencontré des personnes formidables. » Sans Alice et Alaïa, sa vie aurait été plus pauvre. Et elle pensa qu'elle ne savait vraiment pas comment elle allait faire pour dire au revoir à Alice, sachant qu'il était improbable qu'elle la revoie un jour.

« J'en suis ravie, mais ces quelques personnes mises dans la balance contre des gens comme Ned Mose, et la quasi-mort de Jake, et maintenant le pauvre cher James qui a frôlé la mort. » Davina goûta son café puis leva les yeux. « Il a fait tout ce chemin pour payer votre rançon. Vous êtes sûre que, quelles que soient les raisons de la rupture de vos fiançailles, elles sont encore valables à présent ? »

« Tout à fait sûre. » Claire sirotait son propre café.

« Mais devant une telle dévotion son visage quand il est entré et vous a vue... »

« Davina, cela me fait de la peine de parler de lui. Il y a des choses que vous ne savez pas. »

« Il y en a toujours, » dit la comtesse dans un soupir. « C'est vraiment regrettable. Vous seriez bien assortis. »

« Sur le plan social peut-être, mais d'aucune autre façon, ni manière. » Il était grand temps de changer de sujet. « Je suis heureuse que nous partions le plus tôt possible. Dites-moi, pensez-vous que ce climat est sain pour Willie ? J'espère qu'il ne va pas attraper la toux avec cet air sec et la poussière, qu'en dites-vous ? »

Cela entraîna Davina dans un long commentaire sur la santé de son fils bien-aimé, et Claire approuvait et souriait chaque fois qu'il le fallait. Elle ne voulait pour rien au monde heurter les sentiments de Davina, après qu'elle eût été si bonne pour elle et les enfants, mais certains sujets étaient si désagréables que moins de temps on occupait la langue avec ces mots, mieux c'était.

Quand les messieurs entrèrent et s'assirent sur les canapés pour le dessert, on ne parla plus de candidats au mariage ; au contraire, les discours tournèrent autour de ce que Claire pensait inévitable : les chemins de fer et les perspectives d'en construire d'autres.

Elle était contente d'occuper son canapé, le dos bien droit, un sourire intéressé aux lèvres, pendant qu'elle passait son temps à compter les heures, les pas et les kilomètres, et à se demander où étaient Andrew et les filles et s'ils avaient accompli leur mission. En effet, elle était prête à prendre congé pour la soirée de son hôte et de son hôtesse une demi-heure après, pour revenir au village et attendre de leurs nouvelles.

Elle venait juste de poser son assiette après avoir terminé un dessert qui ressemblait à une tarte à la courge, mais n'en n'était sûrement pas une, quand on entendit un bruit sourd provenant des ponts en-dessous, et des personnes parlant à haute voix.

Claire et Davina regardèrent toutes les deux vers la porte, et le lieutenant se leva à moitié. « Y a-t-il du grabuge en bas ? »

Un cri fut sa réponse, et Lord Dunsmuir et l'Intendant en chef se précipitèrent vers la porte au même moment. On entendait une bagarre sur la passerelle, puis une injure étouffée provenant d'une voix que Claire aurait juré lui être familière.

James s'était levé également. « Est-ce que c'est... ? »

Trois ou quatre hommes en manteaux noirs, un peu comme celui que Claire avait vu Andrew porter dans son laboratoire, firent irruption dans l'encadrement de la porte. « Monsieur Fremont ! » appela l'un d'eux.

Ils soutenaient entre eux un homme qui était couvert de poussière et d'ecchymoses, les cheveux couvrant son visage. Son pardessus en toile semblait avoir été traîné longuement par terre peut-être même avec lui dedans.

Son pardessus en toile.

Claire se mit debout sur le champ, mais James la prit de vitesse. « Andrew ? » dit-il d'une voix marquant son profond étonnement. « Stanford, demandez à vos hommes de le lâcher immédiatement. Je connais cet homme. »

« Que signifie tout cela ? » demanda Stanford Fremont.

« Vous ne voyez pas que nous sommes en train de dîner avec Lord et Lady Dunsmuir ? »

Le plus costaud d'entre eux donna une bourrade à Andrew, et il tomba à genoux. « On pensait que vous voudriez lui parler vous-mêmes, messieurs, » dit-il, « quand on a vu qu'il essayait de voler la pile à combustible du Carbonateur. On l'a pris les mains dans le sac, et vous savez quelle est la punition pour les voleurs, ici. La seule question c'est : on le tue maintenant, ou on attend l'aube ? »

CHAPITRE 22

*L*izzie donna un coup de pied de toutes ses forces à l'homme au pardessus noir de laboratoire. Il hulula et sa poigne se relâcha une fraction de seconde, suffisamment longtemps pour qu'elle se libère et bondisse vers la passerelle. « Milady ! » hurla-t-elle. « Au secours ! »

Maggie saisit l'occasion pour donner un bon coup de pied dans l'autre tibia de l'homme, et elle vola au secours de sa sœur, en criant assez fort pour réveiller les morts.

Elles firent irruption dans le salon ensemble et réalisèrent un instant trop tard qu'il y avait d'autres hommes en pardessus noirs (la pièce en était pleine) et là, ressemblant à la mort réchauffée, se tenait Sa Majesté en personne, l'ancien fiancé de la Dame.

Oh mince, le plan était complètement fichu, et maintenant que devaient-elles faire ?

Maggie plongea dans les jupes de la Dame et s'y accrocha, sanglotant d'une terreur qui n'était à moitié feinte. « Milady, cet homme nous a attrapées et a été très méchant avec nous et, oh, monsieur Malvern est en danger ! »

La Dame tomba à genoux et enveloppa Maggie et Lizzie de ses bras, juste au moment où l'énergumène qui avait essayé de s'emparer d'elles traversait en courant la pièce, rouge et proférant des injures.

« Là ! » cria-t-il. « Monsieur Fremont, ces deux petites diablesses étaient avec lui et l'aidaient. Laissez-les-moi, monsieur, et je leur montrerai comment corriger leurs manières. Je les tuerai moi-même. »

« Vous ne ferez rien de ce genre. » Le ton glacé qui pouvait faire taire même une Lizzie déchaînée, fit frissonner Maggie comme un glaçon le long de son dos tandis que la Dame se levait. « Que signifie tout cela ? »

L'homme la dévisagea, puis observa le grand costaud avec la chevelure si bien soignée qu'elle aurait pu être gravée, comme celle des anges de l'abbaye de Westminster. « Monsieur Fremont ? »

« Répondez à la demoiselle... Baxter, n'est-ce pas ? Je voudrais savoir moi aussi pourquoi vous vous disputez avec des enfants alors que vous êtes censé travailler dans mon laboratoire. »

« Ce ne sont pas des enfants, ce sont des diables ! J'ai des bleus sur le corps de la taille d'une pomme. »

« Je n'aime pas me répéter, » dit la Dame, en détachant si bien les consonnes qu'elles fendaient l'air. « Pourquoi est-ce que vous maltraitez mes protégés ? »

Maggie se redressa, sans pour autant lâcher sa prise sur la Dame, mais en entourant sa taille de ses bras. Une main réconfortante se posa sur son épaule, et la Dame attira Lizzie près d'elle.

« Vos... protégés ? » Baxter semblait complètement perdu. « Je sais rien de tout ça. Tout ce que je sais c'est que quand on a capturé Malvern ici, qui enlevait la pile à combustible, on a trouvé ces deux dans la cour dehors. Ya aucune raison pour que des gosses traînent par là, donc ils sont sûrement ensemble. »

« Je crois que les enfants connaissent bien monsieur Malvern, tout comme je le connais, » dit Lord James. « Je ne peux m'empêcher de penser qu'il y a eu un terrible malentendu. »

« Pour moi c'est très clair, » dit un autre homme. Ses moustaches ressemblaient à deux souris. Maggie le regarda, se demandant s'il avait jamais perdu sa nourriture en la portant à sa bouche. « Cet homme, Malvern, a été pris en train de voler et il semblerait que ces filles étaient avec lui. La punition pour le vol, comme je l'ai dit plus tôt, sur les territoires, est la mort d'une seule balle. Donc, je vous le demande encore : est-ce qu'on le fait maintenant, ou à l'aube, pour qu'il ait l'assistance d'un aumônier avant sa rencontre avec le Créateur ? »

« Enfin, je parle d'eux, » dit Baxter, en se touchant le mollet. « Ces petits démons viennent avec moi. Je me charge du travail. »

« Vous ne ferez rien de ce genre, » dit la comtesse d'un air scandalisé. « Ce ne sont que des enfants ; et monsieur Malvern est un très bon ami à nous, vis-à-vis duquel nous avons une grosse dette. Je suis sûre qu'il y a eu, comme disait Lord James, un malentendu. »

« Andrew, voulez-vous nous expliquer ? » dit le comte. « Que faisiez-vous au laboratoire ? D'ailleurs, que faites-vous aux Amériques ? La dernière fois que je vous ai vu, vous veniez pour un accord avec Ross Stephenson sur cet artifice que vous avez présenté au Crystal Palace. »

Monsieur Fremont y alla de son gros rire qui ne voulait

absolument pas dire qu'il trouvait ça drôle. « Vous retardez, Dunsmuir. » Il donna un grand coup dans le dos du comte et quand Lord Dunsmuir se retourna lentement, en haussant les sourcils, monsieur Fremont continua, oublieux du fait que sa seigneurie n'appréciait pas les familiarités. « Ce marché est complètement caduque. Notre Selwyn a misé sur le cheval qui va remporter la course. »

Le cheval ? Peut-être que l'homme avait reçu un coup sur le crâne. Ce qu'il disait n'avait aucun sens.

Monsieur Fremont faisait de larges mouvements du bras. « J'ai appris par James que Malvern avait signé sur toute la ligne, n'est-ce pas James ? »

« Qu'il l'ait fait ou pas ne compte pas, » dit Sa Majesté, fondant comme du beurre. « La vérité c'est que je possède le Carbonateur et que je peux en disposer à ma guise. »

« Ce n'est absolument pas vrai. » Andrew se démenait dans la poigne des deux pardessus noirs. Monsieur Fremont leur fit un signe de la main et ils le laissèrent aller. Il remit en place son pardessus en toile poussiéreux, le visage rouge de colère. « Je suis le copropriétaire de cet artifice, et vous deux, vous me l'avez volé. Ross Stephenson a payé en bon argent et en bonne foi, mais James tu es revenu sur ta promesse. Toute cette affaire est un imbroglio déshonorant du début à la fin. »

« En êtes-vous certain ? » De deux doigts, Fremont fouilla dans la poche de sa belle veste et en sortit une boîte à cigarettes en argent ciselé. Maggie aurait parié que les doigts de Lizzie l'avaient démangée en le voyant. Il alluma un cigarillo et souffla de la fumée à la tête de monsieur Malvern.

Le comble de la grossièreté !

« Alors quoi, vous vouliez reprendre ce que vous considérez comme votre propriété ? »

« Il m'appartient à moitié. » Il jeta un coup d'œil à la Dame. « Plus que la moitié. Lady Claire est concernée également. Il ne peut pas être vendu, ni déplacé, ni copié, sans notre consentement. Je ne parle pas pour elle, mais moi il est certain que je ne le permets pas. »

« Vous m'en direz tant. » Lord James accepta un cigarillo puant et infect de monsieur Fremont. « Et au nom de qui, est la demande de brevet, si je peux me permettre ? »

« Le vôtre et le mien, bien sûr, » dit monsieur Malvern.

« Êtes-vous bien sûr ? Je crois qu'en ce moment il est dans les bureaux de Frémont avec seulement mon nom dessus, pour être déposé dans le Bureau d'ingénierie de Santa Fe, dès que nous aurons mis en place le processus de fabrication. »

Les doigts de la Dame entraient en profondeur dans l'épaule de Maggie qui se tortillait sur place.

« Donc, vous avez enlevé son nom aussi, James ? » demanda-t-elle. « Je suis fascinée par la façon dont vous traitez vos amis. »

« La véritable demande est dans mon laboratoire, » dit fermement monsieur Malvern. « Je ne sais pas quelle version contrefaite tu as prévu de déposer, mais ce n'est pas le vrai brevet. Il ne peut être déposé qu'à Londres, avec l'approbation de la Société royale des Ingénieurs. »

« Ça c'est parler comme un vrai sujet d'un Empire d'opérette. » Monsieur Fremont balaya ceci de la main, comme si tout le sujet l'ennuyait à mourir. « Le fait est que vous êtes entré par effraction dans mon laboratoire avec des intentions malhonnêtes, et vous avez assailli mes hommes qui protégeaient ma propriété, comme le dit Murphy, ici présent. Ici, on s'occupe nous-mêmes des voleurs. Baxter, Murphy, emmenez monsieur Malvern à la prison de la ville et faites en sorte qu'il ait la visite d'un aumônier. »

« Monsieur Fremont, je m'y oppose. » Le comte se planta devant l'homme appelé Murphy, qui avait attrapé le bras de monsieur Malvern d'une poigne de fer dont il ne pouvait se débarrasser. « Cet homme est un sujet de la Couronne. On ne peut pas l'exécuter. On ne peut pas non plus l'enfermer sans qu'il puisse être entendu par un magistrat. Il n'a pas fait de mal. Il était probablement en train d'examiner cet artifice pour voir s'il n'avait pas subi de dégâts. »

« Il a éteint le refroidissement et a à moitié déconnecté la pile à combustible, » avança un autre homme. « C'est plus qu'un examen. Encore cinq minutes, et qui sait quels dégâts il aurait causés. Heureusement que Murphy, ici présent, avait oublié de prendre ses cigarettes avec lui pendant le changement de quart, et qu'il est retourné les chercher. »

Murphy entraîna monsieur Malvern, qui se débattait comme un beau diable, jusqu'à la passerelle. Ils semblaient tous avoir oublié Maggie et Lizzie.

« C'est un scandale ! » cria la Dame. « Vous ne pouvez pas faire ça ! Lieutenant van Ness, faites quelque chose ! »

« Fremont, Lord James ceci demande réflexion, » dit l'homme avec l'uniforme bleu ardoise, et les petits oiseaux sur les pointes de son col. « Ce n'est pas une façon de faire texicaine que d'exécuter un homme avant d'avoir tous les éléments. Surtout pas dans le cas d'un citoyen de l'Empire. »

Les yeux de monsieur Fremont se plissèrent, et Maggie se pressa encore plus contre la Dame. Elle avait vu un serpent au zoo de la Tour de Londres qui avait un regard identique. Le pauvre rat qu'on avait mis dans la cage avec lui pour son dîner n'avait pas eu l'ombre d'une chance.

Lord James tapota son cigarillo sur une coupelle en cristal, Maggie savait bien que la comtesse l'utilisait pour mettre des bonbons. « Gardons notre sang-froid, » dit-il. « Peut-être ai-je trouvé une façon de nous tirer de ce mauvais pas. »

« Je savais que vous le feriez. » Fremont s'apprêtait à lui taper dans le dos également, mais James fit un pas de côté. « Allez-y. »

« Puisque Stanford et moi avons un accord de partenariat, je crois que je peux parler en son nom aussi, pour suggérer un échange. »

« Un échange ? » dit le comte. « La vie d'un homme en échange de... quoi ? »

« D'un femme. » Lord James sourit à la Dame, qui se contenta de le fixer ; alors que son teint devenait blafard. « Je demande... » Il sourit en prononçant ce mot. « ... que Lady Claire retire les affirmations qu'elle a faites sur moi quand nous nous sommes vus la dernière fois à Londres, et qu'elle rétablisse nos fiançailles. Au lieu de fabriquer le *Carbonateur cinétike Selwyn* immédiatement, je propose aussi que nous continuions notre fabrication de charbon carbonaté, suffisamment pour faire une démonstration à San Francisco, où nous signerons nos accords avec le Royaume d'Espagne ; puis Claire et moi prendrons le bateau pour la ville qui porte le nom de Sa Majesté, Victoria, aux Canadas. »

« Non, » murmura la Dame, mais seules Lizzie et Maggie étaient assez près pour l'entendre.

« Les Canadas étant un dominion de l'empire, toutes les lois de Sa Majesté s'y appliquent, y compris l'âge de la majorité. Lady Claire et moi nous marierons à Victoria, et passerons notre lune de miel à voyager de là à Edmonton, comme elle l'avait prévu à l'origine. »

La Dame força ses doigts à lâcher les épaules de Maggie et Lizzie, et Maggie tira un soupir de soulagement.

« Que dites-vous, Selwyn ? » s'exclama Fremont. « Que je libère cet homme en échange de la main de cette jeune dame ? Quel marché de dupes proposez-vous là ? »

« Un marché honnête, je trouve. » Sa Majesté ne détachait pas ses yeux de la Dame, ne fut-ce qu'une seconde. « Le Carbonateur et elle viennent avec nous pour la démonstration, à l'abri des atteintes de mon ancien associé, qui, j'en ai bien peur, devra trouver la façon de rentrer chez lui tout seul à moins qu'il ne veuille braver les Rangers. »

« C'est scandaleux, » dit Lord Dunsmuir. « Vous ne pouvez pas traiter Claire de cette façon. Ni Andrew d'ailleurs, ni aucun d'entre nous. »

« Elle avait déjà dit oui une fois, » fit remarquer Lord James. « Et de toutes les façons, mes affaires ne sont pas les vôtres. »

Le comte voulut ignorer cette remarque insultante. « Mais Claire est sous ma protection et... »

« Oui, j'ai pu constater l'efficacité de votre protection, » dit Lord James. « Au point qu'elle a subi un enlèvement, a été emportée par une inondation, et laissée pour morte. Je crois que je pourrai la protéger au moins un peu mieux que ça. »

Maggie n'aurait jamais cru Lord Dunsmuir capable de violence, mais elle le croyait maintenant. Tremblant de rage, il tourna le dos à Lord James pour s'adresser à la Dame.

« Claire ? Que dites-vous de ce plan ? »

Maggie la sentait littéralement trembler, mais elle ne savait pas si c'était de rage ou de peur.

« Si je suis d'accord pour aller avec vous, » dit-elle d'une voix juste un peu fêlée, « Andrew sera libre ? »

« Oui. »

« Et les enfants ? »

Le regard dénué d'émotions de Lord James balaya l'espace plus bas, et Maggie se serra encore davantage contre les jupes de la Dame. « J'ai bien peur que les enfants ne soient pas prévus dans le train. »

Quoi ?

Lizzie serra les poings. « Nous, on va là où la Dame va. »

Cela lui fit ni chaud ni froid. « Les enfants peuvent rester ici avec les Dunsmuir, ou bien trouver un bateau qui les ramène à Londres, ou traverser le désert en poussette pour ce qui me concerne. Mais ils ne viendront pas avec nous. »

« Mais nous sommes un troupeau ! » cria Maggie. Elle leva les yeux pour voir la réaction de la Dame. « Vous pouvez pas aller avec lui sans nous ! »

La Dame s'agenouilla pour les regarder toutes les deux dans les yeux, et leur parla de sorte qu'elles seules purent l'entendre. « Vous préféreriez que monsieur Malvern soit exécuté ? Parce que vous savez très bien qu'il n'y a ni magistrat ni loi, ni rien d'autre dans cet endroit sauvage qui le sauvera, s'ils veulent vraiment le faire. »

« M'en fiche ! »

« Mais moi je ne peux pas, » dit-elle doucement, et derrière elle, malgré sa détresse, Maggie vit les traits du visage de monsieur Malvern s'affaisser sous le coup. « J'ai le pouvoir de lui sauver la vie. C'est peut-être la seule chose que je pourrai jamais faire pour lui. »

« Mais nous, qu'est-ce qu'on va faire ? » gémit-elle. « Vous avez promis qu'on serait toujours ensemble ! Qu'avec ce morceau de papier, personne pourrait nous séparer ! »

« Nous serons ensemble, quand on sera rentrés en Angleterre, » dit-elle. « Je trouverai un moyen pour y arriver. »

« Il vous laissera jamais revenir. » Les joues de Lizzie
étaient humides, et son nez coulait. « Il vous enlèvera et on
vous reverra jamais. Vous savez qu'il le fera. »

La Dame fit vigoureusement non de la tête. « Impossible. »

« Vous avez dit que ça arriverait jamais. » Maggie jouait sa
dernière carte. « Vous avez dit qu'vous l'auriez jamais épousé.
Vous devez faire c'que vous avez dit ! »

« Les enfants ne parlent que si on les interroge, » dit
Fremont à la cantonade, et Maggie éclata en sanglots.

« Très bien, très bien. » Monsieur Fremont se tourna vers
son lieutenant. « Jusqu'à ce que cet heureux couple soit parti,
peut-être que la détention est trop sévère pour un homme
envers qui mes nouveaux amis ont une dette. » Il s'inclina
devant les Dunsmuir. « Monsieur Malvern sera bien à son
aise dans une cellule éperon » Les yeux de Baxter et Murphy
s'agrandirent, et l'estomac de Maggie se retourna. « Je ne veux
pas causer un incident international moi ! » Un gros rire fusa.

Maggie s'assit par terre comme si elle avait l'âge de Willie,
et fondit en larmes, l'air désespérée.

« Je sais pas ce que c'est une 'cellule éperon', mais je pense
que monsieur Malvern serait beaucoup plus à l'aise ici, au
milieu de ses amis, » dit Lady Dunsmuir, couvrant le bruit de
ses pleurs. « Ne peut-il pas passer la nuit à bord du *Lady
Lucy* ? »

Le gros costaud sourit et répondit en regardant le comte.
« Eh, bien l'idée me paraît excellente, mais je ne veux pas
profiter de votre gentillesse. » Il leva la main tandis que Lord
Dunsmuir commençait à protester disant que cela ne créerait
aucune gêne. « Non, non, j'en ai l'entière responsabilité. Ce

serait vraiment fort dommage que quelque... malentendu... s'installe et que le *Lady Lucy* continue son voyage avec mon prisonnier à bord, n'est-ce pas ? Mon sens de la justice m'obligerait à demander au lieutenant ici présent de mobiliser ses Rangers dans ce vaisseau rapide amarré à côté. Dans la poursuite, ce serait vraiment terrible que votre famille coure le risque de se faire abattre. »

« Monsieur, ce sont des élucubrations et des choses impossibles, » dit le comte d'un air dédaigneux. « Je ne sais pas ce qui est pire, le fait que Selwyn et vous, êtes des misérables sans scrupules, ou le fait que je ne m'en suis pas aperçu jusqu'à maintenant. »

« S'il vous plaît, lieutenant, » implora la Dame, en se tournant vers lui. « Vous vous rendez compte sûrement que ceci est inacceptable. »

L'homme en uniforme prit sa main entre les siennes, mais son regard était devenu vide. Maggie voyait bien qu'il avait fallu un effort de volonté à la Dame pour ne pas la retirer. « Votre ami ne subira aucun préjudice dans une cellule éperon. Ce sera beaucoup plus confortable qu'un cachot, je vous le garantis, et nous le relâcherons une fois que le groupe de démonstration et le *Lady Lucy* sont partis. »

« Claire, c'est absurde, » dit monsieur Malvern, désespéré. « N'y pense même pas. Je t'en prie. Je me suis mis moi-même dans cette situation je m'en sortirai sans que tu te sacrifies pour moi. »

Murphy le gifla de sa main en forme de battoir. « Taisez-vous ! gardez votre voix pour les vautours. »

Les lèvres de la Dame se mirent à trembler quand elle demanda à monsieur Fremont, « Qu'est-ce que c'est exactement une cellule éperon ? »

« Eh bien, c'est simplement un de ces éperons rocheux qui sortent de terre, qu'on voit autour de notre ville. Ils font deux cents mètres de haut, et une fois qu'un homme est emprisonné au sommet, il ne peut pas s'échapper à moins qu'il ne veuille épargner au bourreau le coût d'une balle. »

Le visage de la Dame avait atteint sa pâleur maximum. Il devint gris. « Et garantissez-vous sa sécurité ? »

« Absolument, » dit le lieutenant. « La justice est rapide ici, mais c'est la justice. Il ne lui sera fait aucun mal tant qu'il est sous notre bonne garde. »

Comment pouvait-il faire une promesse de ce genre ? Maggie avait l'impression que tout ce qu'un homme aurait à faire serait de rouler dans son sommeil, et adieu leur bonne garde.

Le lieutenant fit signe à Murphy d'enlever ses mains de monsieur Malvern. « Si vous voulez bien m'accompagner, Monsieur, je vous accompagnerai hors du vaisseau. »

Maggie n'avait jamais vu un regard comme celui qu'échangèrent la Dame et monsieur Malvern. Une part de peur, une autre d'excuse... et deux de désespoir.

Le groupe débarqua et la comtesse se retira dans sa chambre en pleurs. Son mari la suivit, rendu muet par la colère.

Lord James s'approcha de la Dame et elle leva une main. « Pas plus près, James, sinon je vous crache à la figure. Comment osez-vous ? »

« Il me semble que vous osez beaucoup pour mon ancien associé. C'est vraiment touchant. J'ai hâte de voir le jour où je vous inspirerai la même émotion. »

Maggie capta le regard de Lizzie qui lorgnait du côté du garde-manger de service. Pendant que la Dame faisait face à

Sa Majesté, elles se déportèrent vers celui-ci, un pas après l'autre.

« Je vous ai sauvé la vie. »

« Et maintenant, je sauve celle d'Andrew. J'aurais droit à un peu de reconnaissance. »

« J'ai bien peur que vous ne m'inspiriez pas d'aussi tendres émotions. Je n'arrive pas à imaginer la raison pour laquelle vous ne trouvez pas une autre femme qui ne perce pas votre fausseté et qui ne vous haïsse pas de toutes les fibres de son être. »

Il lui sourit, bien que son sourire n'allât pas jusqu'aux yeux. « Quand est-ce que vous comprendrez que vous m'apparte- nez, Claire ? Vous vous êtes promise à moi, et les Selwyn ne lâchent pas ce qui est à eux. »

« Je ne vous appartiens pas. Je ne serai jamais à vous. Je me jetterais plutôt de ce train. »

« Ça veut dire qu'il va falloir que je vous surveille de près. À partir de maintenant. Vous m'accompagnerez à mon hôtel, où une chambre sera prête à vous accueillir. Une chambre intérieure, si possible sans fenêtres. Et le matin, quand j'aurai vu décoller le *Lady Lucy*, nous partirons pour San Francisco. Je suis sûr que vous ne perdrez pas de temps pour monter dans le train, pour que ce cher Andrew puisse retrouver sa liberté. »

La Dame grinçait des dents et serrait les mâchoires. « Puis-je aller chercher mes affaires dans ma cabine ? »

« Bien sûr ! Je m'assurerai d'abord qu'il n'y a pas de hublot et ensuite je vous attendrai derrière la porte. »

« Et puis-je retourner chez mes amis pour reprendre mes affaires là-bas ? »

« Quelle négligence de votre part de semer ce qui vous

appartient un peu partout. Je ne vous y autorise pas, nous n'avons pas assez de temps. » Il lui fit signe de le précéder dans le couloir.

Personne ne fit attention, pour le moins du monde, à Maggie et Lizzie. C'est pour ça qu'il leur fut si facile de se faufiler hors du garde-manger, de descendre la passerelle et de se fondre dans la nuit.

CHAPITRE 23

*E*lles n'avaient pas fait deux pas qu'une ombre mince et nerveuse se détacha de derrière le logement du gouvernail de la tour d'embarquement.

« Mopsies. »

« Jake! » La dernière fois qu'elles l'avaient vu, il racontait à monsieur Malvern ce dont était capable la Dame. Puis elles avaient entendu un bruit et il avait plongé derrière une grosse machine dotée de bras, aussi grosse qu'un immeuble, utilisé semblait-il pour charger et décharger les choses des trains. « Où sont Luis et Alvaro ? »

« Ils sont repartis au village. Ils pouvaient rien faire pour aider, et s'ils avaient été pris ça nous aurait fait une belle jambe. Qu'est-ce qui s'est passé ? »

Elles le mirent au parfum en allant, puis tous trois s'enfoncèrent en courant de plus en plus profond dans les ombres, jusqu'à ce qu'ils arrivent à la lisière du terrain d'aviation où la voiture à vapeur avait l'habitude de s'arrêter.

« Vous voulez dire que la Dame repart avec ce misérable ? à San Francisco ? mais elle est pas folle ? »

« Elle essaye d'sauver la vie de monsieur Malvern, » dit Maggie essoufflée, « mais ce diable va lui faire du mal, d'une manière ou d'une autre, je l'sais. »

« Même si on f'sait que le regarder de l'autre côté de la table du p'tit dèj, ça f'rait mal, » remarqua Lizzie.

« Faut l'empêcher, » dit Jake, mais c'était si évident qu'aucune des filles ne répondit. « Hé ! Où il est notre Tigg ? »

« Sur le *Lady Lucy*, je suppose. » Mais Maggie ne savait pas. « Liz ? tu l'as vu ? »

« Il devait partir avec la Dame. S'il est quelque part, c'est dans la salle des moteurs. »

Jake s'arrêta net. « Mais quelles courges ! Ils vont décoller demain, non ? On peut pas partir sans savoir précisément où il est. »

Au loin, la voiture à vapeur pouffait et haletait en avançant vers eux. Lizzie planta ses poings sur ses hanches.

« Il est bien mieux loti que nous. La Dame s'en va avec ce gredin, monsieur Malvern va être planté sur un éperon, d'où il va dégringoler avant l'aube, nous on est sur une route à des kilomètres de tout, et où est Tigg ? Probable qu'il est fourré dans sa couchette, avec un bon p'tit dèj qui l'attend demain matin. »

L'engin envoyait de la vapeur partout, quand il s'arrêta près d'eux et ils grimpèrent à bord. Jake râla et ronchonna, mais enfin, Lizzie n'avait pas tort. Un jour, bientôt, ils seraient de nouveau tous ensemble, mais si quelqu'un devait partir avec les Dunsmuir sur leur magnifique dirigeable, Tigg serait le plus heureux de le faire.

Eux, d'autre part, devaient penser à quelque chose, et vite.

Ils seraient arrivés plus tôt au village, si leur autobus à vapeur n'avait pas eu un contrôleur de billet à bord. Ils furent obligés de descendre deux arrêts avant le terminus de la ligne, ce qui voulait dire qu'ils durent user leurs mollets sur plus d'un kilomètre et demi. Il y avait encore trois kilomètres pour arriver au village et puis l'escalier rocheux en spirale à vous rendre malade ; quand Maggie s'étala sur le plateau de la *mesa*, elle était à bout de souffle et chacun de ses muscles semblait dur comme le fer.

Lizzie et Jake ne s'en étaient pas mieux tirés. Ils se reposèrent un moment au sommet de l'escalier, aucun n'ayant très envie de taquiner l'autre sur ses capacités d'endurance. En effet, quand Lizzie ouvrit enfin la bouche, ce ne fut pas du tout sur leur escalade. « Tu penses qu'elle va vraiment arriver à s'en sortir ? »

Jake jeta une pierre dans l'obscurité frémissante. Un âge passa. Puis ils entendirent un claquement sec au loin. « J'pense qu'elle va l'entortiller avec ce qu'il a envie de s'entendre dire, puis elle trouvera le bon moment pour se tailler. »

« Il va l'enfermer dans une pièce. Il faudrait qu'on l'aide à s'enfuir, comme on l'a fait pour faire sortir le docteur Craig de Bedlam. »

« Le fusil à éclairs, » dit soudain Maggie. « Elle l'a pas apporté au dîner. Elle disait que ça se faisait pas. C'est pour ça qu'elle voulait rev'nir ici. »

« Il a dit non. » Lizzie lança elle aussi une pierre. « On essaye de lui apporter de nouveau ? ça a marché la dernière fois. »

« Ce train va grouiller de pardessus noirs, » dit Jake. « S'il l'enferme à clé dans une pièce, puis qu'il lui met un garde du corps quand elle est dans le train, on a pas la moindre chance. »

« On pourrait monter dans l'train maintenant. Ce soir. » C'était bien notre Lizzie. L'esprit toujours en ébullition.

« Quel train ? » Ça c'était notre Jake, toujours en train de chercher la petite bête dans un plan parfaitement ficelé. Ce qui était bien, supposait Maggie, mais c'était un tant soit peu déprimant. « Il doit y avoir une douzaine de trains dans la cour de triage de Stanford Fremont. On n'a aucune façon de savoir s'ils vont dans l'un des siens, ou bien dans un vrai, c'est-à-dire un ou on paie un billet et tout et tout. »

Le problème semblait insurmontable.

« Maggie ? Lizzie ? » La voix d'Alice surnageait dans le noir entre les bâtiments carrés en pisé. Peu importait qu'elle ressemblât à un mineur ou à un débardeur la plupart du temps, Maggie aimait sa voix. C'était comme du miel avec des miettes de toast dedans, très très sucré.

Alice !

« Alice va savoir quoi faire. » Maggie se remit debout tant bien que mal. Ses jambes étaient chancelantes, mais au moins elles bougeaient de nouveau.

« Oui, la meilleure personne pour traquer un bandit est un autre bandit. » Bonté divine, Jake avait l'air d'être sur le point de sourire.

« Notre Alice c'est pas un bandit, même si c'est la fille d'un bandit, » lui dit Maggie. « Elle nous a sauvé la vie, là-bas sur ce vélogig de malheur en plein milieu du désert. »

« Je sais, j'y étais, tu te souviens ? Et j'ai eu du mal à te sortir de ta cachette rébarbative. »

Il souriait pour de vrai ! Maggie reprenait espoir.

Dans le petit cube en pisé qui était la maison d'Alaïa, les garçons étaient revenus et elle était en train de les nourrir avec des quantités prodigieuses de haricots noirs et de fromage, et de petits piments verts qu'elle faisait frire sur un morceau de fer plat. Maggie n'arrivait toujours pas à imaginer comment ils pouvaient manger ces piments, avec apparemment beaucoup de satisfaction, alors que des larmes et de la sueur coulaient sur leurs visages.

Alaïa les fit assoir et leur servit à manger en deux temps trois mouvements.

« J'espère que vous avez l'intention de me dire ce qui s'est passé, » dit Alice précipitamment, « car sinon vous entendrez un cri qui résonnera dans tout Santa Fe. Claire se met sur son trente et un pour aller dîner en grand tralala avec l'homme auquel elle n'est pas fiancée, et elle ne revient pas. Monsieur Malvern va pour voler la pile à combustible et il ne revient pas. Qu'est-ce qui se passe saperlipopette ? »

Alors ils lui racontèrent tout, par morceaux, entre de grandes bouchées de nourriture. Faire des raids ça creuse, surtout quand vous échouez misérablement et que vous rentrez à la maison les mains vides et sans espoir.

Alice s'arrêta de manger quand Maggie parla de 'cellule éperon'. Elle posa son morceau de galette de pain, comme si elle ça lui avait coupé l'appétit. « Ils vont le mettre sur un éperon ? »

Maggie hocha la tête. « Ce lieutenant des Rangers a dit qu'il sera en sécurité, mais comment ça se peut, puisqu'il suffit qu'il roule et il se tue ? »

« Et les gens ont traité mon papa d'être inhumain ! Au moins il ne s'est jamais servi de Spider Woman pour faire ça. » Elle respira une bonne fois et détourna son regard de sa galette, comme si ça la rendait malade. « Monsieur Malvern devra pousser du pied le prisonnier précédent. J'espère qu'il n'a pas froid aux yeux. »

Maggie s'arrêta de mâcher.

« Qu'est-ce que vous voulez dire ? » demanda Lizzie.

« Une personne n'a pas l'éperon pour elle toute seule ? »

« Une personne vivante, oui, » dit Alice d'un air lugubre.

« Ils ne se fatiguent pas à enlever ceux qui sont morts. »

Il leur fallut un moment pour que le tableau macabre pénètre dans leurs esprits.

« Ce Ranger, » dit Lizzie, « il a promis que monsieur Malvern serait libéré dès que la Dame serait dans le train et le *Lady Lucy* dans les airs. »

« Peut-être qu'il l'a promis, » reconnut Alice, « il a pu le dire de bonne foi. Mais c'est ce qu'ils font avec les pires criminels. Ceux qui ont de la chance, ils les tuent d'une seule balle. Mais ceux qu'ils veulent vraiment punir, les meurtriers, les ravisseurs, les racketteurs et autres du même acabit, ils les mettent dans une cellule éperon. Ils s'assoient là-haut et vous n'avez jamais entendu une chose plus pathétique que ces hommes là-haut, brûlés par le soleil, implorant la grâce. »

« Qu'est-ce qui se passerait si on essayait d'en aider un ? » demanda Jake.

« On te tirerait dessus, et même chose si tu essayais de faire s'enfuir quelqu'un qui est sous les verrous. »

« Mais s'ils peuvent les mettre en haut, ils peuvent aussi les faire redescendre, » objecta Lizzie. « On pourrait juste voler l'engin qu'ils utilisent et... »

« ... et tu serais bloquée là-haut avec lui, » acheva Alice. « Il se servent d'un ballon auxquels ils font un trou ; il a juste assez de gaz pour les monter là-haut, mais si ils restent dedans, le gaz se libère et ils meurent en tombant. Certain restent dans le panier, bien sûr. Les optimistes montent sur le sommet, en espérant être graciés ou qu'on les aide. » La tristesse et le désarroi l'envahirent, donnant un pli amer à sa bouche.

Et soudain Maggie, qui, en règle générale laissait à Lizzie le rôle de celle qui perd son sang-froid, perdit le sien avec un esprit de vengeance.

« Et donc vous allez juste laisser monsieur Malvern mourir sur son éperon ? » demanda-t-elle, en repoussant son assiette avec ce qui restait à manger. « Vous allez baisser les bras et attendre que les vautours arrivent et le finissent, comme ils ont failli le faire pour nous ? »

« Bien sûr que non. Assieds-toi, petit feu follet. Il faut qu'on pense à quelque chose qui ne va pas nous faire tirer dessus. »

« Penser ! » Hystérique, Maggie indiqua la petite maison en pisé et au-delà. « On a tout c'qu'il nous faut on a pas besoin de penser. On doit agir, avant que tout l'monde meure dans notre troupeau, ou bien s'éloigne et qu'on puisse plus les trouver ! »

« Et qu'est-ce que tu proposes, petite Bécassine ? »

Maggie ne savait pas qui était cette Bk-cine, mais elle avait une solution, qui était même en train de flotter là-dehors. « T'es vraiment pas futée, on a le *Stalwart Lass* ! et on a dix-huit sortes différentes de piments à la capsaïcine et... » Elle sortit un bras et Jake baissa la tête juste à temps, « ... dans le cerveau de Jake, on a la recette de la capsaïcine gazeuse. »

Avec ses doigts lestes de pickpocket, Jake était déjà en train de rassembler les piments bruts sur la table en forme de pierre plate. Lizzie se mit avec lui pour l'aider.

De l'autre côté de la table, Alaïa hochait la tête en signe d'approbation. « L'esprit de Spider Woman bouge avec le pouvoir du vent, et nous devons obéir ou perdre ce qui a le plus de prix pour nous. »

Maggie vit le moment où le déclic se produisit et Alice comprit exactement comment sauver la vie de monsieur Malvern.

Son sourire était si large que c'était presque comme si le soleil s'était levé, ici même dans la pièce.

CHAPITRE 24

L'hôtel, finalement, n'avait pas de chambres sans fenêtres, mais il possédait une deuxième caractéristique intéressante. James fixait avec satisfaction les élégantes spirales de fer forgé recouvrant les fenêtres, ancrées solidement avec des boulons en fer à la maçonnerie de l'extérieur.

« C'est pour que les indiens qui volent, évitent de piller les chambres, » dit Stanford Fremont, en mâchant le bout de son cigarillo et en se balançant sur les talons de ses bottes. « Je suis sûr que votre Dame y sera bien. »

Claire ne se daigna pas de confirmer. Elle était résolument du côté des indiens, et si on lui donnait la moindre des chances de le faire, elle fouillerait elle-même ces chambres pour trouver un outil où un instrument quelconque lui permettant de s'enfuir.

Elle s'assit sur une chaise tapissée en velours vert mousse et inclina la tête devant ses visiteurs mâles d'une façon qui indiquait clairement qu'elle souhaitait qu'ils s'en aillent.

Stanford Fremont fit un clin d'œil à James. « Je vais vous

laisser vous souhaiter la bonne nuit. Je serai dans le bar en bas si vous voulez un pousse-café, James. » Claire entendit l'écho de son rire gras tout le long du chemin, de l'escalier au vestibule.

Fixant une applique murale en verre soufflé, elle se prépara à attendre en silence que James décidât s'il voulait ce pousse-café.

« Je sais que vous êtes en colère contre moi. » Il marcha nonchalamment jusqu'à la cheminée et posa un coude sur le manteau, bien que le foyer fût froid et la nuit trop chaude pour faire du feu. « Mais je veux que vous sachiez que j'agis pour un intérêt supérieur. »

Elle pouvait rester assise jusqu'à ce qu'elle le glace complètement, ou bien si elle devait tolérer sa présence, peut-être que la chose la plus sage était de tenter de découvrir quelque chose d'utile.

« Qu'est-ce que vous entendez par 'intérêt supérieur' ? »

« Eh bien, le nôtre, naturellement. Je n'ai rien contre Andrew. Je ne sais absolument pas ce qu'il fabrique ici, à part un complot absurde pour saboter le Carbonateur. Est-il si en colère que j'aie choisi comme partenaire Fremont au lieu de Ross Stephenson, qu'il endommagerait son propre artifice pour nous empêcher de l'utiliser ? »

« Je pense plutôt que s'il est vraiment en colère, c'est parce que vous avez quitté le pays sans lui parler de vos projets, et sans l'inclure dans ces derniers. »

« Oh, je l'aurais fait. Mais c'est simplement que je n'en ai pas eu le temps. Les texicains ont un caractère impatient, comme vous avez pu remarquer. Ils prennent leurs décisions rapidement, et leur justice est tout aussi expéditive. »

« Une drôle de justice. »

« C'est une terre sans lois, Claire. Ce n'est pas pour rien qu'on l'appelle 'l'Ouest sauvage'. Si on veut y garder ses propriétés, il faut agir vite pour empêcher d'autres de prendre l'avantage, sans y avoir droit. »

Il était absolument inutile de parler d'Andrew avec lui. Elle devait faire attention à la direction du vent et diriger le cours de la conversation comme elle aurait fait avec le vélogig.

« Est-ce que monsieur Frémont possède beaucoup de terres dans ces Territoires ? »

« Tout à fait. J'ai vu tout de suite que sa vision pour le Carbonateur s'étendait bien au-delà de celle de Ross Stephenson. En fait, on pourrait mettre toute l'Angleterre dans un petit coin du Territoire texicain, et Stanford Fremont en possède une bonne portion. Le profit potentiel est beaucoup plus important ici surtout si l'on regarde vers l'ouest, vers le Royaume d'Espagne. »

« Et les actifs Selwyn pourraient utiliser un apport de ce... potentiel. »

« Bien sûr. Selwyn Place tombe en ruines sous mes yeux pratiquement, et il y a des améliorations que je voudrais faire aux fermes et aux machines qui sont simplement trop coûteuses sans un investissement comme celui-ci pour produire un apport de revenus. »

Claire se demandait combien d'années de mauvaise gestion il avait fallu pour qu'une propriété ancienne comme Selwyn Place tombe en ruine.

« Monsieur Fremont a l'air d'être un homme d'affaires avisé, » remarqua-t-elle. « Je suis sûre que le gouvernement texicain fait entièrement confiance aux hommes visionnaires pour faire avancer le pays dans la voie du progrès. »

« Je pensais qu'il ne vous plaisait pas. »

Elle haussa une épaule. « Peut-être pas au premier abord ; mais il semblerait qu'il puisse jouer un rôle dans mon avenir, et donc je veux réévaluer ses qualités. »

James se mit à rire. « C'est vous qui jouez un rôle maintenant, ma chère. Cette complaisance bien élevée n'est pas de vous. »

Peut-être avait-elle surestimé sa main, en effet, comme on dit au poker.

« Faire des remarques sur le caractère des autres ne peut pas être qualifié de complaisance, » répondit-elle. « Je suis toujours très remontée contre vous pour m'avoir séparée de mes amis. »

« Ah, mais je ne veux pas vous perdre. Vous êtes une jeune femme pleine de ressources et j'ai appris, à mon grand chagrin, à ne pas vous sous-estimer. » Il croisa son regard dans la glace. « C'est l'une des qualités que j'admire le plus chez vous. »

« Je ne vois pas pourquoi, puisque ça a joué contre vous presque à chaque fois. »

« Je vis dans l'espoir qu'un jour vous me regarderez d'un œil plus doux. Entre temps, je profite de votre esprit tout en prenant les précautions qui s'imposent. »

Si elle s'attardait là-dessus pendant plus d'un instant, elle perdrait son calme et elle était déterminée à ne pas gaspiller ses émotions avec lui. Après tout, plus vite il sortirait de cette chambre, plus tôt elle pourrait la fouiller à la recherche d'une arme. Elle avait sa pique à cheveux en ivoire, bien sûr, mais à part la lui planter dans un œil, elle ne lui était pas de la plus grande utilité pour l'instant. Elle ne lui avait pas sauvé la vie pour l'assassiner maintenant.

Comme un acteur, il déclama, « Vous m'avez sauvé d'une

mort horrible dans une catastrophe aérienne, Claire, au risque de votre propre vie. Vous devez sûrement nourrir quelque sentiment pour moi, au fin fond de votre cœur ? »

Elle croisa enfin son regard directement, et pas par le biais du miroir. « Si au départ je pouvais en éprouver, je crains que vous n'ayez trop d'espérances maintenant. James, vous ne pouvez pas me rabaisser en public, me voler mon avenir, et m'emprisonner, sans annihiler ces sentiments auxquels vous aspirez tant. »

Il secoua la tête. « Si j'ai fait les choses dont vous m'accusez, c'est seulement pour vous remettre à la place que vous tiendrez en société. Vous devez me faire confiance, car je sais ces choses mieux que vous ; j'ai presque dix ans de plus d'expérience du monde. »

Elle aurait pu rétorquer que la profondeur de son expérience à elle, valait au moins la longueur de la sienne, mais elle s'abstint. Par contre, elle croisa les mains sur sa jupe en laine mérinos bleue. « En parlant d'expérience, quels sont vos projets à notre arrivée à San Francisco ? »

Il traversa la pièce pour aller vers l'autre chaise, remonta les genoux de son pantalon et s'assit. Elle contrôla sa déception et son impatience et le regarda d'œil intéressé mais placide.

« Les choses que j'ai entendues sur cette ville vous surprendraient, Claire. Elle est bâtie sur sept collines, comme Rome, et il y a une Exposition universelle prévue l'année prochaine par El Rey en personne, qui règne sur le Royaume d'Espagne et les Californies. Ils disent qu'elle rivalisera avec tout ce que notre Roi ou les français ont jamais construit. »

« Cela va rivaliser avec le Crystal Palace ? ou la tour

conçue par monsieur Eiffel pour amarrer *Persephone* ? Ce *Rey* doit être très ambitieux. »

« Stanford a vu les projets, et il dit qu'ils sont vraiment très ambitieux. D'ailleurs, cela fait partie de notre partenariat dans les Territoires. Si le *Carbonateur cinétike Selwyn* prouve qu'il est tout ce que je crois qu'il est, nous aurons non seulement une salle d'exposition qui puisse contenir sa chambre, mais un train entier mobile à l'intérieur, pour démontrer la longévité du charbon également. »

« Eh ben ! »

« Vous avez raison de vous extasier. Et bien sûr, fabriquer des chambres à combustion et autres engins basés sur cette pile à combustible, va faire de nous des hommes riches, parmi les plus riches du monde. Il n'y a pas de limite à ce que nous pourrions accomplir. »

« C'est la pile alors qui est essentielle. » Elle composa une moue contrite avec les lèvres. « Et moi qui pensais que c'était mon treillis mobile. »

Il gloussa et se pencha vers elle pour lui tapoter la main. Elle s'émerveilla elle-même de son propre autocontrôle, qui l'empêcha de bondir et de le frapper.

« Le treillis est un composant nécessaire, et étant ma femme, je ferai en sorte que l'on vous accorde le crédit qui vous revient sur le brevet que nous déposons ici. »

Quand elle détourna le regard, il se trompa dans l'interprétation. « Je vois que vous êtes fatiguée, et cela se comprend. Votre peau a été abimée par le soleil et le vent. Vous profiterez du voyage à San Francisco, je sais surtout parce qu'il n'y a pas moyen d'exposer sa peau aux agents atmosphériques, à moins que vous ne vous teniez sur la plate-forme panoramique, à l'arrière du train. D'ici que l'on arrive sur la côte, votre teint sera revenu à son état de beauté habituel. »

Elle n'avait jamais aspiré à la beauté, préférant l'intelligence à sa place. Toutefois, elle laissa ses épaules s'abaisser et elle lui offrit un sourire sans entrain.

« À demain matin, alors. » Il se leva, fit mine de soulever son chapeau en castor pour elle et se serait penché pour l'embrasser, mais elle s'était levée et déplaçait sa valise sur la chaise qu'il venait d'occuper. Arrivé à la porte, il dit, « Notre train part à l'aube. Je dirai à la femme de chambre de vous réveiller. »

« Merci, James. Bonne nuit. »

« Bonne nuit, Claire. »

La porte se referma derrière lui.

Le verrou s'enclencha.

Elle bondit vers la fenêtre, secoua la monture en fer, cherchant le point faible. N'en trouvant pas, elle essaya la cheminée à côté, en jetant une serviette par terre et s'allongeant sur le dos pour voir le conduit, mais c'était simplement un tuyau de poêle maquillé en cheminée. Frustrée, elle alla dans les toilettes, mais à part se changer en truite et s'enfuir en nageant à travers la tuyauterie, il n'y avait pas de possibilité de fuite là non plus.

Elle tapa contre les cloisons, mais elle ne découvrit pas de portes dérobées. Elle souleva le tapis, mais le plancher était solide ; il n'y avait même pas de fissures entre les planches lourdes de bois sombre taillées à l'herminette.

Furieuse, elle finit par s'asseoir sur le lit. Il était évident qu'elle n'avait aucun espoir de s'échapper cette nuit. Elle devrait le faire en se rendant au train, alors. Ou dans le train, lui-même. Les trains regorgeaient de fenêtres et de portes à travers lesquelles s'échapper.

Puisqu'elle ne pouvait pas faire ce qu'elle voulait, elle allait faire ce qu'elle pouvait.

Elle prit le bain le plus long et le plus chaud de sa vie, se lava les cheveux avec du savon crémeux et parfumé, et lava tous les vêtements et sous-vêtements qu'elle avait avec elle. Il y avait un étendoir chauffant (merveille des merveilles) dans cet avant-poste isolé de tout, donc tout serait sec au matin.

Ensuite, habillée, propre et l'esprit affûté par la peur et la perte, elle s'échapperait à la toute première occasion.

Parce qu'elle n'en aurait pas une deuxième.

CHAPITRE 25

*M*aggie se réveilla en sentant la caresse d'Alaïa sur sa joue.

« C'est presque l'aube, » dit-elle. « Prends tes affaires, car la navette de Spider Woman repassera plusieurs fois au cours de ta vie, avant que je ne te revoie. »

« Ah bon ? Comment le savez-vous ? Mais nous vous reverrons, n'est-ce pas ? » Lizzie était toujours bien éveillée au réveil, pas comme Maggie qui s'étirait tout endormie et se blottissait sous les couvertures.

« Je sens que oui, petites filles de l'air. »

Maggie sourit et allongea les bras pour l'étreindre. « Ça me plaît. Merci pour tout. »

Alaïa sentait la fumée de feu de bois et l'herbe chaude, et la capsaïcine qu'elles avaient extraite des piments la nuit d'avant, et ses lèvres sur le front de Maggie étaient douces quand elle lui fit un baiser maternel. « Venez. J'ai donné à votre petite poule assez de maïs pour plusieurs jours, et elle en sécurité dans sa boîte. Alice vous attend. »

Le ciel étendait son manteau noir au-dessus de leurs têtes,

froid avec une promesse de gel d'ici quelques jours. Mais une lumière grise brûlait sur les bords, et elle allait en s'intensifiant, brillant comme de l'étain à l'état pur.

Maggie souleva le fusil à éclairs, enroulé dans un petit tapis en laine avec un motif d'éclair tissé à l'intérieur Alaïa avait le sens de l'humour et les doigts habiles de la tisseuse avaient passé une large écharpe nouée autour d'elle qui maintenait le paquet contre son dos.

« Rappelle-toi, ma fille. Si tu avais besoin d'une corde, tire simplement sur ces nœuds. Le fil est fin, mais j'ai tissé un fil métallique dedans, il ne se cassera pas. »

Lizzie prit un sac à dos rempli de nourriture, Maggie ramassa la boîte à chapeau de Rosie (la tête de la poule ressortait et elle observait avec intérêt tous leurs mouvements) et elles suivirent Alaïa à l'extérieur, où Jake les attendait. »

« Comment on va arriver au dirigeable ? »

Sa proue attachée à l'éperon rocheux qui lui servait de mât d'amarrage, le *Stalwart Lass* flottait sereinement sur les courants ascendants à une vingtaine de mètres de là, mais au milieu il y avait un dénivelé aussi haut que le Big Ben.

« J'espère que vous allez mieux depuis hier soir, » dit Jake, en ajustant son propre sac à dos plein de nourriture. « Il faut qu'on descende l'escalier de pierre de ce côté et qu'on remonte cet éperon. Vous voyez l'écoutille ? »

Maggie émit un grognement, donna une dernière bise à Alaïa, fit au revoir de la main aux garçons, qui étaient appuyés contre la porte en mangeant leurs petits déjeuners et elle plongea dans l'escalier.

Quand elle ressortit au sommet de l'éperon, de l'autre côté, les jambes endolories et les poumons de même, Alice attendait sur la passerelle, absolument insensible au vide exactement sous ses pieds. « Fais attention, maintenant. C'est ça, ne regarde pas en bas. Et traverse ici. Bravo, Maggie. »

La nacelle du *Lass* était beaucoup plus petite que celle du *Lady Lucy*. Elle contenait le gouvernail et les instruments, ainsi qu'un porte-voix qui faisait saillie sur un mur, mais il n'y avait pas de tableau de bord, ni d'engrenages signalant les changements de vitesse du moteur à l'arrière, parce que le moteur était juste derrière. Une personne devait simplement crier pour donner les ordres.

Alice ferma l'écoutille. Jake jeta son sac à dos par terre et prit position près des cartes de navigation et de la grande baie vitrée, comme si cette place lui appartenait.

« Neuf, arrière toute, » dit Alice, et Maggie fit un bond de trente centimètres quand derrière elle, un automate en laiton brillant s'empara des leviers de vitesse et commença à les manier.

« Sept et Huit, tenez-vous prêts à fermer les bouches d'aé-ration. » Deux autres automates se préparèrent à obéir avec des mouvements raides.

« Ça alors, » souffla Lizzie. « C'est comme ça qu'ils ont fait voler le dirigeable avec deux membres d'équipage seulement. Le reste du travail, c'est ces automates qui l'ont fait. »

« Qu'est-ce qu'on doit faire, Alice ? »

Alice tourna le gouvernail et le *Stalwart Lass* se mit à flotter au-dessus de la *mesa*, où tout en bas, Luis et Alvaro agitaient leur galette de pain en signe d'adieu.

« Ça va nous prendre quelques minutes pour voir sur quel éperon ils l'ont mis, » dit-elle. « Nous n'avons pas beaucoup de lumière pour y voir, mais ça veut dire aussi qu'ils n'en auront pas beaucoup non plus pour nous voir. » Elle rectifia la trajectoire du dirigeable, et à travers la baie vitrée - criblée de trous de balles Maggie voyait la ville droit devant, les lumières commençant à pointer le nez par certaines fenêtres.

« Les filles, je veux que vous alliez avec Quatre et Six là, et que vous vous positionniez dans les soutes à bombes, une dans chaque fuselage. Je pourrai vous donner des ordres à travers le porte-voix, mais ce sera à vous de les empêcher de nous tirer dessus. »

« Oui, capitaine. »

Alice sourit. « Je suppose que j'en suis un, oui. En tous cas, j'aime bien qu'on m'appelle comme ça. » Elle leur tendit un gros sac en toile de jute qui tintait de façon inquiétante. « Allez-y maintenant. Nous les survolerons dans quelques minutes et je ne veux pas leur donner trop d'avertissements. Laissez Rosie ici, sur cette écoutille. Et n'oubliez pas de vous servir des cordes de sécurité au-dessus. »

Avec le raffut que le vieux moteur faisait, Magie ne voyait pas comment ils pouvaient s'approcher sans se faire découvrir. Mais Lizzie et elle avaient une mission à remplir, et si elle avait appris une chose depuis que Snouts l'avait admise dans la bande, c'était que chaque personne avait son rôle à jouer. Si vous ne jouiez pas votre rôle, cela mettait tous les autres en danger.

Et ce raid ne tenait qu'à un fil.

Lizzie et elle ressortirent par l'écoutille supérieure et quand l'automate appelé Quatre commença à grimper à l'échelle dans le fuselage de tribord (celui-ci semblait être un modèle précédent, et ses jambes étaient articulées en arrière, comme celles de leur cage ambulante) elle accrocha une corde de sécurité à sa ceinture et en tendit une à Lizzie. Le vent fouettait leurs cheveux tressés et agitait leurs robes. « Bien visé, » cria Lizzie, et Maggie acquiesça en retour. Puis, elle suivit Quatre qui ne s'était pas encombré d'une corde de sécurité le long de l'échelle pour monter dans la soute à bombes.

Elle ne contenait pas de bombes, ce qui fut un motif de déception. Mais Quatre s'arc-bouta contre une traverse et Maggie baissa le regard au-delà du casier où les bombes auraient pu être, en bas... plus bas dans l'air sifflant et vide.

Le sol flottait à plus de deux cents mètres sous ses bottines, couvert de constructions carrées brun rougeâtre, disposées en rangs ordonnés, poussiéreux, comme des gâteaux dans la vitrine d'une pâtisserie abandonnée.

Puis, ils dérivèrent sur la première cellule éperon.

Maggie retint son souffle et plaqua sa main sur sa bouche, reculant dans la soute et se rapprochant de Quatre, qui aurait pu aussi bien être une traverse lui-même, vu son absence de réaction. Le café qu'elle avait ingurgité juste avant qu'ils ne décollent remonta dans sa gorge, et elle le ravala avec force.

Un squelette, sec et blanchi, horriblement humain, gisait sur le sommet plat de l'éperon, les os d'un bras dépassant le bord et les petits os des doigts pendant dans le vide, comme si le pauvre homme avait essayé de faire signe à quelqu'un en bas, dans ses derniers instants.

Maggie inspira de l'air frais. Elle ne devait pas s'évanouir. Elle ne devait pas vomir. Elle devait jouer son rôle.

« Tout va bien, là-haut ? » La voix d'Alice lui parvint à travers le porte-voix.

« Oui, » réussit à dire Maggie. Elle crut entendre aussi un cri d'oiseau dans les profondeurs du porte-voix, probablement de Lizzie.

« Dis une prière pour le pauvre diable. Ça aide. »

Remplir sa mission aiderait davantage. Ce serait franchement satisfaisant, en effet.

Maggie ordonna à son estomac de bien se tenir, et se rendit à son poste, près de Quatre.

Quand l'éperon suivant passa sous ses bottines, elle faillit détourner le regard, puis réalisa que l'homme était toujours en vie. Il gisait sur le ventre, une main tapant sur la pierre selon un rythme constant. La lumière s'était accentuée à présent, de sorte qu'elle distinguait les couleurs la flaque rouge foncé de sang séché sous cette main battante.

Oh mon Dieu ! Elle entendit la Dame dire, dans sa mémoire, 'Courage, Courage et sois optimiste, Maggie'.

Eh bien, elle avait du mal avec le second, mais elle pouvait sûrement tenter l'autre. « Courage, » dit-elle sur un ton gaillard à Quatre.

Il ne répondit rien.

Très bien. Elle était seule.

Le bourdonnement du moteur à vapeur du *Lass* changea d'intensité, et Maggie comprit sans l'ombre d'un doute qu'Alice avait vu l'éperon de monsieur Malvern.

« Regardez bien, les filles, » lui parvint sa voix. « Nous avons été repérées. On dirait qu'ils s'attendaient à une tentative de sauvetage mais peut-être pas sous cette forme. »

Maggie doutait qu'ils s'attendissent à quelque chose leur ressemblant, même de loin ; comment pouvait-il y avoir un autre dirigeable conduit par une fille qui n'avait probablement pas vécu plus de vingt printemps, un garçon qui revenait de la mort, deux fillettes de onze ans, une demi-douzaine d'automates, et une poule dans une boîte à chapeau ?

Au-dessous, on entendit un coup partir, et elle recula, s'attendant à ce que la balle déchire le fuselage et la frappe sur place. Mais elle n'atteignit pas du tout l'aéronef. Au contraire, le rire d'Alice déferla dans le porte-voix.

« Il va falloir qu'ils utilisent quelque chose de plus sérieux qu'un six-coups avec une portée de deux cent cinquante mètres, s'il veulent nous faire peur. »

« J'sais pas, ça a marché là-haut, » murmura Maggie.

Ne t'en fais pas. Reste concentrée. Joue ton rôle.

Puis elle prit une bouffée d'air qui lui glaça les poumons, mais ce qu'elle vit était si grandiose qu'elle le sentit à peine.

Monsieur Malvern !

Il se cramponna au sommet de ce qui était sûrement le plus petit éperon de tous. Si les autres pauvres diables avaient suffisamment d'espace plat pour s'étendre, ils avaient de la chance. Monsieur Malvern n'avait la place que de s'asseoir, les pieds ramassés sous lui. C'était cruel... inhumain. On ne pouvait ni dormir, ni s'étirer, ni rien faire d'autre que s'asseoir ou se tenir debout ; et une fois que l'on perdait conscience à la fin, rien ne pouvait empêcher qu'on glisse sur le côté et qu'on meure en tombant.

« C'est comme ça que vous tenez vot'parole, hein, monsieur le malhonnête? » rugit-elle. « Vous garantissez sa sécurité, vous au moins ! » La seule chose qu'elle garantissait c'était que la Dame le ferait exploser en petits morceaux, si jamais elle le revoyait.

« Les filles ! » lui parvint la voix pressante d'Alice. « Nous avons de la compagnie à bâbord ; fais attention, Lizzie ! »

En bas, sous eux, se trouvait une énorme machine dotée de plusieurs bras comme une araignée ou une pieuvre qui arrivait lentement en vue, au pied de l'éperon. Maggie la reconnut immédiatement, Jake s'était caché derrière moins de huit heures auparavant. Dans la chambre ouverte au sommet, se trouvaient au moins huit hommes, chacun pour faire fonctionner un bras qui avaient les yeux rivés sur le haut de l'éperon.

Un bras coulissa en arrière et Maggie ouvrit de grands yeux quand elle réalisa ce qu'il y avait dans le godet à son extrémité. L'instant d'après, le bras prit un grand élan et lança une grosse pierre, aussi grosse que la maison d'Alaïa, droit sur eux.

Elle atteignit l'éperon quinze mètres sous l'endroit où monsieur Malvern était cramponné, et Maggie l'entendit appeler en criant, alors que l'aiguille de pierre tremblait et se fissurait.

Dessous, des hommes commencèrent à hurler.

Un éclair fendit l'air un tintement de verre au loin et d'autres cris.

Trois des bras de la machine tombèrent, sans plus bouger, quel que fut leur objectif, ils avaient été abandonnés et leurs opérateurs hurlaient sous l'attaque à la capsaïcine gazeuse, et se démenaient pour se libérer. »

« Bravo, Lizzie ! » cria-t-elle, sans être vraiment sûre que sa jumelle puisse l'entendre.

« Mes étoiles, c'est un vilain tour ça, » dit Alice. « Je suppose que ça fait de nous de dangereuses agitatrices ou une bande criminelle, peut-être. Ayez l'œil, les filles, il leur reste cinq bras. Jake, tiens-toi prêt à baisser le panier. »

Cette fois, Maggie ne laissa pas le temps au bras mécanique de révéler son arsenal. Elle lança le globe de verre plein de son liquide dévastateur, et la cible qu'elle n'avait pas manquée avec la pierre et la brique, ne lui fit pas défaut cette fois non plus. Un bras doté d'un grappin gigantesque, du genre de ceux auquel on peut suspendre un transporteur de fret entier avec une énorme chaîne, s'arrêta en plein vol, touchant l'éperon aussi doucement qu'une femme touche la joue d'un enfant.

La nacelle cacha à la vue de Maggie le panier du *Lass*, mais à en juger par le bruit encourageant du cri de monsieur Malvern, ce dernier arrivait à voir ce qu'ils voulaient faire.

Boum !

Maggie se figea sur place. « Nous sommes touchés ! » hurla-t-elle à Quatre, qui ne répondait toujours pas.

« Mais non. Du calme, les filles. On dirait qu'ils ont entraîné dans cette histoire quelques chimistes cantonais. Ça, c'était une fusée explosive. Maggie, surveille-la encore un de ces artifices et c'est nous qui allons nous retrouver sur cet éperon. »

Les chimistes de Canton ressemblaient à des poupées, à cette hauteur, mais même dans ces conditions, Maggie arrivait à voir les chaînes bouclées l'une à l'autre.

« Je suis désolée ! » cria-t-elle aux pauvres diables avant de lancer un autre globe, et grimaça quand, quelques instants après, il se brisa sur le canon qu'ils utilisaient pour les viser. Des hommes jaillirent de partout comme des quilles, en se tordant dans tous les sens. Elle s'excusa de nouveau en hurlant comme s'ils pouvaient vraiment l'entendre, et en lança un autre tandis qu'un deuxième équipage courait pour remplacer le premier.

La grande machine, traînant quatre de ses bras, fit marche arrière.

« Ils abandonnent ! » s'écria-t-elle.

« Maggie ! Feu ! »

« Mais ils sont... »

Ensuite elle vit ce qu'ils avaient l'intention de faire. La

machine rugit et sembla se recroqueviller sur elle-même et puis elle saisit avec deux de ses bras un wagon ferroviaire.

Elle avait fissuré l'aiguille de basalte la première fois ; un coup de plus et elle tremblerait, faisant pleuvoir des blocs de rocher sur les pauvres soldats enchaînés à ce canon, et ensevelissant monsieur Malvern dans les décombres.

« Lizzie ! » hurla-t-elle. « Un – deux – trois ! »

Elle lança le dernier globe et en vit un autre qui volait de la soute opposée. Clignotant sous le soleil, ils se brisèrent en mille morceaux au centre de la chambre où quatre des hommes actionnaient les leviers et les vitesses avec une précision folle.

La capsaïcine gazeuse forma un nuage verdâtre de souffrance, et Maggie cria, « Je suis hors de combat ! S'il n'est pas dans le panier maintenant, il est fichu ! »

Moins de cinq secondes plus tard, Alice les interpella, « Treuille, Jake, aussi vite que tu peux ! Sept, Huit... *dans le dirigeable* ! »

Quelqu'un avait relevé les pauvres soldats, qui étaient maintenant en train de repérer leur trajectoire, avec l'embouchure de leur canon inclinée vers le ciel. Des sacs de sable pleuvaient au-dessus d'eux et ils plongèrent pour se mettre à couvert.

Le *Stalwart Lass* s'élança directement vers le lever du soleil... et la liberté.

CHAPITRE 26

*M*onsieur Stanford Fremont, comme on pouvait s'y attendre, possédait le train dans lequel ils devaient voyager. Il partit de la cour de triage, dans le laboratoire duquel Andrew avait été surpris peu de temps après l'aube, roulant plein ouest, loin du soleil levant.

Claire n'avait pas eu une seule occasion de fausser compagnie à James ou aux infernaux pardessus noirs. Il l'accompagnait constamment, et quand elle demanda à accéder au cabinet de toilette des femmes, il trouva une femme pardessus noir pour l'escorter là aussi.

« Sans vous offenser, m'dame, » dit la femme. « Mais j'ai des ordres, faut qu'je vous attende ici. »

« Je ne vous en veux pas. » Peut-être que si elle était aimable et très bien élevée, ils relâcheraient leur surveillance, juste pendant la seconde dont elle avait besoin pour s'enfuir. « Nous avons tous nos obligations. »

« Merci, m'dame. J'apprécie votre indulgence. »

« Est-ce que vous allez m'accompagner pendant tout le voyage jusqu'à San Francisco ? » demanda-t-elle, tout en se lavant les mains dans l'évier en laiton brillant dans la salle d'attente avant qu'ils n'embarquent.

« Oui, m'dame. » La femme fourra une mèche de cheveux dans sa coiffure à la Gibson, un nouveau style qui semblait extrêmement populaire parmi les texicains peut-être parce qu'elle était très bouffante. « Avec ce qu'ils me donnent pour vous surveiller... heu je veux dire, m'occuper de vous, je peux envoyer mes enfants, Kate et Jeremy, à l'école communale pendant un an. »

« Eh bien, je vous assure que je vous causerai aussi peu de problèmes que possible. »

Elles sortirent sur le quai, où le train attendait, de la vapeur sortant des roues et des pistons de la locomotive, et les porteurs se frayaient un chemin à droite et à gauche pour porter les bagages. Tout au bout, une petite grue soulevait la caisse contenant le *Carbonateur cinétike Selwyn* pour la mettre dans le wagon de queue.

La femme la regarda, les sourcils légèrement froncés. « Vous n'êtes pas du tout comme monsieur Fremont disait. »

Claire osait à peine demander, mais la tentation était trop grande. « Qu'est-ce qu'il a dit ? »

« Il a dit que vous étiez une grande héritière et que Lord Selwyn... »

« Lord James. Lord Selwyn serait le nom de son père. »

« ... devenait fou à cause de vous. Vous lui avez brisé le cœur si souvent qu'il a fini par vous enlever avant que votre père, furieux, ne puisse empêcher le mariage. »

Un éclat de rire sortit de la gorge de Claire avant qu'elle ne se rappelle qu'elle était censée être courtoise et bien élevée. « Mon père devrait être vraiment furieux pour sortir de sa tombe et faire cela. »

La femme ouvrit de grands yeux.

« Il est tout à fait vrai que je suis ici contre ma volonté, et vous êtes obligée de me garder. Toutefois, je ne suis ni une héritière ni la fiancée de Lord James, même si ça lui fait plaisir de le penser. »

« Mais l'histoire de votre enlèvement... elle est vraie ? »

« Absolument. » Sur le quai, James et Fremont étaient en train de venir à leur rencontre.

« Eh bien, quelles canailles, » dit la femme, scandalisée. « C'est une chose d'aider dans une fugue amoureuse, mais c'en est une autre d'être complice d'un enlèvement. Que dois-je faire ? »

Ils étaient presque à portée de voix, maintenant.

« Je ne vous en voudrai pas. » Claire lui tendit la main. « Je m'appelle Lady Claire Trevelyan, de Toll Cottage, Vauxhall Gardens, Londres. »

« Tessie Short, de Sand Street, Santa Fe. »

« Faites comme si vous me reteniez, » lui souffla Claire.

La main de Tessie, usée par le travail, glissa autour de son poignet. Elle avait une poigne de fer, qui ne lui aurait absolument pas laissé un instant de libre. Mais le froncement de sourcils n'avait pas quitté son front, ce qui était un bon signe.

Une femme intègre, donc.

La principale qualité des alliés.

Le regard de James tomba sur la main de Tessie, bien qu'elles furent très proches l'une de l'autre pour masquer le geste aux passants. « Ce sera tout, madame Short, merci, » dit-il, et il offrit son bras à Claire.

« Bienvenue à bord du Silver Queen, » dit fièrement Fremont, et il les conduisit après quelques marches à monter, dans la voiture-salon la plus luxueuse que Claire ait jamais vue. Même le train sur lequel Ross Stephenson avait testé le charbon carbonaté, ne ressemblait pas à celui-ci.

Toutes les surfaces étaient recouvertes de velours, même les parois, qui étaient recouvertes de motifs de chasse, chevaux et chiens. Ce qui n'était pas en velours était en acajou et teck, sur chaque surface il y avait des métaux : cuivre, étain, laiton incrustés dans le bois, en guise de bordures, décorant chaque coin, chaque courbure, le plafond, les boiseries et la fenêtre.

On pouvait devenir fou à essayer de forcer ses sens à tout absorber d'un coup.

Après la voiture-salon il y avait une voiture-restaurant, et après encore, une voiture pour fumeurs saturée de la fumée des cigarillos que Fremont préférait. Une bibliothèque représentait un havre de paix bien venu les livres couvraient tous les murs et la surface en général, là aussi, mais d'une certaine façon, l'esprit n'aspirait pas à s'en échapper, comme devant le chaos du salon.

La déception s'empara d'elle quand elle essaya de prendre un ouvrage et découvrit que toute la bibliothèque était en fait un leurre.

« Celui-ci est vrai, » dit-il avec élan, en indiquant les étagères vitrées situées sous le cadre de la fenêtre. « Lisez tout ce que vous voulez si vous aimez les livres d'ingénierie ! » Il rit de nouveau de bon cœur en renversant la tête en arrière, ce qui d'ailleurs lui fait rater le regard avide dont Claire gratifia les titres à mesure qu'ils défilaient.

Une étagère consacrée à la santé de l'esprit et à la rationalité. Une oasis dans une jungle d'ostentation et de pure vanité.

Il y avait un certain nombre de wagons-lits au fond de la rame de wagons destinée à l'usage privé de Fremont. Claire et madame Short devaient être logées dans l'avant-dernier, tout de suite avant le wagon de queue, ce qui convenait parfaitement à Claire. Plus loin elle était de la voiture-salon, mieux elle se sentirait ; bien que le wagon-lit, hélas, eusse son lot de velours également.

« Nous vous attendrons pour le petit déjeuner dans un quart d'heure, » lui dit Fremont, tout comme à James dans le couloir en dehors. « Vous pouvez faire un brin de toilette, si vous le désirez ; il y a de l'eau courante, chaude et froide, dans chaque voiture. Tout ce qu'il y a de mieux, n'est-ce pas Selwyn ? »

Riant de son rire de baudet, il continua à marcher dans le couloir, en vacillant légèrement au rythme du train.

Claire salua James du chef et entra dans son comparti-ment, fermant la porte d'un coup sec derrière elle.

Le verrou extérieur s'enclencha.

Elle resta sur place un instant, furieuse. Non, faire un esclandre et tambouriner contre les lambris étincelants ne lui rapporterait rien, sauf d'être surveillée de plus près. Pour l'in-stant, elle devait maîtriser ses émotions et examiner plutôt dans les détails sa situation.

La fenêtre était grande et entourée d'un cadre qui ne ressemblait pas à ceux des fenêtres des autres voitures. Elle vit tout de suite pourquoi. Autrefois, elle devait basculer vers l'avant, mais elle ne pouvait plus le faire maintenant. Elle avait été soudée sur place, et la bordure en laiton ajustée par-dessus.

Ciel ! quelqu'un avait dû plancher des heures là-dessus pour éliminer cette façon de s'échapper.

Bien ; les autres fenêtres n'avaient pas été renforcées de

cette manière. Elle en trouverait une qui puisse lui servir, tout simplement.

Le petit déjeuner fut le bienvenu, quoiqu'elle eût préféré un plateau dans son compartiment ou du moins, dans la bibliothèque. Des biscuits avaient été empilés avec de la sauce crémeuse surmontée de miettes de saucisse, et il y avait des montagnes d'œufs, pommes de terre et tomates cuisinées, ainsi que du potiron.

Des œufs. Elle eut une vague d'angoisse.

Rosie. Les filles. Tigg et Jake. Qu'était-il advenu d'eux quand elle n'était pas rentrée ? Elle avait été si secouée par la perfidie de James, les menaces et l'arrestation d'Andrew qu'elle n'arrivait même pas à se rappeler d'avoir vu les jumelles après qu'il ait été emporté.

Elle faisait piètre figure comme ange gardien : perdre les enfants à droite et à gauche, les laisser éparpillés dans le paysage, exactement comme Maggie l'avait dit.

Elle ne pouvait qu'espérer que les Dunsmuir les eussent pris sous leurs ailes et emmenés en sécurité aux Canadas. Cet espoir devait la soutenir pendant qu'elle s'y rendait elle-même.

Cela pouvait prendre des mois, mais elle trouverait le moyen.

Elle commençait à perdre l'appétit, mais elle s'efforça d'ingurgiter des bouchées de nourriture à intervalles réguliers. Elle avait eu faim autrefois et n'avait pas envie de répéter l'expérience. Si une personne voulait s'enfuir, elle devait le faire le ventre plein.

« Alors, Lady Claire, que pensez-vous de mon train ? »

Stanford Fremont se cala dans sa chaise, ses doigts épais de travailleur jouant avec l'anse délicate de sa tasse à café en porcelaine. À la table derrière lui, Claire remarqua, Tessie était en train de boire le sien dans une grande tasse blanche toute simple, tout comme les autres pardessus noirs qui prenaient leur petit déjeuner avec eux.

Mmm... sa propre tasse était en porcelaine également et il lui avait adressé directement al parole : elle était donc montée d'un cran dans l'échelle sociale !

« C'est une pure merveille, » dit-elle sincèrement. « Je n'ai jamais rien vu de ce genre. Avez-vous chronométré sa vitesse ? »

« Vous avez dû parler avec James. » Il lui sourit. « Nous l'avons fait effectivement. Cent soixante kilomètres par heure sur le plat et il y a beaucoup de plaines entre ici et San Francisco. Une fois que nous serons descendus des montagnes à l'est du Grand lac salé, je m'attends à ce que qu'il fasse du cent quatre-vingt-dix par heure. »

« Bonté divine ! Est-ce que ce sera un record du monde ? »

« Je pense, oui. » Il avait l'air si satisfait et fier de lui que Claire lui aurait volontiers envoyé son café à la figure.

Mais bien sûr elle n'en fit rien. Cela n'aurait servi qu'à la faire jeter dans son compartiment, et elle n'en aurait pas été plus avancée.

« Donc, le voyage à San Francisco nous prendra combien de temps ? »

« Avec le charbon carbonaté, nous n'aurons pas besoin de nous arrêter autant ; je suppose que nous le ferons en vingt-quatre heures. »

Il ne restait pas beaucoup de temps. Et à une vitesse de cent soixante kilomètres par heure ? Même si elle trouvait le moyen de tromper la surveillance de Tessie, et qu'elle sorte par une fenêtre ou une porte, sauter d'un train à cette vitesse ou même à la moitié de cette vitesse voudrait dire une mort immédiate.

« Et les arrêts que nous ferons ? Y a-t-il des villes le long de la route ? »

Des villes où elle pourrait envoyer un pigeon ou un pneumatique, ou quoi que ce soit qui passe pour de la communication dans cette terre à l'urbanisme clairsemé ?

« Bien sûr, » dit-il, « cependant, vous comprenez, on n'aura pas le temps de visiter. »

Vous n'aurez pas l'autorisation de sortir du train, comprit-elle de son discours.

« Je serai déjà contente d'observer le paysage de ces belles fenêtres, » dit-elle, tout en s'intéressant à la coupe de fruits qui fut posée devant elle.

Dehors, un panache de vapeur était poussé par le vent engendré par leur allure. La fenêtre était légèrement ouverte, et elle la sentait, par-dessus l'odeur d'herbe et d'armoise qui s'étendait vers l'horizon, jalonné de *mesas* rouges et des aiguilles rocheuses qui semblaient être un trait caractéristique des Territoires.

Mais il y avait quelque chose de bizarre.

La vapeur et l'huile chaude, tout comme le fer de la locomotive, étaient des odeurs qu'elle connaissait. Même l'odeur du charbon carbonaté lui était familière, après treize kilomètres de parcours quelques semaines auparavant seulement. Mais il y avait quelques chose d'autre ; quelque chose... de différent.

Elle n'arrivait pas à l'identifier, mais cela lui trotterait dans la tête tant qu'elle ne l'aurait pas trouvé. Peut-être qu'un de ces livres d'ingénierie lui apporterait la réponse.

Elle posa sa serviette damassée sur la table. « Avec votre permission, James, j'aimerais aller dans la bibliothèque. »

« Bien sûr, je vais vous y rejoindre. »

Fremont fit un geste du menton et Tessie leva les yeux. Elle n'avait pas fini son petit déjeuner, mais elle posa fourchette et couteau et se mit debout.

Flanquée de ses deux gardiens, Claire quitta le wagon-restaurant frustrée et anxieuse, son bon petit déjeuner coincé dans l'estomac.

Dans la bibliothèque, elle consulta un volume après l'autre sur des sujets aussi variés que la locomotion à vapeur, la métallurgie et le secteur manufacturier, mais elle ne trouva rien qui puisse expliquer l'odeur particulière. C'était étrange que James n'ait rien remarqué. Était-ce quelque chose de purement banal, et se faisait-elle, comme l'aurait dit Lizzie, du mouron pour rien, comme d'habitude ?

Probablement. Il y avait un grand nombre de scientifiques et de spécialistes des chemins de fer à bord, ils s'en seraient aperçu.

L'après-midi, ils avaient traversé le désert, et s'étaient arrêtés pour la nuit dans une épaisse forêt, où ils embarquèrent du charbon et les pardessus noirs firent marcher le Carbonateur. Quand Claire se réveilla le matin suivant, ils étaient en train de traverser un pays de pâturages ondoyants ponctué d'éperons rocheux et de troupeaux mugissants de ce que Tessie lui apprit être une créature appelée buffle. Claire n'avait jamais vu d'animal aussi énorme et majestueux à la fois ; ils lui rappelaient les bovins d'une certaine façon, mais d'une autre ils étaient très différents. Elle observa des troupeaux bondissants d'antilopes avec fascination et presque de la joie, et, quand ils descendirent des montagnes pour aller vers l'énorme lac salé s'étendant sur des kilomètres en-dessous d'eux, Claire vit à côté du rail son premier ours.

Bien sûr, en roulant sur une pente à presque cent trente kilomètres par heure, elle ne put y jeter guère plus qu'un coup d'œil.

Ses espoirs de fuite s'évanouissaient complètement. Même si elle réussissait à descendre du train, où irait-elle ? Elle n'avait pas vu un seul aérostat dans le ciel, et selon la conversation infinie avec Fremont sur le sujet, ce chemin de fer était la seule ligne allant vers l'ouest, entre les Canadas et Texico. Il y en avait d'autres en construction, bien sûr, la ligne Silver Nevada de monsieur Polk, d'où leur train tirait son nom, en était un bon exemple, mais Claire ne voyait pas comment elle pourrait sortir de ce train sans être reprise par un autre des trains de Stanford Fremont peu de temps après.

Et arriver à s'orienter dans une de ces villes sauvages de frontière, toute seule, sans argent ni nourriture, et qui plus est sans son fusil à éclairs, était impensable.

Chaque kilomètre l'éloignait de plus en plus de Santa Fe, qui commençait à lui sembler un vieil ami, par comparaison.

Elle devait reporter ses espoirs de fuite sur San Francisco.

« Parlez-moi de notre destination, monsieur Fremont, » dit-elle en prenant un verre, cet après-midi là. « Est-ce une grande ville, telle qu'elle est, perchée sur ses sept collines ? »

« Plus grande que Santa Fe, mais pas aussi étendue. » Il en était déjà à son deuxième brandy, tandis que le dé à coudre de cordial de Claire n'était pas même entamé. « Le vice-roi de El Rey a son siège là, tout comme le gouverneur espagnol, donc la société est plutôt... comment dire, d'un certain niveau. Vous voyez, les Californies sont composées d'énormes 'ranchos' ayant chacun des milliers et des milliers d'acres. Les propriétaires sont appelés Californios et chaque ranch a sa propre ville marchande. Tout le monde travaille pour le Californio et doit être fidèle à la famille de cet homme. »

« Cela semble très... féodal comme système. »

« Oh, c'est très barbare effectivement. Quelques-uns de ces riches propriétaires peuvent se quereller au moindre prétexte, puis ils font des incursions dans leurs domaines respectifs jusqu'à ce que les passions s'apaisent. Mais avec tout l'argent qu'ils contrôlent, ils aiment passer du bon temps. San Francisco a son propre Opéra. Saviez-vous que madame Luisa Tetrazzini elle-même y a chanté au printemps dernier ? Des milliers de personnes ont envahi les rues pour la voir, et elle a chanté un air sur les marches de l'Opéra, simplement pour leur faire plaisir. » Il ricana. « Avec ces espagnols au sang chaud, je suppose qu'il y aurait eu une bagarre générale si elle ne l'avait pas fait. »

Claire avait entendu madame Tetrazzini une fois à Londres. Si une femme pouvait créer le paradis par le simple don de sa voix, c'était bien elle. Elle comprenait que son chant ait calmé les ardeurs sauvages de la foule remuante et qu'on lui ait permis de continuer ensuite à l'intérieur.

Des bouffées de vapeur passèrent devant sa fenêtre, et Claire put de nouveau sentir cette odeur. Mais elle était plus forte cette fois, depuis qu'ils étaient descendus vers le lac salé ; plus... brûlée.

« Monsieur Fremont, je dois vous demander une chose. »

« Bien sûr, je peux vous procurer une audience avec le Vice-roi. C'est la version la plus proche que l'on puisse trouver d'un roi. »

« J'ai dansé avec le Prince consort, merci, et cela me suffit amplement. Non, je voudrais savoir quel est le procédé d'utilisation du charbon carbonaté ? Parce que je dois dire que la qualité de la fumée et de la vapeur, son odeur, monsieur, est pour le moins déconcertante. »

Il mâchouilla un instant l'extrémité de son cigarillo. « La vapeur a une odeur ? »

« Absolument. Et ce n'est pas bon signe. »

Il la fixa comme s'il ne comprenait pas. « James, est-ce que cette jeune femme a une araignée dans le plafond ? La vapeur a une odeur ? De quoi est-ce qu'elle parle ? »

« Ma chérie, peut-être voudriez-vous vous allonger un moment. Mademoiselle Short va vous accompagner dans votre compartiment. »

« Je ne veux pas m'allonger, James, je voudrais savoir ce qui a changé dans le processus de carbonation qui fait que son produit a une odeur de brûlé. »

« Il n'y a rien qui brûle, mam'zelle, c'est pas censé brûler. »

« L'odeur n'est pas bonne, » répéta-t-elle obstinément. Quel culot de l'appeler comme ça. « Quand le charbon carbonaté a été utilisé pour le tender de Ross Stephenson, il avait une odeur normale. C'est-à-dire que cela sentait la vapeur, le fer et l'huile de machine, que ces choses dégagent. Cela ne sentait pas le métal surchauffé au-delà de la sécurité de fonctionnement. »

Fremont la regarda ébahi, puis s'esclaffa. « Elle a bien lu mes traités d'ingénierie, dites donc ! James, c'est une vraie fille à marier. »

« Je ne suis pas 'à marier', et je vous prie de m'appeler 'milady' ou bien 'Lady Claire', pas 'mam'zelle'. »

Dans la chaise très rembourrée, tout près de là, Claire entendit distinctement Tessie retenir son souffle.

« Je ne vous permets pas. » Les yeux de Stanford Fremont

rétrécirent. « Ne prenez pas ce ton avec moi, mam'zelle. Là d'où je viens... »

« Oui, je sais. Les enfants ne parlent que si on les interroge. Mais je ne suis pas une enfant. »

« Vous n'êtes pas une adulte non plus, » lui rappela James d'une voie douceâtre. « N'oubliez pas les bonnes manières, Claire. Monsieur Fremont est un hôte bon et généreux. Tenez, laissez-moi remplir votre verre. »

« Non, merci. » Claire se leva et secoua ses jupes. « Je crois que je vais suivre votre conseil, James, et me retirer pendant une heure. »

La tête haute, elle sortit du wagon-restaurant, Tessie s'efforçant de rester dans son sillage. La voiture était tout de suite après le tender, et quand elle le traversa pour passer par le wagon-restaurant, l'odeur de brûlé métal chauffé et acide, plus quelque chose qui lui rappelait l'incendie d'une maison auquel elle avait assisté en Cornouailles, était presque insupportable.

Comment pouvaient-ils penser que c'était normal ? À la place de l'ingénieur, elle arrêterait le train à l'instant même pour enquêter.

En se dépêchant à présent, elle gagna le wagon-lit, puis changea d'avis. Avec Tessie qui se frayait un chemin à travers le wagon-lit, Claire entra dans le wagon de queue, contourna le Carbonateur dans sa caisse bien arrimée, et sortit sur la plate-forme panoramique tout au bout.

Le vent chaud faisait claquer ses jupes et les fouettait devant elle, et elle appuya une main sur son chignon pour qu'il reste en place. La voie ferrée défilait sur une distance infinie jusqu'à ce que les montagnes ne l'engloutissent. Des deux côtés de la voie, le lac salé s'étendait sur des kilomètres dans toutes les directions, le soleil tapant fort dessus, rebondissant sur sa surface et cuisant tout être vivant à des températures qui devaient être bien au-delà des trente-huit degrés.

La chaleur était écrasante. Mais elle ne pouvait pas revenir à l'intérieur.

Si elle le faisait, elle pleurerait de rage, et même si elle aimait bien Tessie Short, elle ne voulait pas le faire devant elle, au cas où la femme serait obligée de faire un rapport sur elle.

« Claire ? » Tessie appelait de la porte du wagon-lit. « Je ne crois pas que Lord James veuille que vous sort... »

Le train eut un cahot qui fit perdre l'équilibre à Tessie.

Claire fut violemment projetée contre la porte de la plateforme panoramique, et avant qu'elle puisse reprendre son souffle, une explosion frappa ses tympans.

Une boule de feu jaillit dans le ciel tandis qu'au-dessous le train bondissait hors des rails, en projetant des wagons, comme si un géant hargneux les avait envoyés bouler.

La porte disparut, et le ciel et la terre partirent en tonneau.

Retournant la terre, le sel et les traverses brisées, le wagon de queue s'arrêta dans un crissement de métal agonisant.

La seule chose qui bougeait était la colonne épaisse de fumée noire, qui s'élevait dans le ciel en feu.

CHAPITRE 27

*L*es genoux d'Andrew Malvern cédèrent sous lui. Jake coinça une de ses épaules sous son aisselle, passa un bras autour de sa taille, et le souleva ; puis ensemble ils entrèrent en chancelant dans la nacelle de navigation. Maggie et Lizzie suivaient, au cas où monsieur Malvern basculerait et tomberait.

« Bravo, » dit-il dans un souffle. « Je vais bien. Merci. Dieu du ciel, merci. »

Il se traîna vers la chaise du navigateur et se tint à l'étagère des cartes pour rester debout, puis y jeta un coup d'œil.

Alice Chalmers avait l'air d'avoir reçu l'Ange Gabriel comme une escorte personnelle pour le paradis. « C'était limite, » dit-elle, presque timidement, de son poste au gouvernail même si Maggie ne comprenait pas pourquoi elle restait là. Elle ne faisait pas du tout attention à la direction qu'ils prenaient. « Je suis heureuse que nous ayons pu aider. »

Saperlipopette ! Après un sauvetage hallucinant et avoir frôlé la mort, on aurait dit qu'elle invitait à un thé à l'occasion d'une foire à la brocante pour l'église. Qu'est-ce qu'il lui prenait ?

Il regarda tout le monde tour à tour. « Où est Tigg ? et Claire ? Est-ce qu'ils sont avec la machine ? »

En entendant le nom de la Dame, le visage d'Alice s'obscurcit. « On pense que Tigg est à bord du *Lady Lucy*, mais nous n'en sommes pas sûrs. Et Claire est partie sur le train de Fremont ce matin. En tous cas, c'est ce que pensent les filles. Elle n'est pas rentrée avec elles la nuit dernière. »

« Pourquoi ? » Monsieur Malvern essaya de se mettre debout, mais ses genoux flanchaient et il s'assit tout d'un coup. « Que s'est-il passé ? »

« Lord James l'a emmenée dans un hôtel, » dit Maggie. « Et il nous a pas laissées la suivre il nous a dit qu'on pouvait partir et traverser l'désert dans une poussette, pour c'que ça lui importait ! »

« Ah, le méchant vieux singe, » lança Lizzie. « Il a dit qu'il l'enfermerait dans une pièce sans fenêtres et qu'ils arriveraient à San Francisco ce matin. »

« San Francisco ! » Il devint blanc comme un linge. « Nous devons partir à leur poursuite ! »

Alice quitta le gouvernail d'un bond. « Monsieur Malvern, vous n'êtes pas encore remis sur pied. Jake, emmène-le dans les quartiers de l'équipage dans le fuselage à tribord, et trouve-lui un lit. Il aura besoin d'un peu de... Lizzie, que se passe-t-il ? »

Lizzie s'était collée contre la vitre panoramique. « Alice, faut qu'on retourne au terrain d'aviation. »

« Tu veux ma mort ? Si on va quelque part, c'est aux Canadas ou à San Francisco ou bien... »

« Non ! Faut y retourner ! Ya Tigg là-bas, qui court comme un fou. Vous l'voyez pas ? »

Alice se pencha au-dessus du gouvernail et Maggie plongea entre ses jambes pour regarder du bout du hublot d'observation. Beaucoup plus bas, une petite silhouette sombre courait et contournait les aéronefs attachés sur le terrain, en agitant les bras et en sautant au-dessus des tonneaux et des caisses. Au moment même où elles regardaient, il ralentit, et Maggie vit le désespoir l'envahir et le sentiment qu'il allait être abandonné.

« Pourquoi diable n'est-il pas sur le *Lady Lucy* ? » demanda Alice à la cantonade. Elle tourna le gouvernail et le *Stalwart Lass* présenta le flanc au vent et entama un grand cercle en planant.

D'un bond, Tigg décolla pour aller au bord est du terrain, où le sol plat et soigné laissait place à des monticules et des cours d'eau asséchés, ainsi qu'à de l'armoise encore.

Le *Lady Lucy* avait décollé et était parti, car on ne voyait nulle part le grand fuselage doré. Mais entre Tigg et le bord du terrain d'aviation se trouvait le B-30 des Rangers et aux yeux de Maggie, il y avait beaucoup trop d'activités là-dessous.

Elle n'avait pas été formée comme éclaireuse pour rien.

« Alice, ce dirigeable des Rangers est prêt à décoller et je n'aime pas l'air qu'il a. Je parie que ce lieutenant, qui faisait semblant d'être si gentil avec la Dame, sait qu'on vient de récupérer son prisonnier. »

« Notre machine ne va pas distancer ce truc, » dit Jake. Il n'avait pas déplacé monsieur Malvern et ce dernier essayait de nouveau de se mettre debout.

« On doit pas laisser Tigg. »

« La question n'est pas de le laisser là, » dit Alice les lèvres pincées, comme s'il l'avait vexée. « La question c'est : comment on pourra éviter les Rangers quand cet aéronef décollera et se mettra à nos trousses ? Neuf, donne-moi un peu de flux inversé. Jake, ramène ta carcasse jusqu'à ce panier. Ça va aller vite. »

Maggie et Lizzie coururent après Jake vers l'écoutille de poupe. Il s'agrippa à la manivelle et commença à faire descendre le panier, mais leur vitesse était tellement plus forte qu'elle ne l'avait été pour l'éperon, qu'il s'envola comme une manche à air. « Que l'une de vous monte ! » cria Jake. « Votre poids va le faire descendre. »

Lizzie, très indécise, se mit à crier, déchirée entre sa peur pour Tigg et sa propre peur du vide. Sans trop réfléchir, Maggie sauta dans le panier, et avant qu'elle ne puisse vraiment poser les pieds sur le fond, Jake la treuilla vers le bas, si vite qu'on voyait la manivelle floue.

Le vent emporta le panier et l'agita comme un pendule, mais il ne le plaqua pas violemment. Ils descendaient en cercles concentriques de plus en plus bas, et sous eux, la silhouette de Tigg en train de courir disparut sous un fuselage d'un rouge criard, qui aurait ressemblé à un coucher de soleil s'il avait volé. Il ressortit de l'autre côté, et maintenant il ne lui restait plus qu'à contourner le B-30.

Maggie sentait le *Lass* ajuster sa trajectoire pour venir à sa rencontre, de l'autre côté du B-30 dans le désert. Tigg pouvait tracer mentalement une trajectoire aussi bien que n'importe qui, et il changea sa direction pour aller vers le même cap.

C'était plus que limite.

Elle était assez proche du sol trois mètres ou guère plus pour le voir clairement, maintenant, et elle agitait les bras pour l'encourager. Son visage couleur café s'éclaira en un sourire aux dents blanches, puis il mit toute son énergie à courir jusqu'au point, dans le champ d'armoise, où le panier serait à hauteur d'homme et où ils pourraient faire le Billy Bolt pour couronner la fuite.

Malgré le bruit assourdissant du vent, Maggie entendit les cris des Rangers quand ils réalisèrent ce que le *Lass* allait faire. Si, auparavant, ils avaient l'intention de les poursuivre, maintenant on aurait dit qu'ils voulaient simplement tirer sur eux en plein ciel, car il arrivait un contingent d'uniformes bleus, tirant derrière eux un canon à fusée celui-là long et fin, et certainement doté de cette sorte de viseur pouvant faire exploser un aéronef d'un seul coup.

« Tigg ! » cria-t-elle. « Cours ! »

Comme s'il était resté là tranquillement à siroter une limonade, avant, Tigg redoubla de vitesse et en quelques secondes il arriva en courant sous le panier.

« Jack ! » cria-t-elle vers en haut. « Donne du mou ! »

Mais il ne pouvait pas l'entendre, à une douzaine de mètres plus haut, et Tigg était en train de se fatiguer, les mains empoignant le fond du panier, sans arriver vraiment à s'y agripper.

Si seulement elle avait une corde !

Une corde !

Fourrageant de ses doigts fébriles, elle tira sur les nœuds de l'écharpe tissée d'Alaïa. Elle avait laissé le fusil à éclairs dans la nacelle, car il était lourd, mais n'avait pas enlevé l'écharpe. Elle attacha une extrémité au filin du treuil, juste au-dessus du raccord qui distribuait quatre câbles aux coins du panier, et lança l'autre par-dessus bord.

« Tigg... attrape ! »

Le sol défilait sous elle, et du coin de l'œil elle vit les Rangers pousser le canon en position et enfoncer quelque chose dans son embouchure.

D'un bond extraordinaire, comme son meilleur plongeon de la passerelle de Clarendon, Tigg saisit le bout de la corde. Tout à coup le panier se mit à remonter le *Lass* repartit vers le ciel et la fusée fut lancée du canon avec une explosion qui choqua les oreilles de Maggie.

Tigg donna un coup de pied, suspendu des deux mains à l'écharpe, et essaya d'entrer de côté dans le panier, tandis que Maggie l'attrapait par la taille pour le tirer à l'intérieur.

La fusée frappa le panier avec la force d'une voiture à vapeur qui s'emballe, déchirant le fond et les côtés et explosa de l'autre côté, formant un panache de feu dans le ciel.

Maggie hurla, suspendue seulement par sa prise sur la taille de Tigg, ce dernier pendant à son tour, accroché des deux mains à son écharpe, les doigts plantés dans l'entrelacs de l'étoffe.

« Tiens bon, Mags ! » cria-t-il.

Pleurant d'effroi et harcelée par le vent qui lui piquait les yeux, elle enfouit son visage dans la chemise sale de Tigg et pria.

Quelqu'un avait dû l'écouter, car en l'espace d'un instant, des mains s'emparèrent d'elle et l'étreignirent si fort qu'elle pouvait tout juste respirer, et le vent enfin s'arrêta et quand elle rouvrit les yeux, il y avait Jake à genoux sur le plancher de la salle des moteurs, débordant de fierté, le visage strié de larmes, qui l'embrassait et la serrait sur sa poitrine comme si c'était sa propre sœur perdue depuis longtemps, sanglotant comme si son cœur allait se briser.

~

U<small>N DES ENFANTS</small> était assis à ses pieds.

C'était terriblement agaçant. Le poids l'empêchait de se retourner, de rejeter les draps elle avait du mal à respirer. Que voulaient-ils faire encore, ces brigands ? Pourtant, elle allait juste... »

Claire ouvrit les yeux.

Sa joue était comprimée sur le sol poussiéreux, inégal et friable, comme s'il avait été retourné. Ça sentait le brûlé. Tout sentait le brûlé, même l'air, qui avait une apparence étrange. Pas la lumière propre, nette à laquelle elle s'était habituée dernièrement, mais une sorte de lumière malade.

Elle leva la tête.

Cligna des yeux.

Elle fut abasourdie quand elle se souvint de ce qui s'était passé matériellement, mais elle ne savait pas pourquoi ni comment.

Et ses pieds ? Elle se releva et tenta de se retourner. Ah, il y avait un problème : le côté à claire-voie d'une lourde caisse était posé en travers de ses jambes.

Ses orteils ? Oui, ils bougeaient.

Ses genoux ? Elle pliait les deux.

Ça ne lui avait pas cassé les jambes, Dieu merci. Quand elle fit un mouvement, la douleur fut très vive dans son flanc, aussi féroce qu'un revers du Cudgel, là-bas à Londres. Elle hoqueta et des larmes se formèrent dans ses yeux.

Eh ben !

En serrant des dents, elle repoussa les planches de ses jambes, et lentement, en respirant le plus superficiellement possible, elle se remit debout. Elle n'avait jamais eu de côte cassée auparavant, mais son père oui, quand il avait fait une chute de cheval en Cornouailles. Maintenant, elle comprenait sa mauvaise humeur. Eh bien, elle ne pouvait faire autrement qu'espérer que son corset lui serve de bandage, faute de mieux.

Elle tenait debout, étonnée d'être même en mesure de respirer. Le monde s'était transformé, et elle ne voyait plus rien qui ne lui fût familier.

Oui, le soleil tapait toujours sur sa tête nue.

Oui, le lac salé crissait sous ses bottines, ses cristaux toujours aussi éblouissants et étincelants.

Les rails jumeaux du chemin de fer s'étendaient toujours à l'intérieur des montagnes, mais là où elle était, ils étaient brisés et tordus, ayant pris des formes incongrues après le déraillement des wagons ferroviaires. Pendant qu'elle les contemplait, en essayant de reprendre ses esprits, une voiture fit entendre un grognement sinistre, de métal tordu ; elle tomba sur son flanc dans un vacarme digne d'un tremblement de terre.

La poussière monta au ciel et fut emportée vers le nord par le vent.

Est-ce que quelqu'un était encore en vie ?

Tessie ! Tessie Short était juste derrière elle dans le wagon-lit. Il y avait le wagon de queue complètement renversé. Elle avait dû être projetée quand il avait fait la cabriole, car il gisait maintenant sur son toit, les roues métalliques impuissantes sans le rail auquel elles étaient jumelées.

Là.

En boitant, la respiration sifflante à cause de la douleur, Claire tituba jusqu'à ce qui fut le wagon-lit. Il gisait sur son flanc ; elle dut donc tendre le cou pour voir l'intérieur par la porte tordue. À tous moments il pouvait s'effondrer sur elle, mais si Tessie était vivante, elle devait la tirer de là.

Une chaussure, un bas, une jupe. Tessie était couchée, comme endormie sur la cloison, le dos contre le plafond. Elle regardait, l'air étonné, une chose qui se trouvait derrière l'épaule de Claire, la tête inclinée selon un angle particulier.

« Tessie ? Vous m'entendez ? »

Claire toucha son poignet puis son cou.

Pas de pouls.

Son visage se décomposa, et les larmes qu'elle avait retenues coulèrent sur ses joues. « Oh, Tessie. Si je n'avais pas été là, vous seriez à l'abri chez vous, à Santa Fe, avec vos enfants. » Doucement, elle ferma ses paupières. « Je suis vraiment désolée, » murmura-t-elle.

La cloison de son propre compartiment avait largué ses amarres et gisait maintenant, de travers et écrasée. Il y avait sa valise, posée sur la fenêtre.

Ou plutôt, sur la poussière en-dessous, car la fenêtre était réduite en miettes éparpillées un peu partout. Elle la ramassa. Elle ne l'avait pas défaite, car si on voulait s'enfuir on devait se tenir prêt à la prendre au vol et ce sans préavis.

Cette fuite n'était pas celle qu'elle avait eue en tête.

Elle devait voir à présent si d'autres avaient survécu.

Encore une fois, après s'être faufilée par la porte coulissante, elle mit sa valise par terre et alla voir les autres voitures. Personne n'était allé à la bibliothèque, ni au wagon-restaurant. James et Fremont étaient restés dans le salon, et elle supposait qu'à part Tessie, le reste du personnel déjeunait à l'avant.

La voiture-salon qui était tout de suite derrière le tender, ne s'en était pas tiré aussi bien que le wagon de queue. La moitié du wagon avait carrément disparu, comme le tender. En effet, l'explosion avait mis la locomotive en pièces, laissant seulement la grande cheminée et la moitié du chasse-pierres reconnaissables, ils gisaient de l'autre côté du rail pas très loin du corps mutilé.

Elle continua à avancer, en contournant des morceaux d'acajou éparpillés, réduits maintenant à l'état de petit bois, parmi lesquels brillaient du laiton et du cuivre. Qu'est-ce qui avait bien pu causer cette catastrophe ?

Il était clair que cela avait commencé dans le tender. La grande chaudière pleine de charbon carbonaté avait dû... »

Le charbon carbonaté.

Ce n'était pas encore très clair dans son esprit, mais il y avait des preuves que quelque chose d'éminemment terrible, très imprévu, avait fait exploser le charbon carbonaté dans le moteur à vapeur. Elle revint sur ses pas en chancelant, ne voulant plus regarder une destruction d'une aussi grande ampleur.

La voiture-salon. Est-ce que quelqu'un avait pu survivre à l'intérieur?

Dans le vent, des centaines de billets texicains (on les appelait des dollars) volaient en tourbillonnant avec la poussière, provenant de ce qui restait du mur du fond de la voiture-salon. Monsieur Fremont, semblait-il, avait eu un coffre-fort là-dedans. Et puis, elle eut la réponse terrible à sa question, qui allait la hanter dans ses cauchemars pendant de longues années encore.

Elle ne savait pas combien de temps ça avait duré, mais quelque temps après elle revint à elle, à quatre pattes dans la saleté à une quinzaine de mètres du lieu de la destruction, vomissant le reste du contenu de son estomac.

Enfin, ce fut la douleur qui la remit sur pied. Essuyant sa bouche sur sa manche déchirée et crasseuse, elle tituba jusqu'au wagon de queue, l'esprit ressassant la possibilité que de toutes les personnes présentes dans le train de Stanford Fremont, elle fût la seule survivante.

Elle avait été éloignée de la destruction, propulsée à travers une porte ouverte, quand le serre-freins avait actionné l'interrupteur pour ralentir le train, et avait été projetée à l'extérieur quand le wagon de queue avait été arraché de ses couplages.

Le plus pur des hasards. Et de la chance. Et peut-être aussi la grâce de Dieu.

Le vent chaud sifflait sur le lac salé, plaquant sa chemisette contre son dos et ne faisant absolument rien pour rafraîchir sa peau brûlante.

Claire revint vers sa valise, tout en s'enlevant la chemisette. Les perles St. Ives se trouvaient toujours sous sa blouse, l'émeraude du rajah à son doigt et cela seulement parce que ses doigts étaient encore un peu gonflés après son accident en vélogig. Elle se mit une chemisette propre. Puis, elle enveloppa celle qui était abîmée autour de sa tête, comme un foulard de paysanne, en attachant les manches autour de son cou.

Comme protection du soleil cuisant, ce n'était pas grand-chose, mais il allait falloir s'en contenter.

Se sentant vide, comme si son âme avait été happée et déchiquetée comme la ferraille du train, elle se força à analyser sa situation présente et future.

Le soleil était en phase descendante, allongeant les ombres des wagons culbutés, comme des doigts suppliants à travers l'étendue blanche du sel.

La dernière ville qu'elle se rappelait avoir vue était quelques kilomètres avant l'ours, et c'était en descendant sur les pentes des montagnes.

Elle n'avait aucune idée de l'endroit où pouvait être la prochaine ville. Ça pouvait être San Francisco, pour ce qu'elle en savait, avec un nombre X de kilomètres du Royaume d'Espagne à traverser avant ça.

Elle n'avait ni nourriture ni eau, car le wagon-restaurant avait été écrasé entre la bibliothèque et la voiture qui avait explosé.

Elle n'avait même pas les moyens d'enterrer les morts, car le lac salé était dur et rigide, et avec sa côte cassée, elle ne pouvait pas creuser, même s'il y avait eu autre chose que des longerons brisés à utiliser comme pelle.

Tessie. James.

Des larmes venaient à ses yeux. Elle l'avait détesté, c'est vrai. Elle aurait volontiers passé le reste de sa vie sans le voir. Mais mourir comme ça ? Son corps que personne ne réclamerait, ni ne pleurerait ; des morceaux épars non identifiés que les vautours, qui commençaient à descendre en décrivant des cercles, découvriraient tôt ou tard ?

Un gros sanglot sortit de sa gorge. Elle ne pouvait même pas identifier suffisamment de parties du corps dans le carnage, pour les dissimuler aux oiseaux de proie et aux prédateurs.

Elle ne pouvait rien faire.

Avec ce qu'ils me payent pour vous garder, je peux envoyer mes enfants, Kate et Jeremy, à l'école communale pendant un an.

Elle ne voulait pas revenir aux dépouilles de la voiture-salon. Elle ne voulait pas regarder ce qui y restait ; mais elle avait une dette envers Tessie, et si elle survivait, elle n'avait qu'une façon de la rembourser.

Quand elle eut fini sa triste tâche, elle prit en frissonnant sa valise et se dirigea vers le wagon de queue. C'est là que se trouvait le coupable, le responsable de toute cette destruction, détruit et expulsé de la voiture endommagée. Les matériaux lourds, fer et verre, de la chambre de combustion étaient tordus et cassés maintenant, la pile à combustible...

La pile à combustible !

Elle avait presque coûté la vie à Andrew. Elle l'avait certainement coûté à James. Mais prendrait-elle la sienne, aussi ou signifierait-elle une nouvelle vie quelque part, si elle était capable de revenir à la civilisation avant qu'elle ne s'écroule ?

Le capot était plié, mais si elle soulevait le panneau, ou plutôt le poussait, l'enlevait en tirant en fait, elle était *là*. La pile à combustible était dans son boîtier, ses belles bobines en laiton intactes. Le globe en verre à l'intérieur était réduit en petits morceaux, mais il pouvait être remplacé. C'était les engrenages et les mécanismes qui étaient importants.

En travaillant vite, elle libéra tous les câbles et les tuyaux qui avaient survécu, et sortit la pile de sa prison endommagée. Le docteur Craig lui avait dit que c'était son héritage. Il était lourd, c'était vrai ; mais c'était le sien aussi, elle pouvait en disposer comme elle l'entendait.

Elle le mit dans la valise, en plus, l'assura avec des sangles, et se pencha pour accrocher ses deux poignées en cuir sur ses épaules. Sa côte fêlée lui faisait voir trente-six chandelles, et elle sentit une douleur terrible en se redressant.

Le ruban étincelant de voie ferrée s'étirait au loin, servant au moins à lui indiquer le chemin.

Claire serra les dents, souleva la valise sur son dos, et jeta un dernier regard sur le lieu du désastre. Il était fou d'espérer que quelqu'un bouge. Et bien sûr, rien ne bougea... à part le vent, qui gémissait dans les décombres, en hululant contre le métal brisé, en guise de chant funèbre.

Elle tourna le visage vers l'est et fut soudain saisie de peur.

Quelque chose bougeait. Comme un nuage, mais pas un nuage.

Un dirigeable.

Un aéronef avec un double fuselage, sa nacelle suspendue entre eux en forme d'Y. Elle n'avait vu qu'un dirigeable avec cette forme, depuis qu'elle se trouvait dans ce pays.

Son cœur faillit éclater, et elle ravala un sanglot dans sa gorge.

Claire se mit à courir.

ÉPILOGUE

DESTINATAIRE:
BANQUE TERRITORIALE DE SANTA FE

EXPÉDITEUR:
BANQUE ROYALE RENO,
ROYAUME D'ESPAGNE ET DES CALIFORNIES

TRANSFÉRÉE PAR LA PRÉSENTE LA SOMME DE
CINQUANTE MILLE DOLLARS PAYABLES À
MONSIEUR JEREMY ET MADEMOISELLE KATE
SHORT, SAND STREET, SANTA FE STOP
CONDOLÉANCES POUR LA PERTE DE VOTRE
MÈRE STOP C'ÉTAIT UNE HONNÊTE FEMME STOP

FIN

CONCLUSION

Cher lecteur, chère lectrice

J'espère que vous avez aimé lire les aventures de Lady Claire et de sa bande, dans le monde des Magnifiques artifices, autant que j'ai pris du plaisir à les écrire. C'est votre soutien et votre enthousiasme qui, comme la vapeur dans la chaudière d'un dirigeable, maintiennent à flot toute l'aventure et la tiennent prête pour de futurs exploits.

Vous pouvez, si vous le souhaitez, laisser vos impressions sur le site de votre revendeur habituel, pour faire connaître les livres à d'autres. Et vous pouvez trouver les éditions électroniques de toute la série en ligne, tout comme sous forme de livres audio. Je vous donne rendez-vous sur mon site web, www.shelleyadina.com, où vous pouvez vous inscrire à ma newsletter et être les premiers/ères à être informés/ées des nouvelles parutions et des promotions spéciales.

Et maintenant, je vous invite à tourner la page pour lire un extrait de *Brillants artifices*, le nouveau roman de la série Magnifiques artifices...

BRILLANTS ARTIFICES

The Evening Standard
9 Octobre 1889

DES BARONS DE L'INDUSTRIE MODERNE SE TUENT
DANS UN CATASTROPHE FERROVIAIRE

Un évènement tragique qui ébranle les fondements mêmes de
la société sur deux continents : Lord James Selwyn, de Selwyn
Place, Derbyshire, personnalité phare et l'un des esprits les
plus brillants de Londres, et le chef de file de l'invention du
chemin de fer moderne dans les Territoires texicains,
Monsieur Stanford Fremont, ont perdu la vie dans un accident de train dans les plaines de l'Ouest sauvage.

Les deux hommes se dirigeaient vers l'ouest, à l'occasion
du voyage inaugural de la Silver Queen, le dernier type de
locomotive, au sein d'un vaste empire ferroviaire qui va de
New York dans les Quinze colonies, à San Francisco, la capitale du Royaume d'Espagne et des Californies. Lord James

était accompagné de sa fiancée, Lady Claire Trevelyan, de Londres.

Le voyage était censé être une vitrine pour la dernière invention de Lord James, le clou de la toute nouvelle exposition au Crystal Palace: le *Carbonateur cinétique Selwyn*. Le Carbonateur avait produit assez de charbon pour alimenter la locomotive ainsi que plusieurs wagons de luxe, comme il convenait à Fremont et ses nobles invités, en prévoyant seulement deux arrêts pour embarquer du charbon non traité au cours du voyage à travers l'Ouest sauvage.

Toutefois, le deuxième jour de voyage, il s'est produit une catastrophe. D'après les données que les ingénieurs texicains ont pu recueillir sur les lieux du désastre, l'air sec des plaines salées a déclenché prématurément l'allumage du charbon et avec une telle véhémence que cela a fait exploser le tender et la chaudière. La locomotive a été soufflée et est sortie des rails ; les voitures de passagers se sont renversées violemment, causant la mort de tous leurs occupants.

Le service funèbre pour Lord James Selwyn se tiendra le onze octobre en matinée, en l'église Saint Paul. Son Altesse royale le Prince consort, qui parraine la Société royale des ingénieurs, prononcera un discours devant les participants. Les services funèbres pour Lady Claire Trevelyan se tiendront de façon privée au domaine de la famille, en Cornouailles.

Ce journal présente humblement ses condoléances aux familles Selwyn et Trevelyan, qui ont été frappées par la tragédie ces derniers mois. Comme nos lecteurs le savent, Vivyan Trevelyan, Vicomte de St. Ives, est décédé par malchance, tandis qu'il nettoyait ses pistolets anciens. Le vieux Lord Selwyn lui-même, est mort récemment. Avec la mort de Lord James, son fils unique, c'est son cousin, Peter

Livingstone, qui a récemment annoncé ses fiançailles avec mademoiselle Emilie Fragonard, de Cadogan Square, qui hérite du titre de baronet.

Claire Trevelyan lissa le journal au-dessus de la carte de navigation. Elle avait encouragé les Mopsies à lire les titres les plus simples à haute voix, jusqu'à ce qu'elles tombent ensemble sur cette annonce horrible dans la section internationale.

« Ma pauvre mère ! Elle vient juste d'annuler mon premier enterrement, et la voilà qui doit planifier le deuxième. »

Andrew Malvern, de sa position à la barre, la regarda ; Jake et lui y calculaient ensemble à quelle altitude le dirigeable, le *Stalwart Lass*, devrait aller dans les cent soixante kilomètres suivants pour les faire passer au-dessus des Montagnes rocheuses, les bien nommées quoique sans grande imagination.

« Nous devrions envoyer un pigeon dès que nous arriverons à Edmonton. Le journal date d'une semaine. Les funérailles ont déjà eu lieu, et donc vous ne pouvez rien faire pour rectifier le tir. »

Maggie posa la main sur le bras de Claire. « Vot'mère sera rudement contente de savoir que vous êtes pas morte de nouveau, milady. Funérailles ou pas. »

« Elle ne va plus croire aux rapports sur ma disparition après cela, c'est certain. » Claire pencha le journal vers le bas pour que Maggie puisse le voir. « Peux-tu me lire cette ligne ? »

« Avec la mort de... Lord James, son fils unique, le... ça j'sais pas ce que c'est. »

« Le titre de baronet. »

« Heu... c'est quoi, ça ? »

« C'est un titre de noblesse, Maggie. Cela veut dire que si tu rencontrais Peter Livingstone, que j'ai fait assoir un jour à côté de mon amie Emilie à un dîner huppé, parce qu'elle avait le béguin pour lui, tu l'appellerais Lord Selwyn. Quand elle l'épousera, Emilie deviendra Lady Selwyn. »

« À votre place. »

« Exactement. À ma place. Je suis sûre que sa mère est ravie qu'elle ne coure plus le risque d'être écartée des listes d'invités aux soirées. » Claire soupira, contemplant l'étendue de vitrage qui composait le haut de la nacelle du *Stalwart Lass*. « Quand je pense que, fut un temps, je me préoccupais de ce genre de choses. »

« Nous avons d'autres chats à fouetter, » lança Alice Chalmers, en avançant dans le couloir en provenance de l'arrière de la nacelle où se trouvait le moteur. « Ce moteur ne va pas pouvoir nous faire monter davantage j'ai fait tout ce que j'ai pu pour le maintenir à cette altitude. Nous ne pouvons pas passer au-dessus de ces montagnes, à moins qu'Andrew et Tigg ne sortent un lapin de leurs chapeaux. »

« Moi, j'ai pas d'chapeau, » objecte Tigg de l'arrière. « Alice, viens ici ! »

« Pas de lapin non plus. » Andrew se détourna du gouvernail et pointa un doigt sur la table de navigation, et déplaçant de côté le journal qu'ils avaient pris à Reno. « Si nous n'arrivons pas à monter davantage dans les deux prochaines heures, nous irons droit dans le flanc de la montagne. Il y en a qui sont à des centaines de mètres de haut. »

Claire, dont le concept de montagne s'était formé quand elle était allée en vacances dans le Lake district, avait du mal à l'imaginer. « Est-ce qu'on ne peut pas les contourner ? »

Andrew secoua la tête. « Non, à moins que nous ne voulions retourner à Reno, naviguer vers l'est, et mettre le cap sur le nord de l'autre côté. »

« Alice ! » cria Tigg. « On a un problème ! »

Alice se retourna et courut vers la poupe, Andrew et Claire sur ses talons. « Que se passe-t-il ? Le dirigeable était en état de voler quand nous avons quitté Reno, » dit Claire dans le dos d'Andrew.

Mais c'était il y a deux jours. Comme elle le savait à présent, il pouvait se passer n'importe quoi dans un aérostat en deux jours.

« Il se peut qu'il l'ait été, mais quelle que soit la vieille épave de moteur qu'elle a mis dedans, il n'était pas fait pour aller beaucoup plus loin. »

« Il vous a sauvé la vie, si vous vous souvenez bien, » dit Alice d'un ton aigre, montrant le bout de son nez de derrière le capot du moteur. « Ne m'appelez plus au secours. » Les larmes débordaient de ses yeux mais elle les chassa en battant des paupières.

« Je vous demande pardon, » dit Andrew instantanément. « Et je n'avais pas oublié. D'ailleurs je n'oublierai jamais, vous pouvez en être sûre. »

« Il a sauvé la mienne aussi, » intervint Claire. « Deux fois. Je n'ai jamais vu rien d'aussi beau que le *Stalwart Lass* arrivant dans le ciel, les deux fois. »

« Oui, mais il tombera du ciel si on fait pas què'que chose, » dit Tigg de façon laconique. Sa joue ronde, couleur café, avait une trace de graisse en travers, du menton à la tempe, et il tenait une manivelle dans chaque main.

Les paroles n'étaient pas sorties de sa bouche, que quelque chose à l'intérieur du moteur cahota et toussa.

« La poisse. » Alice empoigna un câble de sécurité et l'accrocha à un anneau métallique sur sa ceinture en cuir. « Ne me lâche pas maintenant, mon vieux. » Elle saisit l'une des manivelles et sauta dans l'espace qui renfermait l'hélice. Le vent plaquait son pantalon contre ses jambes, et elle baissa ses lunettes d'aviateur. Un regard sur les grands arbres qui alimentaient l'hélice avait dû lui faire comprendre le problème. « Qui est à la barre ? » hurla-t-elle, pour se faire entendre malgré le bruit du vent et du moteur. « On va descendre ! »

« Jake ! » Claire courut vers l'avant. « Alice dit que nous descendons ! »

Maggie eut un hoquet et se cramponna à sa jumelle, Lizzie, qui éclata en sanglots. « Je l'savais ! Je savais qu'il fallait que je reste à la maison et pas que j'me fourre dans des engins qui volent ! »

Claire prit fermement leurs mains dans les siennes et les emmena vers la vitre, contrôlant sa propre panique d'un effort herculéen. « Regardez. Nous ne sommes pas encore dans les montagnes. » On les voyait quand même pas trop loin, hautes, bleues et intimidantes, saupoudrées de neiges éternelles. « Vous vous souvenez de ce que le capitaine Hollys nous a dit sur le *Lady Lucy* ? Les dirigeables ne s'écrasent pas. Ils glissent lentement vers le bas et atterrissent en douceur. »

Lizzie ne s'en laissa pas conter si facilement. « Ça, c'était si les sacs de gaz éclataient, milady. Mais sans un moteur ? On va continuer à flotter dans l'air tant qu'on sera pas morts de faim. »

« Mais non ! » Jake s'empara des commandes des aubes de l'élévateur des deux mains. « Une forte brise et nous allons nous écraser sur un de ces rochers. Monsieur Andrew, je pourrais vous employer à la barre, si vous aviez fini de loucher sur cette carte. »

« Absolument. » Andrew pris le gouvernail et le tourna de quelques degrés vers l'est. « Si ces cartes sont à jour, il devrait y avoir une large vallée fluviale dans huit à dix kilomètres. Aubes à la verticale, Jake, et laisse sortir de l'air des sacs de gaz de l'avant. »

Des cartes espagnoles à jour ? Claire ne pouvait que l'espérer. Sa brève expérience avec le Royaume d'Espagne à Reno ne lui avait pas laissé une très bonne impression de leurs capacités en ingénierie. Comment pouvait-t-il en être autrement, quand ils proscrivaient les dirigeables sous prétexte qu'ils enfreignaient les lois du Tout-Puissant ? Le Lass avait été autorisé à atterrir à Reno parce qu'Alice était citoyenne texicaine, et seulement pour le temps nécessaire à se ravitailler en eau et nourriture, et aller à la banque et au bureau du télégraphe avant d'être fortement encouragés à reprendre leur route, comme s'ils avaient la peste.

Pas étonnant que James et Stanford Fremont eussent été sur le point d'être reçus par le Vice-roi en personne, s'ils étaient arrivés avec le Carbonateur à San Francisco. Pour les Espagnols, la technologie ferroviaire représentait le summum de l'accomplissement humain. Tout le reste pratiquement était soupçonné de sorcellerie.

Elle éprouva une sensation momentanée d'apesanteur qui lui provoqua un haut-le-cœur.

« On descend, » Lizzie gémit, cachant son visage au creux de l'épaule de Maggie. « Je déteste les ballons dirigeables. Ça va pas être une longue et lente glissade. On va tomber et mourir et... »

« Tais-toi, Liz, » dit Jake entre ses dents. « Tu m'rends nerveux. »

Andrew jeta un coup d'œil par-dessus son épaule, en direction de la poupe. « Qu'est-ce qui se passe là-bas derrière ? Claire, pourrais-tu contrôler ce que fait Alice ? »

Elle ne voulait pas contrôler ce que faisait Alice ; elle voulait rester collée à la fenêtre, comme si, par sa seule force de volonté, elle pouvait faire atterrir le dirigeable en toute sécurité.

Mais c'était égoïste et inutile. Et donc, elle revint vers le moteur, où un panache alarmant de fumée noire flottait maintenant dans leur sillage.

« Milady ! » Les larmes de Tigg s'envolaient de ses yeux, à travers l'écoutille ouverte. « J'peux pas le contrôler... il va prendre feu ! »

Le vieux moteur, qui avait enduré tant de choses lors de ses multiples vies, était arrivé au bout du rouleau. « Claire ! Le coupe-circuit ! » Alice poussa un cri perçant : « Fais-le arrêter ! »

Claire passa devant Neuf, qui se tenait silencieux près de là, comme s'il avait été désactivé, et elle abaissa le levier d'allumage d'urgence du moteur. Le moteur vibra et trembla, de la vapeur sortant des engrenages et de tous les orifices. L'odeur de brûlé se propageait de plus belle.

Même le coupe-circuit était mort.

Elle se mit à tourner dans tous les sens, explorant, en

quelques secondes, la salle des machines à la recherche de quelque chose d'utile.

Là !

Elle attrapa une barre à mines en fer qui avait été lancée par terre. Il n'y avait aucun espoir pour le moteur, donc cela ne ferait pas plus mal que la pure et simple destruction à laquelle il était voué. « Alice, sors d'ici ! » Alice monta tant bien que mal sur la passerelle et Claire introduisit la barre à mines dans le joint de la porte de la chaudière chauffée à blanc et l'ouvrit. Avec un souffle violent, la porte vola en éclats, le contenu se répandit dans le ciel et le moteur hoqueta et rendit l'âme.

Soudain, le silence régna et l'on n'entendit que le sifflement du vent.

Puis la terre, hérissée d'épines et d'arbres coupants, se dressa d'un bond pour venir à leur rencontre.

Si vous voulez en savoir plus, allez vous procurer Brillants artifices chez votre revendeur en ligne préféré !

The Mysterious Devices series

The Bride Wore Constant White

The Dancer Wore Opera Rose

The Matchmaker Wore Mars Yellow

The Engineer Wore Venetian Red

The Judge Wore Lamp Black

The Professor Wore Prussian Blue

ROMANCE

Rogues of St. Just (Regency romance written as Charlotte Henry)

The Rogue to Ruin

The Rogue Not Taken

One for the Rogue

Moonshell Bay (Contemporary)

Call For Me

Dream of Me

Reach For Me

Caught You Looking

Caught You Hiding

PARANORMAL

Corsair's Cove

Kiss on the Beach (Corsair's Cove Chocolate Shop 3)

Secret Spring (Corsair's Cove Orchard 3)

Immortal Faith

À PROPOS DE L'AUTEUR

Shelley Adina est l'auteur de 24 romans publiés chez Harlequin, Warner et Hachette, et d'une douzaine d'autres publiés par Moonshell Books, Inc., sa propre maison indépendante de presse. Elle écrit de la romance steampunk et contemporaine, et sous le nom de plume de Charlotte Henry, écrit des romans historiques. Elle possède une maîtrise en Beaux-arts d'écriture de romans populaires, de l'Université Seton Hill de Pennsylvanie, et s'engage cette année dans un programme doctoral. Elle a reçu le RITA Award® des écrivains américains de romance en 2005, et a été finaliste en 2006. Quand elle n'écrit pas, Shelley fabrique des courtepointes, coud des costumes historiques, ou se promène dans le jardin avec son troupeau de poules, sauvées de l'abattage.

www.shelleyadina.com
shelley@shelleyadina.com